O atentado

Harry Mulisch

O atentado

Tradução
Cristiano Zwiesele do Amaral

© 1982 Harry Mulisch

Reservam-se os direitos desta edição à
EDITORA JOSÉ OLYMPIO LTDA.
Rua Argentina, 171 – 1º andar – São Cristóvão
20921-380 – Rio de Janeiro, RJ – República Federativa do Brasil
Tel.: (21) 2585-2060   Fax: (21) 2585-2086
Printed in Brazil / Impresso no Brasil

Atendemos pelo Reembolso Postal

ISBN   978-85-03-00935-5

Capa: INTERFACE DESIGNERS/SÉRGIO LIUZZI
Foto de capa: HULTON ARCHIVE/GETTY IMAGES

A publicação desta obra teve apoio financeiro da Fundação para
Produção e Tradução de Literatura Holandesa (Nederlands Literair
Productie-en Vertalingenfonds – NLPVF – www.nlpv.nl)

CIP-Brasil. Catalogação-na-fonte
Sindicato Nacional dos Editores de Livros, RJ.

M922a	Mulisch, Harry, 1927- O atentado / Harry Mulisch; tradução Cristiano Zwiesele do Amaral. – Rio de Janeiro: José Olympio, 2007.

Tradução de: De Aanslag
ISBN   978-85-03-00935-5

1. Guerra mundial, 1939-1945 – Holandeses –
Ficção. 2. Holanda – História – Ocupação alemã, 1940-
1945 – Ficção. 3. Ficção holandesa. I. Amaral, Cristiano
Zwiesele do. II. Título.

CDD 839.313
CDU 821.112.5-3

07-2204

Por toda parte já era dia, mas aqui era noite,
Ou melhor, mais que noite.

C. PLINIUS CAECILIUS SECUNDUS
Epistulae, VI, 16

Prólogo

Há muito, muitíssimo tempo, durante a Segunda Guerra Mundial, morava nos subúrbios de Haarlem um certo Anton Steenwijk com os pais e o irmão. Ao longo do cais que acompanhava por cem metros um curso de água para converter-se em seguida, após traçar uma curva branda, numa rua como outra qualquer, encontrava-se uma seqüência de quatro casas alinhadas a pequenos intervalos de distância uma da outra. Rodeadas como eram, cada uma delas, por um jardim, davam-se ares de modestas vilas com as suas sacadas, as suas varandas envidraçadas e os seus telhados íngremes, apesar das dimensões que beiravam o exíguo; nos andares superiores todos os quartos apresentavam a conformação de mansardas, com paredes inclinadas. Tinham o aspecto algo descuidado, pedindo uma demão de tinta, já que não se contribuíra muito para a sua manutenção nem mesmo na década de 1930. Cada uma ostentava um nome honesto e burguês que datava de anos mais despreocupados:

Bem-Situada   *Sem Preocupação*

Nunca-Pensada   *Burgo do Descanso*

Anton morava na segunda casa a contar da esquerda: na casa com o telhado de colmo. A casa já levava o seu nome quando os seus pais a alugaram logo antes da guerra. O pai teria preferido chamá-la de "Eleutheria"[1] ou algo do tipo, nome que viria escrito em caracteres gregos. Mesmo antes de se dar a catástrofe, Anton já interpretava o nome "Sem preocupação" não como sendo a paz que se encontra do lado de fora, na natureza, mas como algo extrínseco à paz, assim como a palavra "extraordinário" não remete ao status de se estar fora dos limites da ordem estabelecida (ou, num sentido mais amplo, fora de qualquer tipo de ordem), mas a algo que nada tem de comum ou ordinário.

Em Bem-Situada viviam os Beumer, um procurador aposentado e enfermiço e a esposa, aos quais Anton volta e meia fazia alguma visita de improviso para receber uma xícara de chá e biscoito, que eles chamavam de "biscouto" — pelo menos enquanto ainda havia chá e biscoitos, ou seja, na época que precedeu esta história, que é a história de um incidente. O senhor Beumer às vezes lhe lia um capítulo de *Os três mosqueteiros*. O senhor Korteweg, o vizinho da casa do outro lado, a Nunca-Pensada, era timoneiro de longo curso, mas a conjuntura bélica o havia condenado ao ócio. Após o falecimento da mulher, recebeu de volta para ajudá-lo em casa a filha Karin, que era enfermeira. Também por lá aparecia Anton de tempos em tempos, esgueirando-se por um vão na sebe do jardim dos

---

[1] "Liberdade", em grego. (*N. do T.*)

fundos. Karin mostrava-se sempre simpática, mas o pai não dispensava ao menino a menor atenção. Naquele cais não reinava muita camaradagem, mas os que mais se afastavam mesmo do convívio eram os Aarts, o casal que vivia desde o início da guerra no Burgo do Descanso. Dizia-se que o marido estava ligado a uma companhia de seguros, mas disso não se sabia ao certo.

As quatro casas deveriam ter feito parte do projeto de construção de um novo bairro, abandonado antes mesmo de tomar as primeiras formas. De ambos os lados e na parte traseira, estendiam-se terrenos baldios cobertos de erva daninha e arbustos, além de árvores de alguma idade. Era ali, naquele "descampado", que Anton passava a maior parte do tempo, brincando com as crianças do bairro vizinho. Por vezes, quando caía a noite e a sua mãe se esquecia de chamálo para dentro de casa, espalhava-se ali um silêncio, uma quietude olorosa, que o enchia de expectativas desconhecidas dele próprio, certamente ligadas a ocorrências que ainda viriam a ter lugar quando ele estivesse crescido. A terra estática e as folhas. Dois pardais repentinamente alvoroçados, escarafuchando aqui e acolá. A vida ainda viria a ser um dia como o era naquelas noites, em que ele se via esquecido, misteriosa e irremediavelmente.

Os paralelepípedos da rua da frente haviam sido dispostos de maneira a desenharem motivos que lembravam as espinhas de um peixe. A rua, pela ausência de calçadas, convertiase numa encosta coberta de mato que se inclinava suavemente até alcançar a trilha de sirgagem, fazendo as vezes de um confortável assento reclinado. Do outro lado do largo canal — cuja leve sinuosidade de curso era o único indício de haver sido outrora um rio — encontravam-se algumas mirradas casas de camponeses e pequenas granjas, atrás das quais a pradaria se estendia até se perder no horizonte. À direita, onde o canal traçava uma curva, erguia-se um moinho caído em desuso. Mais adiante ficava Amsterdã. Antes da guerra, havia-lhe contado o pai, vislumbravam-se os reflexos da cidade grande contra o panorama das nuvens. Tinha estado lá algumas vezes, no jardim zoológico e no Museu Nacional, assim como na casa do tio, onde havia pernoitado.

Recostado sobre o declive, com o olhar voltado para longe, era às vezes obrigado a encolher as pernas. Isso acontecia quando, pelo caminho de sirgagem de terra batida sob tantos passos ao longo dos anos, aproximava-se algum homem que parecia vir direto de outras eras: dobrando em ângulo reto a cintura, que lhe cingia a extremidade de um cajado de alguns metros de comprimento, cuja outra extremidade estava amarrada à proa de uma barca, ia empurrando a embarcação sobre a superfície da água a passos lentos. Atrás do leme se encontrava em geral uma mulher de avental, com os cabelos presos num coque, enquanto uma criança brincava no convés. O cajado podia também ser usado de outra maneira: o homem encontrava-se então a bordo da barca, adiantando-se pela lateral para a proa e arrastando a vara atrás de si. Chegando à ponta do barco, plantava o cajado no fundo do canal, agarrava-o vigorosamente e andava no sentido contrário, de maneira a impelir para frente o barco sob os seus pés. Era disso que Anton mais gostava: um homem recuando para impulsionar algo para adiante sem sair do lugar. Alguma coisa ali lhe parecia suspeita, ainda que jamais o comentasse com quem quer que fosse. Tratava-se de um segredo seu. Foi só quando o veio a contar aos próprios filhos que se deu conta dos tempos primitivos que ele testemunhara. Tais coisas só se viam ainda em filmes que se passavam na África e na Ásia.

Algumas vezes por dia, passavam por ali veleiros de carga: verdadeiros colossos de velas castanho-escuras, abarrotados de carga, que apareciam silenciosamente na curva do canal para desaparecerem em seguida na curva seguinte, solenemente impelidos por ventos invisíveis. Já com as embarcações a motor a coisa funcionava de modo diferente. Arfando sobre a água, singravam nela com a proa as duas linhas de um V, que se iam alargando cada vez mais, até tocarem ambas as margens: era então que se ouvia o súbito marulhar da água revolvida, apesar de a embarcação já ter avançado alguns bons metros para adiante. O que acontecia então era o retroceder da água, que desenhava sobre si mesma as linhas de um V agora invertido, um lambda estreitando-se cada vez mais até interferir na forma do V original, alcançando, distorcido, a margem oposta para refratar-se novamente, até que surgisse sobre toda a largura da superfície da água um complexo entrançado de ondulações, ainda entregue por alguns minutos aos efeitos modificadores do movimento, para por fim serenar, alisando-se.

Vez após vez, Anton esforçava-se por compreender como o fenômeno se realizava. Em vão. Vez após vez, os fatores incrementavam-se de maneira a formarem um padrão que os seus olhos já não conseguiam abarcar.

O PRIMEIRO EPISÓDIO

1945

1

JÁ ERA DE NOITE, por volta das 19h30. Cepos de lenha haviam queimado na estufa a fogo lento por um par de horas até consumirem-se, esfriando novamente o ambiente. Anton estava à mesa com os pais; Peter, na sala dos fundos. Sobre um prato, via-se um cilindro de zinco do tamanho de um vaso de flores; do lado de cima sobressaía um tubo estreito que se ramificava na forma de um ípsilon. Dos pequenos orifícios nas extremidades ardiam, enviesadas uma diante da outra, duas chamas minguadas e pontiagudas, tão reluzentes que ofuscavam. Tal aparato projetava a sua luz exânime pelo aposento, em que se distinguiam também, nos contornos intensos das sombras, peças de roupa repetidamente remendadas a secar, utensílios de cozinha, pilhas de camisas por passar e uma caixa forrada de feno para manter a comida aquecida. Além disso, viam-se livros de dois gêneros provindos do gabinete de trabalho do pai: os emparelhados sobre o aparador prestavam-se à leitura; os romances de somenos importância empilhados sobre o chão serviam para acender a estufa que, na hora da necessidade e quando houvesse comida, fazia as vezes de fogão; os jornais já não circulavam há meses por ali. Excetuando-se o ato de dormir, todas as outras atividades domésticas davam-se no âmbito daquele aposento, a antiga sala de jantar. As portas corrediças mantinham-se fechadas. Atrás delas, do lado da rua, encontrava-se a sala de estar, onde não haviam posto os pés durante todo o inverno. Para isolarem-se do frio, mantinham as cortinas ali cerradas também de dia, de maneira que os transeuntes que passavam pelo cais imaginavam que a casa não era habitada.

Era janeiro de 1945. A Europa havia sido libertada em quase toda a sua totalidade, festejando, comendo, bebendo, fazendo amor e pouco a pouco esquecendo-se da guerra, mas Haarlem se convertia cada vez mais numa brasa cinzenta, ardendo sem chamas, como a que se via na estufa enquanto ainda havia carvão.

A mãe tinha diante de si, sobre a mesa, um pulôver azulescuro. Metade dele já havia sido consumida. Com a mão esquerda segurava um novelo de lã, que se avolumava na medida em que enrolava sobre ele os fios de lã do pulôver que ela ia desfazendo. Anton observava o fio que corria de um lado para o outro, fazendo com que a malha — ou antes a sua forma — fosse desaparecendo deste mundo, com as mangas ainda intactas e estendidas, como que pedindo para parar e se vendo pouco a pouco transformada numa bola. Percebendo o sorriso fugaz da mãe, dirigiu o olhar mais uma vez para a leitura. Os cabelos loiros da mãe estavam enrolados em tranças que lhe pendiam sobre as orelhas como duas conchas espiraladas. Vez ou outra interrompia brevemente a atividade para tomar um gole do já frio substituto de chá que ela preparava, por falta de melhores ingredientes, com neve derretida do jardim dos fundos. É certo que o abastecimento de água ainda não havia sido cortado, mas os encanamentos estavam todos congelados. A mãe estava com um dente cariado que por enquanto não se podia remediar. Seguindo o tradicional método da avó para diminuir a dor, havia forrado o sulco no dente com um pedaço de cravo-da-índia, encontrado na cozinha entre outras sobras. Tão ereta estava ela sentada, tão curvado o marido sobre a sua leitura. Os cabelos escuros puxando para o grisalho encaixavam-se como uma ferradura de cavalo sobre a cabeça calva; soprava a intervalos para dentro das mãos em forma de concha, mãos toscas e grandonas, ainda que não fosse nenhum operário, mas escrivão no tribunal da comarca.

Anton trajava as roupas que haviam ficado pequenas para o irmão. Peter, por sua vez, vestia um casaco preto do pai, largo demais. Tinha dezessete anos, e o seu corpo, por ter espichado numa época em que a comida se fazia escassa, parecia todo constituído de gravetos. Estava fazendo os deveres. Já havia alguns meses que não saía mais de casa: chegava numa idade em que poderia ser apanhado pela polícia para servir como mão-de-obra nos campos de trabalho alemães. Por ter repetido duas vezes de ano, estava ainda na oitava série do primeiro grau, e quem lhe ensinava agora era o pai, que lhe passava tarefas para que não ficasse ainda mais atrasado. Os irmãos pareciam-se tão pouco entre si quanto os pais. Há casais em que os cônjuges são o retrato vivo um do outro, o que talvez signifique que a mulher se pareça com a mãe do marido e o marido com o pai da mulher (ou, o que é mais provável, algo ainda

17

mais complicado), mas a família Steenwijk se constituía de duas partes bem definidas: Peter tinha puxado os cabelos loiros e os olhos azuis da mãe, ao passo que Anton puxara a cor de pele morena — ainda mais escura em volta dos olhos — e os cabelos castanhos do pai. Anton também havia parado de freqüentar a escola até segunda ordem. Estava na sexta série, mas as férias tinham sido prolongadas até o final do período de geadas por conta da escassez de carvão.

Estava com fome, mas bem sabia que só na manhã seguinte lhe dariam outra fatia de um pão escuro e amanhecido, untado com melaço de beterraba. Tinha esperado uma hora de pé na fila diante da cozinha central da escola. Foi só quando escureceu que virou a esquina da rua o carreto com as marmitas, protegido por um policial com uma espingarda sobre os ombros. Depois de lhe perfurarem os cupons, verteram-lhe na panela trazida de casa quatro conchas de sopa de um caldinho aguado. Passando pelo descampado a caminho de casa, havia provado apenas um pouco da papa quente e azedada. Felizmente já estava quase na hora de dormir: os seus sonhos não lhe traziam outro sentimento que o de paz.

Ninguém dizia nada. Do lado de fora tampouco se ouvia o que quer que fosse. A guerra já era eterna e, ao que tudo indicava, não teria mais fim. Nada de rádio, nem telefone, nem nada. As chamas minguadas zumbiam; a intervalos se ouvia alguma crepitação leve. Com um cachecol enrolado no pescoço e os pés enfiados num saco para aquecê-los que a mãe tinha improvisado com uma sacola de compras velha, lia ele um artigo da revista *Natureza e técnica*. Tinha ganho de aniversário um volume encadernado de segunda mão do ano de 1938. "Carta aos descendentes". Na foto da capa, via-se um grupo de americanos bem-nutridos, em mangas de camisa, com o olhar voltado para um invólucro reluzente em forma de torpedo, que pairava logo acima de suas cabeças e que logo seria lançado sob o solo à uma profundidade de quinze metros. Somente passados cinco mil anos é que o invólucro poderia ser aberto pelos descendentes, que teriam então uma visão do estágio da civilização humana quando da Exposição Mundial de Nova York. Na cápsula feita da incrivelmente forte liga de cupaloy, encontrava-se um cilindro de vidro a prova de fogo contendo centenas de objetos: um microfilme com informações sobre o avanço da ciência, da tecnologia e das artes em dez milhões de palavras, e milhares de ilustrações, jornais, catálogos, romances célebres, a Bíblia, naturalmente, acompanhada de traduções para trezentas línguas do Pai Nosso, mensagens de homens ilustres, mas também filmagens do terrível bombardeio dos japoneses no Cantão no ano de 1937, sementes, uma tomada elétrica, uma régua de cálculo e todo o tipo possível e imaginável de objetos — até mesmo um chapéu feminino da coleção outono-inverno de 1938. Todas as bibliotecas e todos os museus de peso do mundo receberam os seus respectivos certificados, nos quais se indicava o lugar onde se ocultavam as "minas eternas", lacradas com concreto, a serem encontradas e abertas no século LXX. Mas por que esperar até o ano 6938? — indagava-se Anton. Não seria interessante fazê-lo antes disso?

— Papai, quanto tempo é cinco mil anos atrás?

— Cinco mil anos certinhos — disse Steenwijk, sem elevar o olhar da leitura.

— É óbvio, disso eu já sabia. Mas já existia então... quer dizer...

— Quer dizer o quê?

— A humanidade já era, como agora...

— Civilizada? — perguntou a mãe.

— É.

— Por que você não deixa o menino formular sozinho suas perguntas? — perguntou Steenwijk, olhando para a esposa por cima dos óculos. E então, dirigindo-se a Anton: — A civilização se encontrava nos primórdios. Egito, Mesopotâmia. Por que a pergunta?

— Porque aqui estão dizendo que dentro de...

— Chega! — disse Peter, olhando por cima dos dicionários e das gramáticas. Empurrou o caderno na direção do pai e foi postar-se ao lado do irmão. — O que é que você está lendo?

— Não interessa — disse Anton, inclinando-se para cobrir o livro com o torso e os braços cruzados.

— Deixe disso, Tonny — disse a mãe, endireitando-o com um empurrão.

— Ele também não me deixa espiar as coisas dele!

— Que mentira esfarrapada, senhor Anton Mussert[2] — disse Peter, ao que Anton tampou o nariz e se pôs a cantarolar:

---

[2]Anton Adriaan Mussert: fundador do NSB (Movimento Nacional Socialista) em 1931, contrário ao Tratado de Versalhes entre os vencedores da Primeira Guerra Mundial e a Alemanha, e partidário de idéias fascistas como o desprezo pela democracia e pela igualdade. (*N. do T.*)

Porque eu nasci com azar
E com azar morrerei...

— Calados! — exclamou Steenwijk, esmurrando a mesa com a palma da mão.

Não raras vezes, o fato de ter o mesmo nome do líder do NSB, o movimento nazista holandês, transformava o rapaz em vítima da chacota. Na época da guerra, era praxe os fascistas darem aos filhos o nome de Anton, ou Adolf, e até mesmo de Anton Adolf, o que atestavam os orgulhosos anúncios de nascimentos nos jornais, acima dos quais muitas vezes constavam desenhos emblemáticos de armadilhas para lobos e caracteres rúnicos[3]. Numa fase posterior da sua vida, se lhe apresentavam alguém com tais nomes, ainda que abreviados em Ton ou Dolf, não podia deixar de fazer cálculos para descobrir se havia nascido na época da guerra. Em caso afirmativo, saberia então com uma certeza matemática que os pais haviam sido colaboradores. Dez ou quinze anos após o término da guerra, já se podia voltar a adotar o nome "Anton", o que indicava a irrelevância de Mussert e o esquecimento a que fora relegado; já com o nome "Adolf" a coisa jamais se remediou, permanecendo um tabu. A Segunda Guerra somente passaria para a

---

[3]Os símbolos rúnicos, dos quais a armadilha para lobos era o mais representativo, faziam a ponte entre o presente e as remotas eras das tribos germânicas, símbolos estes de que se aproveitaram os militantes nazistas na sua propaganda e na exaltação da raça ariana. A armadilha era uma espécie de espeto com dois ganchos: um deles era usado para firmar o espeto em árvores, o outro camuflava a isca presa nele, fincando-se na goela do animal. O lobo era visto como um dos arquiinimigos da espécie humana. (*N. do T.*)

História quando voltassem a surgir outros Adolfs; mas, para tanto, seria necessária ainda uma Terceira Guerra Mundial que fizesse a segunda recuar no passado, o que equivale a dizer que o nome jamais voltaria a ver a luz do dia. Até mesmo a cantiga que Anton cantarolava à guisa de contra-ataque não seria mais compreensível sem maiores esclarecimentos: tratava-se da melodia nasal de um comediante da rádio que se apresentava sob o nome de Pedro Azarento, isso na época em que ainda era permitido ter em posse aparelhos de rádio. Mas de coisas incompreensíveis o mundo ainda está repleto — também, e principalmente, para Anton.

— Venha se sentar aqui ao meu lado — disse Steenwijk a Peter, tomando o caderno nas mãos. Em tom declamatório, pôs-se a ler em voz alta a tradução do filho: — "Tal como os rios avolumados pela água das chuvas e pelo degelo da neve, precipitando-se montanha abaixo até alcançar as bacias escavadas nos vales, reúnem na concavidade de seu leito a espetacular massa de água que brota de copiosas nascentes, cujo borbulhamento estrepitoso mas abafado ouve o pastor, muito ao longe, nos montes; assim ecoavam também os gritos dos soldados lutando arduamente num encarniçado corpo-a-corpo"... Isso aqui não é uma maravilha? — exclamou Steenwijk, reclinando-se na cadeira e tirando os óculos.

— Demais — disse Peter. — Principalmente depois de se passar uma hora e meia em cima dessa porcaria.

— Isso vale até o esforço de um dia. Veja bem como o autor evoca a natureza na metáfora, mesmo que indiretamente. Percebeu? A imagem que prevalece não é a dos soldados lutando, mas a da paisagem da natureza, que persiste. O campo de batalha retrocede para o pano de fundo, mas os rios permanecem. Você ainda os ouve. O pastor é você. É como se dissesse que todo existir é a metáfora de uma outra história e que o que realmente importa é conhecer essa outra história.

— Que é a guerra — disse Peter.

Steenwijk fez como se não tivesse ouvido.

— Excelente trabalho, meu menino. Com exceção de um errinho. Não se trata de rios que confluem, mas sim de dois rios.

— Onde foi que você viu isso?

— Aqui: *symballeton* se refere a um dual, à junção de dois, ou de duas coisas. Só assim faz sentido, pois se trata de dois exércitos. É uma forma arcaica que só aparece em Homero. Basta você pensar em "símbolo", forma derivada de *symballo*, "jungir", "encontrar". Sabe o que significava a palavra *symbolon*?

— Não — respondeu Peter, num tom de voz em que transparecia todo o seu desinteresse.

— O que significava, pai? — quis saber Anton.

— Era uma pedra que se quebrava pela metade. Imagine que eu estivesse hospedado numa casa em outra cidade e que pedisse ao anfitrião para que recebesse você também. Como é que ele saberia que você é, de fato, o meu filho? Para tirar essa questão a limpo nós confeccionaríamos um *symbolon*: ele ficaria com uma das metades e eu traria a outra para casa e a daria a você. Quando você chegasse lá, juntariam as duas metades, que se encaixariam perfeitamente uma na outra, ficando resolvida a questão.

— Que idéia legal! — disse Anton. — Vou experimentar qualquer hora dessas.

Peter, lastimando-se, deu-lhes as costas.

— Em nome de Deus, por que é que eu sou obrigado a aprender essas coisas?

— Em nome de Deus, não, senhor — disse Steenwijk, fitando-o por sobre os óculos —, mas sim em nome da *humanitas*. Você ainda há de ver que prazer isso lhe proporcionará no futuro.

Peter fechou os livros, empilhando-os uns sobre os outros, e disse, num tom inusitado:

— E há quem não ria ao ver o ser humano?

— E o que isso quer dizer agora, Peter? — perguntou a mãe, ajeitando com a língua o pedaço de cravo-da-índia no seu devido lugar.

— Não quer dizer nada.

— É o que eu temia. *Sunt pueri pueri pueri puerilia tractant*[1] — disse Steenwijk.

O pulôver havia desaparecido completamente. A senhora Steenwijk colocou então o novelo de lã na cesta de costura.

— Vamos jogar um jogo antes de ir para cama?

— Para a cama, já? — reclamou Peter.

— Temos de economizar acetileno. O que resta só dá para alguns dias.

De uma gaveta da cômoda, a senhora Steenwijk tirou então um tabuleiro de ludo, que ela desdobrou sobre a mesa, afastando a lamparina para o lado.

---

[1] Provérbio latino que literalmente se traduz por "Meninos são meninos (e) meninos agem como meninos." (*N. da E.*)

— Eu quero o verde — disse Anton.

Peter olhou para o irmão, fazendo uma cara de "esse aí enlouqueceu".

— Por acaso você acha que os peões verdes trazem mais sorte?

— Acho.

— Isso é o que nós veremos.

Steenwijk deixou de lado o livro, com as páginas abertas. Nos minutos que se seguiram, não se ouviu mais nada além do ricochete dos dados sobre a mesa e do deslizar dos peões sobre o tabuleiro. Já eram quase oito horas da noite, toque de recolher. Do lado de fora reinava um silêncio quase lunar.

2

NO SILÊNCIO, o elemento no final das contas mais constante do que representava a guerra na Holanda, soaram repentinamente seis disparos agudos e estridentes: primeiro um, ao qual se seguiram outros dois e, após alguns segundos, um quarto e um quinto. Logo depois ecoou uma espécie de grito, acompanhado de um sexto tiro. Anton, a ponto de lançar os dados, imobiliza-se e olha para a mãe, a mãe para o pai, o pai para as divisórias corrediças; Peter, no entanto, levanta a rodela da lamparina e pousa-a sobre a chama. Num instante, tudo mergulhou na mais completa escuridão. Peter ergueu-se, arrastando-se alguns metros aos tropeções, abriu as portas corrediças e espreitou por um vão entre as cortinas da sacada. Na mesma hora se espraiou para dentro do aposento o ar gelado provindo da sala de estar.

— Atiraram em alguém — disse. — Tem uma pessoa estendida no chão.

Irrompeu no corredor.

— Peter! — gritou a mãe.

Anton percebeu que a mãe se precipitara para alcançar o irmão. Ele próprio se ergueu com um salto e correu para a sacada, contornando com uma destreza magistral todos os móveis que não via já havia meses e que agora também continuava sem ver: as poltronas, a mesa baixa e redonda com a toalha de mesa rendada sob a chapa de vidro, o aparador com a travessa de louça e os retratos dos avós. As cortinas, o parapeito da janela, tudo estava gelado; como havia passado tanto tempo sem que ninguém respirasse ali dentro, as vidraças da janela não apresentavam nem mesmo os costumeiros cristais de gelo. Era uma noite sem lua, mas a neve congelada retinha a luz das estrelas. Anton acreditou de início que o irmão estivesse brincando, mas, pela vidraça lateral esquerda da sacada, pôde constatar o fato com os próprios olhos.

No meio da rua deserta, diante da casa do senhor Korteweg, encontrava-se caída uma bicicleta cuja roda dianteira, apontada para cima, ainda girava — um efeito dramático como os que viriam posteriormente a aparecer em primeiro plano em todos os filmes sobre a Resistência. Peter, mancando, correu pela aléia do jardim da frente em direção à rua. Já havia semanas que estava com um abscesso num dos dedos do pé esquerdo que não queria saber de sarar; no ponto em que o sapato lhe apertava o dedo a mãe tinha feito um furo no couro. Ajoelhouse ao lado de um homem imóvel, estendido sobre a sarjeta perto do local em que se encontrava a bicicleta. A mão direita jazia sobre a beira da calçada, como se ainda tivesse tentado acomodar-se melhor. Anton percebeu as botas pretas reluzentes e os protetores de ferro aplicados aos saltos.

Postada na soleira da porta, a mãe gritou, num tom de voz ao mesmo tempo peremptório e sussurrante, que Peter entrasse em casa imediatamente. O rapaz ergueu-se e virou o pescoço para a esquerda e depois para a direita na direção do cais, voltando a pousar o olhar no homem antes de mancar de volta para dentro de casa.

— É o Ploeg — ouviu Anton, logo em seguida, da boca do irmão, no corredor, com algo na voz que lembrava triunfo. — Durinho de morto, para a informação de vocês.

Anton podia ter apenas doze anos, mas logo adivinhou: tratava-se de Fake Ploeg, inspetor-chefe da polícia, o maior traidor e assassino de Haarlem e arredores. Passava com freqüência por ali, a caminho do trabalho ou de volta para a sua casa em Heemstede. Tratava-se de um homem de estatura alta e ombros largos, um rosto tosco, vestindo na maior parte das vezes um casaco marrom-escuro, camisa, gravata e chapéu, mas com calças de montaria pretas e botas de cano alto, envolto numa aura de violência, ódio e medo. O seu filho, também chamado Fake, estava na mesma classe que Anton. Observou as botas. Sim, era ele. Ploeg tinha ele mesmo levado o filho à escola algumas vezes, na garupa daquela bicicleta. Quando percebia que todos se calavam à entrada da escola, Ploeg lançava ao redor de si olhares de desprezo; quando partia dali, o filho começava a andar pela escola, cabisbaixo, entregue à própria sorte.

— Tonny! — ecoou a voz da mãe. — Saia imediatamente da janela!

No segundo dia do ano letivo, uma época em que praticamente ninguém ainda o conhecia, Fake aparecera na escola vestindo o uniforme azul-claro do *Jeugdstorm*[5] e o respectivo boné negro de copa laranja. Isso foi em setembro, pouco tempo depois do *Dolle Dinsdag*[6], quando todos pensavam que os libertadores preparavam a sua entrada na Holanda e a maior parte dos membros do NSB e de seus colaboradores fugia para as fronteiras da Alemanha ou para mais além. Fake sentava-se na sua carteira da sala de aula, absolutamente sozinho, e já ia tirando os livros da bolsa. O senhor Bos, professor de matemática, estendera o braço, apoiando a mão no batente da porta para impedir a entrada dos outros alunos; aos que já tinham entrado ele ordenou que saíssem. Gritou para Fake que não se dariam aulas a quaisquer alunos de uniforme: as coisas ainda não haviam chegado e nem chegariam àquele ponto. Se quisesse ter aula, que voltasse para casa para trocar o uniforme por roupas comuns. Fake não retrucou, nem se voltou: continuou sentado, imóvel. Passados alguns segundos, apareceu o diretor, contorcendo-se por entre a multidão de alunos, e pôs-se a sussurrar na orelha do professor, gesticulando com as mãos, mas nem mesmo ele conseguiu demovê-lo do seu intento. Anton encontrava-se à frente, avistando por sob o braço do professor, no vazio da sala de aula, as costas de Fake. Este virou devagar o pescoço, enfrentando Anton com o olhar. Anton

---

[5]Ramificação dos jovens nacional-socialistas do NSB, colaboradores do movimento nazista alemão, fundada em 1934 por Kees van Geelkerken. (*N. do T.*)

[6]Terça-feira Louca: nome dado ao dia 5 de setembro de 1944, em que a Rádio Laranja anunciou o avanço das tropas britânicas em Breda, sul dos Países Baixos; a população já se preparava para receber os libertadores, mas teve de aguardar a sua entrada no dia 5 de maio de 1945, após o que se convencionou chamar de Inverno da Fome. (*N. do T.*)

sentiu-se então invadido por um sentimento de compaixão para com o menino como jamais havia sentido antes. Como é que Fake poderia voltar para casa com o pai que tinha? Antes que desse por si, deslizou por sob o braço do senhor Bos e foi sentar-se na sua carteira. Com o seu gesto, quebrara-se a resistência dos outros. Quando soou o sinal e todos foram embora, o diretor o reteve pelo braço, sussurrando que ele, com o seu gesto, poderia sem querer ter salvo a vida do senhor Bos. Ficou sem saber o que responder ao cumprimento; o assunto jamais voltou à tona na escola, e Anton não aludiu ao incidente nem mesmo em casa.

O corpo na sarjeta. A roda havia parado de girar. Acima, a portentosa abóboda celeste, estrelada. Os seus olhos já tinham se acostumado à escuridão: enxergava dez vezes melhor que pouco antes. Órion, que brandia a espada; a Via Láctea; um planeta de emanações ofuscantes, supostamente Júpiter: havia séculos que o firmamento sobre a Holanda não se apresentava tão nítido. Dois feixes de luz provenientes de algum holofote entrecruzavam-se para voltarem a se apartar, dançando lentamente no horizonte, ainda que não se ouvisse o menor ruído de aviões. Deu-se conta de que ainda tinha os dados numa das mãos, e enfiou-os no bolso.

Ao fazer menção de afastar-se da janela, avistou de repente o senhor Korteweg, que saía de casa com Karin no seu encalço. Korteweg apanhou Ploeg pelos ombros e Karin pelas botas, ao que se puseram a arrastá-lo dali, Karin andando de costas.

— Venham rápido ver isso aqui! — disse Anton.

Peter e a mãe ainda chegaram a tempo de ver o corpo ser abandonado diante da casa deles. O senhor Korteweg e Karin correram dali, após Karin lançar o boné, abandonado no ponto em que jazia, para perto do cadáver, e o pai, a bicicleta. Desapareceram em seguida para dentro de Nunca-Pensada.

Na sacada da casa dos Steenwijk, reinava o silêncio: ainda não ocorrera a ninguém dizer o que quer que fosse. O cais voltara a ficar deserto, e tudo estava como antes. E, ao mesmo tempo, tudo havia mudado. O morto jazia com os braços estendidos acima da cabeça, o casaco longo arregaçado até a altura da cintura, como se Ploeg tivesse caído de uma grande altura. Com a mão esquerda empunhava uma pistola. Anton reconhecia nitidamente o rosto largo e os cabelos engomados, penteados para trás, minimamente desgrenhados.

— Maldito seja! — bradou Peter de repente, com a voz esganiçada.

— Ei-ei-ei! — ecoou a voz de Steenwijk no breu da sala dos fundos, num tom de repreensão. Ainda não se havia erguido da mesa.

— Os canalhas o abandonaram na frente da nossa casa! — gritou Peter. — Céus! Nós temos de tirar o corpo dali antes que os boches[7] apareçam!

— Você trate de não se meter — disse a senhora Steenwijk. — Não temos nada que ver com isso.

— Nada além do fato de ele estar agora estendido na porta da nossa casa! Por que a senhora acha que eles fizeram isso? Porque os boches virão com represálias, claro. Como o que aconteceu recentemente no canal Leidse.

---

[7]Gíria francesa internacionalizada após a Primeira Guerra Mundial para designar pejorativamente os alemães. "Mof" em holandês. (*N. do T.*)

— Nós não fizemos nada de errado, Peter.

— Como se eles fossem levar isso em consideração! Espere só os boches chegarem! — Saiu da sala. — Venha cá, Anton, rápido! Vamos cuidar nós mesmos da questão!

— Será que vocês enlouqueceram? — bradou a senhora Steenwijk. Engasgou, pigarreou e cuspiu o cravo-da-índia. — O que raios pretendem fazer?

— Pôr o corpo de volta no lugar onde estava. Ou na frente da casa da senhora Beumer.

— Na frente da casa da senhora Beumer? Como pode pensar numa coisa dessas?

— Por que não na frente da casa dela e sim na nossa? No final das contas, a senhora Beumer tem tão pouco a ver com isso quanto nós. Que azar a água do canal ter congelado... Vamos achar uma solução.

— Vocês não farão absolutamente nada!

A senhora Steenwijk, no meio-tempo, também havia saído da sala. Na luz tênue que falhava através do vitral da porta para o vestíbulo, Anton viu que a mãe se postara no batente e que Peter tentava empurrá-la para o lado. Ouviu-a virar as chaves na fechadura, enquanto gritava:

— Willem, diga alguma coisa!

— O que você quer que eu diga? — Anton ouviu o pai resmungar, ainda na sala dos fundos. — Eu...

Ao longe tiros soaram novamente.

— Se ele tivesse sido atingido pelas balas alguns segundos depois, estaria agora estendido na frente da casa da senhora Beumer! — gritou Peter.

— Pois é... — disse Steenwijk mansa e estranhamente gaguejante. — Mas não foi o caso.

— Ah, é? E o senhor pode me dizer se foi o caso o cadáver estar agora na frente da nossa casa, sendo que não estava antes? — disse Peter, de súbito. — Por sinal, fique o senhor sabendo que eu vou colocá-lo de volta. Com ou sem ajuda.

Virou-se para disparar em direção à porta da cozinha, mas, com um grito de dor, tropeçou sobre os gravetos e as toras de lenha ali empilhadas, que a mãe havia cortado das últimas árvores do descampado.

— Peter, pelo amor de Deus! — gritou a mãe. — Você está brincando com a sua vida!

— Não mais que vocês, oras!

Antes que Peter pudesse levantar-se, Anton virou a chave na fechadura da porta da cozinha, atirando-a para o corredor, em cujo breu ela sumiu de vista com um tinido metálico; correu em seguida para a porta da frente, com cuja chave fez o mesmo.

— Pelo amor de Deus! — exclamou Peter, lacrimejante. — Será que vocês são tão idiotas? Que imbecilidade!

Foi até a sala dos fundos, abriu as cortinas com um puxão e apoiou a sola do pé não-machucado contra as portas de vidro que davam para o jardim, que se escancararam com um solavanco, rangendo e fazendo voar as tiras de jornal que as mantinham vedadas, de maneira que Anton avistou subitamente o pai, ainda sentado à mesa, destacando-se espectralmente contra o fundo branco da neve.

Assim que Peter desapareceu no jardim, Anton irrompeu novamente na sacada. Olhou para fora e viu o irmão reaparecer ali, coxeando, após contornar a casa, pular a sebe e apanhar Ploeg pelas botas. Nesse momento, pareceu hesitar: talvez à vista de tanto sangue, talvez por não se haver decidido para que lado seguir. Mas, antes de conseguir fazer o que quer que fosse, foi detido por gritos que soaram na extremidade do cais:

— Alto lá! Parado onde está! Mãos ao alto!

Acercaram-se três homens, pedalando energicamente; atiraram as bicicletas na rua e seguiram correndo. Peter deixou então cair as pernas do morto, arrancou a pistola da sua mão e saiu correndo, sem mancar, até a sebe da casa dos Korteweg, atrás da qual desapareceu. Os homens puseram-se a gritar uns para os outros. Um deles, que vestia um casaco grosso de inverno e boné, disparou um tiro e saiu correndo no encalço de Peter.

Anton sentiu o calor que emanava do corpo da mãe ao seu lado.

— O que foi isso? Atiraram no Peter? Para onde é que ele foi?

— Deu a volta.

Anton acompanhava os acontecimentos com os olhos esbugalhados. O segundo homem, um policial militar de uniforme, voltou correndo para onde deixara cair a bicicleta, na qual montou para sair dali à toda velocidade, enquanto o terceiro, que estava à paisana, deslizou para o outro lado da berma, acocorando-se no carreiro de sirgagem e empunhando uma pistola com ambas as mãos.

Anton agachou-se atrás do parapeito da janela e voltou-se para o interior da casa. A mãe tinha desaparecido. Viu a silhueta do pai, que permanecia sentado à mesa, um pouco mais inclinado para a frente que alguns minutos antes, como que em prece. A mãe encontrava-se na varanda que dava para o jardim, sussurrando o nome do filho no breu da noite. Era como se o vento gelado que se infiltrava na casa emanasse das suas costas, voltadas na direção deles. Não se ouvia nenhum outro ruído. Anton via e ouvia tudo, mas, estranhamente, era como se não estivesse ali por inteiro. Uma parte do seu ser já se encontrava em outro lugar, ou em lugar nenhum. Estava desnutrido e, agora, retesado por aquele frio. Mas não era só isso. Tal como estavam naquele momento — o pai, à mesa, como uma silhueta sombreada, recortada contra a neve, a mãe na varanda do lado de fora, à luz das estrelas — eternizavam-se. Aquela fração da realidade destacava-se de tudo o que a precedera e de tudo o que se seguiria, desdobrando-se sobre si mesma, empreendendo a viagem através da vida que se estenderia até o ponto em que tudo se desfaria, rebentando como uma bolha de sabão, após o que seria como se jamais houvesse existido.

Entrou a mãe.

— Tonny! Cadê o Tonny? Você o está vendo?

— Não.

— E agora, o que é que nós fazemos? Pode ser que ele tenha encontrado algum esconderijo. — Agitada, precipitou-se novamente para fora de casa, regressando em seguida. De repente, dirigiu-se na direção do marido e o sacudiu pelos ombros.

— Quando é que você vai acordar? Estão atirando no Peter! Pode até ser que já tenham acertado!

Steenwijk ergueu-se vagarosamente. Sem dizer palavra, alto e esguio como era, deixou a sala. Voltou logo em seguida, vestindo um chapéu coco preto e um cachecol em volta do pescoço. Fez menção de descer da varanda para o jardim, mas, no último momento, retrocedeu. Anton percebeu a sua tentativa frustrada de gritar em alto e bom som o nome de Peter, tentativa que se resumiu na emissão de um som ininteligível e rouco. Abatido, deu meia-volta. Entrou em casa e foi sentar-se, trêmulo, na cadeira ao lado da estufa. Passados alguns segundos, disse:

— Desculpe-me, Thea... por favor, desculpe-me...

A senhora Steenwijk esfregava as mãos nervosamente.

— Tanto tempo se passou sem maiores complicações para agora, logo no final... Anton, vista o casaco. Ah, meu Deus! Onde foi parar esse menino?

— Vai ver que entrou na casa dos Korteweg — disse Anton. — Ele pegou a pistola do Ploeg.

Pelo silêncio que se seguiu às suas palavras, percebeu que se tratava de algo terrível.

— Você tem certeza do que viu?

— Tenho, vi agorinha mesmo, assim que os homens chegaram. Pegou a arma e saiu correndo...

Na luz tênue e granulada que agora iluminava os aposentos, simulou passos de corrida, inclinando-se para arrancar uma pistola imaginária de uma mão igualmente imaginária.

— Espero que ele não tenha... — gaguejou a senhora Steenwijk, estacando. — Vou agora mesmo dar um pulo até a casa dos Korteweg.

Fez menção de sair correndo pelo jardim, mas Anton a seguiu, gritando às suas costas:

— Tome cuidado! Um dos homens ainda pode estar escondido por aí!

Assim como o marido pouco antes, também ela recuou diante do silêncio gélido que reinava do lado de fora. Nada se mexia: o jardim; atrás dele, o descampado árido e coberto de neve. Anton também se petrificou. Tudo permanecia imóvel — ainda que o tempo continuasse a se escoar. Era como se todos os elementos brilhassem com a passagem do tempo, ao exemplo de cascalhos no fundo do riacho. A desaparição de Peter, o corpo em frente de casa e, nos arredores, homens armados, que se mantinham calados. A Anton parecia poder num átimo desfazer todos os acontecimentos num passe de mágica para que tudo voltasse a ser como logo antes, quando a família ainda se encontrava à mesa, jogando ludo — só não lhe ocorria como operar a transformação, ainda que tivesse a mais absoluta certeza de ter o poder para tanto. Era como quando esquecia um nome qualquer repetido uma centena de vezes, que lhe estava na ponta da língua, mas que não somente não queria manifestar-se, como lhe escapava cada vez para mais longe na sua tentativa frustrada de adivinhá-lo. Ou como o que lhe acontecera certa vez, em que se percebera respirar, ininterruptamente, inalando e exalando o ar, na ilusão de que sufocaria caso não atentasse continuamente para o gesto — e, neste momento, quase sufocou de fato.

Ao longe se ouviu o ruído de motocicletas, assim como o de um carro, a aproximarem-se.

— Venha para dentro, mamãe — ordenou Anton.

— Já vou... mas quero fechar as portas antes.

Ela tentava se dominar, mas Anton percebia claramente no seu tom de voz estar ela também balançando à beira de algum abismo, sem controle sobre os seus movimentos. Acreditou ser o único em plena posse de suas faculdades mentais — o que não poderia ser de outra maneira, se realmente quisesse tornar-se piloto. Na aviação também se era confrontado com situações delicadas: como, por exemplo, no olho de um ciclone, em que não venta e o sol brilha, mas de onde urge sair-se, penetrando-se no turbilhão da tempestade, para evitar que se acabe o combustível e se esteja irremediavelmente perdido...

Já se ouviam o carro e as motocicletas no cais, à frente da entrada da casa, enquanto de mais adiante pareciam surgir ainda outros veículos, mais pesados que os primeiros. Até esse ponto, tudo ainda parecia estar sob controle; afinal, o que havia mudado, excetuando-se o sumiço de Peter? Aliás, o que mais poderia mudar?

Foi então que aconteceu. Guincho de freios, gritos em alemão, o ruído metálico de botas saltando sobre o asfalto. A intervalos surgia pela fresta das cortinas uma luz intensa. Na ponta dos pés, Anton dirigiu-se à sacada. Por todos os lados, viam-se soldados com fuzis e metralhadoras, motocicletas que chegavam ou partiam, caminhões que traziam mais soldados; uma ambulância, da qual retiraram uma maca. Até que, subitamente, Anton correu as cortinas com um puxão, voltando-se para o interior.

— Eles estão aqui — disse, em meio à escuridão.

No mesmo momento, bateram à porta de entrada com coronhadas de armas e um furor tal que Anton logo adivinhou que algo de terrível estava prestes a acontecer.

— *Aufmachen! Sofort aufmachen!*[8]

Anton viu-se involuntariamente procurando refúgio na sala dos fundos. A mãe dirigiu-se para o corredor, gritando com a voz trêmula que não podia abrir, pois a chave havia desaparecido — ao que a porta foi arrombada a pontapés e arremessada contra a parede do vestíbulo. Anton ouviu o espelho partir-se: o espelho com os detalhes de dois elefantinhos talhados na moldura de madeira, acima da mesinha de pés torcidos. De repente a casa se encheu, no corredor e nos quartos, de soldados armados e de capacete, envoltos no bafo de um frio glacial, soldados grandes demais para aquela casa, que já não lhes pertencia. Ofuscado pela luz de uma lanterna de mão, Anton elevou um braço à altura dos olhos; entreviu, porém, sobre o peito de um agente, o escudo rutilante da Feldgendarmerie, a Polícia Militar Alemã, o invólucro cilíndrico da máscara de gás atado a um cinturão e as botas às quais aderiam camadas de neve empastada. Acima da sua cabeça e sobre as escadas, pateavam as botas. Um agente à paisana surgiu então no aposento. Vestia um casacão preto de couro que lhe chegava à altura dos tornozelos, sobre a cabeça um chapéu com as abas reviradas.

— *Papiere vorzeigen! Schnell, schnell, alles, alles!*[9] — bradou.

---

[8]Abram, abram imediatamente! (*N. do T.*)
[9]Mostrem os seus documentos todos! Rápido, rápido! (*N. do T.*)

Steenwijk ergueu-se e foi abrir uma gaveta do aparador, enquanto a esposa dizia:

— *Wir haben nichts damit zu machen.*[10]

— *Schweigen Sie* — berrou o homem. Estava de pé, ao lado da mesa. Com a unha do indicador, fechou o livro que Steenwijk estivera lendo. — *Ethica* — leu na capa —, Benedictus de Spinoza. *Ach so!*[11] — disse, elevando o olhar. — *Solche Sachen liest man hier. Judenbücher!*[12] — E, voltando-se para a senhora Steenwijk: — *Gehen Sie ein paar Schritte hin und her.*[13]

— Quer que eu faça o quê?

— *Hin und her gehen! Sie haben wohl Scheisse in den Ohren!*[14]

Anton viu como a mãe, tremendo de corpo inteiro, pôs-se a andar de um lado para o outro, com a perplexidade de uma criança estampada no rosto. O homem enfocou então sobre as pernas dela a lanterna que empunhava o soldado ao seu lado.

— *Das genügt*[15] — disse logo em seguida. Anos depois, Anton viria acidentalmente a descobrir que o agente acreditava poder ver no seu modo de andar se se tratava de uma judia ou não.

Steenwijk mantinha-se de lado, com os documentos solicitados em mãos.

— *Ich...*[16]

---

[10]Nós não temos nada que ver com isso! (*N. do T.*)

[11]Já entendi! (*N. do T.*)

[12]De maneira que é isso o que se lê por aqui. Livros de judeus! (*N. do T.*)

[13]Dê alguns passos de lá para cá. (*N. do T.*)

[14]Eu disse para andar de um lado para o outro! Por acaso a senhora tem merda nos ouvidos? (*N. do T.*)

[15]Basta. (*N. do T.*)

[16]Eu... (*N. do T.*)

— *Nehmen Sie gefälligst den Hut ab, wenn Sie zu mir reden!*[17]

Steenwijk tirou o chapéu-coco antes de prosseguir:

— *Ich...*

— *Halten Sie das Maul, Sie verjudetes Dreckschwein.*[18]

O homem pôs-se a analisar os papéis e os cupons de racionamento, para olhar em seguida ao redor.

— *Wo ist der Vierte?*[19]

A senhora Steenwijk quis replicar, mas o marido se adiantara:

— *Mein ältester Sohn...* — disse, com a voz trêmula —, *aufgebracht von dem schauderhaften Ereignis, hat, ohne sich zu verabschieden, jäh die elterliche Wohnung verlassen, und zwar in jener Richtung.*[20] — Com o chapéu, apontou para a direção da Bem-Situada, onde moravam os Beumer.

— *So* — disse o alemão, enfiando os papéis no bolso. — *Hat er? Jäh, nicht wahr?*[21]

— *Allerdings.*[22]

O homem fez um sinal com a cabeça.

— *Abführen.*[23]

A partir desse momento, os acontecimentos precipitaram-se uns aos outros vertiginosamente. Sem permissão para

---

[17]Faça o favor de tirar o chapéu ao falar comigo! (*N. do T.*)

[18]Cale o bico, seu porco judeu imundo. (*N. do T.*)

[19]Onde está o quarto? (*N. do T.*)

[20]O meu primogênito... delirante em face do terrível incidente, abandonou a casa paterna repentinamente, sem despedir-se, mais precisamente naquela direção. (*N. do T.*)

[21]Foi mesmo? Repentinamente, o senhor diz? (*N. do T.*)

[22]Certamente. (*N. do T.*)

[23]Levem-nos! (*N. do T.*)

42

apanhar o que quer que fosse, nem mesmo os casacos, foram empurrados para fora de casa. Havia motocicletas por todos os lados, assim como carros particulares cinzentos e tanques do Exército, estacionados desordenadamente. Por todos os lados, uniformes e um alvoroço de gritos, acompanhados de feixes de luz dançantes, provindos das lanternas de mão. Alguns soldados traziam cães na coleira. A ambulância já havia partido; de Ploeg só ficara a bicicleta. E uma nódoa grande e avermelhada na neve. De algum lugar indefinido, Anton ouvia ainda outros disparos surdos. Sentiu a mão da mãe tateando à procura da sua. Ao elevar o olhar na sua direção, divisou um rosto metamorfoseado em estátua, petrificado num ricto de horror. O pai, que voltara a vestir o chapéu, fitava o chão, como era o seu costume ao andar. Aquela algazarra toda, porém, aquela agitação que se seguira ao silêncio tumular dos últimos meses, antes parecia encher Anton de uma ambígua sensação de bem-estar. É possível que também estivesse um tanto hipnotizado pelos feixes de luz intensos, que lhe incidiam vez após vez sobre o rosto, mas o fato é que finalmente acontecia algo!

Absorto num estado de desvario, sentiu subitamente a mão da senhora Steenwijk apertar a sua própria ainda mais fortemente antes de serem arrancados um para cada lado.

— Tonny! — exclamou a mãe.

Mas ela desapareceu no mesmo instante, em direção indefinida, para além de onde estavam os caminhões; o mesmo se deu com o pai. Sustendo Anton pelo braço, um soldado o arrastou para um DKW do outro lado da rua, estacionado de atravessado sobre uma faixa da berma. O soldado empurrou-o para dentro do veículo, cuja porta bateu.

Era a primeira vez na vida que Anton se via dentro de um carro. Pôde vislumbrar vagamente o volante e o painel do veículo. O painel de controle de um avião tinha ainda mais visores. Num Lockheed Electra, por exemplo, havia uma boa quinzena deles, e mais dois volantes. Olhou para fora. Não via os pais em parte alguma. E Peter, onde diabos haveria ele de ter se escondido? Na casa dos Korteweg também entravam e saíam soldados empunhando lanternas, mas, tanto quanto pôde ver, Peter não estava com eles. Teria sem dúvida alguma conseguido escapar, fugindo para o descampado. Haveriam os soldados descoberto que Ploeg estivera caído primeiro ali? Porque no jardim dos Beumer não havia ninguém. Os vidros do carro iam se embaçando, restringindo o seu campo de visão; quando se pôs a limpá-los, o que fez com que as suas mãos ficassem molhadas com o seu próprio bafo, deu-se conta de que as imagens continuavam distorcidas e embaçadas.

De repente abriram-se as portas para a varanda do quarto dos pais. Puxaram-se logo em seguida as cortinas à janela da sala de estar, depois de que todas as vidraças foram espatifadas do lado de dentro a coronhadas de arma. Petrificado, acompanhou aquela chuva de estilhaços. Que canalhas! Onde é que os seus pais encontrariam agora vidros novos, numa época em que nem mais estavam disponíveis no mercado? Felizmente pareciam já ter atingido a sua cota de destruições na casa, pois os soldados foram aparecendo um a um do lado de fora. A porta de entrada, porém, essa eles deixaram aberta.

Não acontecia mais nada, mas, assim mesmo, não iam embora dali. Alguns deles acendiam um cigarro, trocando algumas palavras entre si, de mãos nos bolsos e batendo com os pés no chão para manterem-se aquecidos; outros moviam as lanternas em direção à casa, como para constatar, satisfeitos, os resultados da destruição levada a cabo pelas suas próprias mãos. Anton procurava novamente os pais com o olhar, mas não conseguia distinguir quem quer que fosse no breu que reinava logo adiante, a não ser as sombras em meio aos feixes de luz, que dançavam de um lado ao outro. Latido de cães. Voltou a pensar no incidente de pouco antes, na sala, quando o homem de chapéu ralhara tão grosseiramente com seu pai. A lembrança pareceu-lhe de repente insuportável, ainda mais insuportável do que no momento em que o fato se dera. Seu pai sendo obrigado a tirar o chapéu... Expulsou a lembrança de seus pensamentos, na esperança de nunca mais ser confrontado com ela. Não era possível aquilo ter acontecido. Jamais usaria um chapéu-coco enquanto vivesse; e, quando a guerra findasse, deveriam proibir o uso de quaisquer chapéus!

Olhou para fora com um sentimento de estranheza. Pouco a pouco, tudo mergulhava no silêncio. Todos tomaram uma certa distância, ninguém mais se movia. Soou um comando, ao que um dos soldados se dirigiu à casa dos Steenwijk, atirando algo pela janela mediana da sacada para sair correndo em seguida, inclinando o tronco para adiante. Após uma detonação estrondosa, surgiu um foco de fogo na sala de estar, de chamas tão vivas que cegavam. Anton agachou-se; quando voltou a olhar, explodiu uma segunda granada de mão no quarto do andar de cima. Logo em seguida, surgiu outro soldado, carregando nas mãos o que parecia ser uma mangueira de incêndio, cujo invólucro cilíndrico ele trazia às costas; adiantou-se e dirigiu contra as janelas da casa a mangueira, que se pôs a cuspir poderosos jatos de fogo em meio a um chiado sem par.

Anton não acreditava no que via. O que acontecia seria verdade ou imaginação sua? Pôs-se, em meio ao desespero, a procurar o pai e a mãe, mas não enxergava mais nada por conta dos clarões de luz que o haviam ofuscado pouco antes. O fogo irrompia em jatos consecutivos casa adentro, enegrecendo de fumaça todos os aposentos: a sala de estar, o vestíbulo, o quarto e até mesmo o telhado de colmo. Aquilo não era ilusão: era a mais pura realidade! A casa consumia-se nas chamas, por dentro e por fora. Lá se ia tudo o que possuíam: as suas coisas, os seus livros, Karl May, o seu *Física do campo livre*, a sua coleção de fotografias de aeronaves, a biblioteca do pai, as faixas de feltro verde que forravam as prateleiras, as roupas da mãe, o novelo de lã, as cadeiras e as mesas. Tudo perdido.

O soldado, atarrachando o lança-chamas, interrompeu o fluxo dos jatos de fogo para desaparecer na escuridão. Alguns homens da Grüne Polizei, a polícia encarregada de vigiar os territórios ocupados pelos alemães, deram um passo adiante, carregando carabinas de atravessado nas costas, enfiaram as luvas atrás dos cinturões e estenderam os braços em direção ao fogo crepitante, como se quisessem contê-lo, enquanto conversavam uns com os outros em meio a risos ruidosos.

Alguns metros adiante, estacionou um outro caminhão. Na carroceria, um grupo de homens tiritando de frio, vestindo apenas casacos sem sobretudo, sob o olhar vigilante de soldados com metralhadoras engatilhadas; Anton pôde perceber, em meio aos clarões das chamas, que se tratava de soldados da SS. Vozerio, comandos; em pares e algemados, os prisioneiros saltaram sobre o asfalto para desaparecerem na escuridão. A casa, ressequida por conta da geada, consumia-se tão sofregamente nas chamas como um jornal velho. Anton pôde sentir as emanações ardentes até mesmo dentro do veículo. Pela trapeira do lado esquerdo da água-furtada serpeavam, encrespadas, as línguas de fogo afiladas; agora era o seu quarto que se consumia na labareda. Ele próprio, pelo menos, começava a sentir menos frio. De repente as chamas se arrojaram por sobre toda a extensão do telhado, iluminando o cais com os clarões vívidos do fogo, como a luz das ribaltas no palco durante uma representação teatral.

Numa fração de segundo, imaginou vislumbrar a mãe, de cabelos soltos, por entre os veículos mais adiante, além de alguém que corria na sua direção; alguma coisa estava acontecendo por ali, algo que já lhe escapava à percepção. Pensou ainda: e agora? Os alemães não ordenavam o apagamento das luzes para não chamarem a atenção do inimigo? Não demoraria para que os ingleses percebessem algo e viessem até ali. Tomara!... Sobre a tábua serrada de viés, atarrachada acima da armação das janelas da sacada, pôde ainda distinguir o nome ali burilado, mesmo que chamuscado: "Sem preocupação". Os quartos, em que reinara por tanto tempo um frio glacial, pareciam agora arder nas labaredas do inferno. De todos os lados, a fuligem caía, maculando a neve.

Passados alguns minutos, ouviram-se estalos ribombantes em meio ao pandemônio, ao que a casa inteira se foi abaixo em meio a um imenso repuxo de centelhas. Os cães puseram-se a latir; os militares, que se esquentavam, recuaram com um salto, ao que um deles tropeçou sobre a bicicleta de Ploeg, esparramando-se no chão. Os outros contorciam-se de rir, enquanto, na mesma hora, ouvia-se da outra extremidade do cais o matraquear da descarga de uma metralhadora. Anton deitou-se de lado, enroscando-se sobre si mesmo, os punhos cruzados sobre o queixo.

Quando o alemão do sobretudo comprido abriu a porta do veículo e o viu deitado ali, estacou por alguns segundos. Como se tivesse se esquecido da sua existência.

— Scheisse![24] — disse ele.

Anton foi constrangido a arrastar-se para o espaço exíguo atrás dos assentos, de onde mal conseguia ver o que se passava do lado de fora. O alemão, por sua vez, foi sentar-se ao lado do motorista militar, acendendo em seguida um cigarro. O motor começou a dar solavancos; o motorista limpou o pára-brisa embaçado com a manga para arrancar em seguida. Era a primeira vez que Anton andava de carro. As casas estavam todas mergulhadas no breu, nas ruas continuava não havendo viv'alma além de grupos minguados de alemães aqui e acolá. Os dois homens não trocavam uma palavra sequer. Rumavam para Heemstede. Passados alguns minutos, pararam diante de uma delegacia de polícia vigiada por dois sentinelas.

---

[24] Merda! (N. do T.)

A sala de espera aquecida estava repleta de homens, na sua maioria uniformizados, alemães e holandeses. Anton logo ficou com água na boca ao inalar um aroma de ovos fritos, ainda que não visse ninguém comendo. O local estava iluminado com luz elétrica, e todos os homens só faziam fumar. Fizeram-no sentar numa cadeira ao lado da enorme estufa, cujo calor o envolveu. O alemão falava com um inspetor de polícia holandês, fazendo, a intervalos, sinal com o queixo na direção de Anton. Somente agora o enxergava nitidamente — o que ele viu, porém, naquele ano de 1945, viu-o com um olhar distinto do olhar com que o veria nos dias de hoje. O homem deveria ter por volta de quarenta anos: tinha, com efeito, aquele rosto emaciado e endurecido dos alemães, com uma cicatriz horizontal de navalhada sob o pômulo esquerdo — um detalhe até então cômico, hoje usado única e exclusivamente por diretores de comédias do filmes B sádicos; hoje, só rostos de bebê à la Himmler são artisticamente aceitáveis. Na época em questão, porém, nada tinha de artístico: era a sua aparência real, a de um "fanático nazista", e não tinha a menor graça. Foi embora pouco depois, sem se dignar a olhar na direção de Anton.

Um cabo carregando uma manta tosca cinzenta dirigiu-se até ele, pedindo-lhe que o acompanhasse. A eles se juntou, no corredor, um outro agente de polícia. Levava em mãos um molho de chaves.

— Mais um? Era só o que faltava — disse, assim que viu Anton. — Quer dizer que agora vamos trancafiar crianças também? Ou será que ele não passa de mais um judeuzinho?

— Não fique perguntando tanto — disse o cabo.

Chegando ao final do corredor, desceram em fila indiana as escadas que levavam ao porão. Anton voltou-se ainda para o cabo e indagou:

— Os meus pais também estão vindo para cá?

O cabo esquivou-se do olhar do menino.

— Eu não sei de nada. Nós aqui não temos nada a ver com o incidente.

Mais abaixo havia um corredor menos longo, em que reinava um frio gélido. Sob toda espécie de tubulações e encanamentos, viam-se, de cada lado, portas de ferro pintadas com uma demão de tinta amarelada, pontilhada de manchas de ferrugem. Do teto pendia o bulbo de uma lâmpada fraca e bruxuleante.

— E onde é que nós vamos achar lugar para mais esse aí? — quis saber o cabo.

— No chão. Terá de dormir no chão.

O cabo passou os olhos ao longo das portas, como se enxergasse além delas.

— Fazer o quê? Vai ser ali mesmo — disse, indicando a última porta do lado esquerdo.

— Mas essa cela é a solitária do SD.[25]

— Faça o que eu estou mandando.

O agente destrancou a porta, e o cabo atirou a manta sobre o catre encostado à parede.

— Só por esta noite — disse a Anton. — Tente dormir um pouco. — Voltando-se para um canto que os olhos de

---

[25] *Sicherheitsdienst:* Serviço de Espionagem e Informação dos nazistas, fundado em 1931 por Heinrich Himmler. (*N. do T.*)

Anton não podiam varar na escuridão, acrescentou: — Agora você tem companhia, mas faça-me o favor de deixar o garoto sossegado, porque ele já teve a sua dose de sofrimento por conta de vocês.

Anton sentiu uma mão empurrando-o, e cruzou a soleira da porta, entrando na cela escura. A porta fechou-se atrás de si, e ele viu-se mergulhado no mais completo breu.

3

Tateando no escuro, encontrou o catre, sobre o qual se sentou. Sentia de todos os lados a presença do homem que deveria estar em algum canto por ali. Espalmou as mãos sobre as coxas e pôs-se a escutar as vozes no corredor. Não demorou muito para que ouvisse o eco de passos de botas escalando os degraus, após o que tudo silenciou. Foi então que ouviu a respiração do outro.

— Como é que você veio parar aqui?

Era uma voz suave de mulher. Como se, de súbito, um grande perigo tivesse sido evitado. Esbugalhou os olhos, numa tentativa de devassar a escuridão, mas era como se estivesse fitando a superfície de águas negras e insondáveis. Ouviu outras vozes, abafadas, provindas das celas contíguas.

— Incendiaram a nossa casa.

Ao pronunciar tais palavras, deu-se conta da própria incredulidade. Imaginar que, no espaço confinado entre Bem-Situada e Nunca-Pensada, não havia mais nada além das ruínas ainda fumegantes do que havia sido a sua casa. A voz hesitou antes de replicar:

— Isso foi agora?

— Sim, senhora.

— Por quê?

— Por vingança. Um sujeito levou um tiro, mas nós não tivemos nada que ver com isso. Depois não nos deixaram levar nada conosco.

— Desgraçados...! — exclamou ela. E, após uma pausa: — Meu Deus, e você por acaso estava sozinho em casa?

— Não. Estava com meu pai e minha mãe, e meu irmão também. — Percebeu que os seus olhos iam-se fechando involuntariamente; arregalou-os então, o que não fez a menor diferença.

— E onde eles estão agora?

— Não sei.

— Foram levados pelos alemães?

— Foram. Pelos menos meu pai e minha mãe.

— E seu irmão?

— Fugiu. Ele quis... — só agora é que começava a chorar. — O que vai ser de mim? — estava envergonhado, mas não pôde se conter.

— Venha se sentar aqui do meu lado.

Ergueu-se, ensaiando uns passos cuidadosos na direção da mulher.

— Estou aqui, venha — disse ela. — Estenda o braço.

Sentiu os dedos da mulher, que o agarrou pela mão, puxando-o para si.

Sentada no catre, envolveu-o com um braço, enquanto, com o outro, apertava-lhe a cabeça contra o peito. Ela cheirava a suor, mas, ao mesmo tempo, exalava um outro odor, algo adocicado que ele não pôde identificar. Talvez fosse perfume. Em meio à escuridão, tomou consciência de uma outra escuridão, na qual ouvia os batimentos do coração da mulher, um tanto acelerados demais para alguém que só fazia consolar outro alguém.

Após sossegar, distinguiu uma tênue faixa de luz no vão por debaixo da porta, no qual crivou o olhar. Do lugar em que a mulher estava, deveria ter podido vê-lo quando entrou na cela. A mulher dispôs então a manta sobre o garoto e si mesma, mantendo-o apertado contra o peito. Exalava um calor menos intenso que o da estufa minutos antes, ainda que mais intenso na sua percepção. Os olhos de Anton voltaram a ficar rasos de lágrimas, mas agora de uma maneira diferente. Queria perguntar por que estava detida, mas não se atreveu a fazê-lo. Talvez fosse por comércio ilegal. Ouviu-a soluçar.

— Eu não sei o seu nome — sussurrou — e é melhor mesmo que eu nem venha a saber. Assim como é aconselhável que você não saiba o meu. Eu só quero que você nunca na sua vida se esqueça de uma coisa.

— Do quê?

— Quantos anos você tem?

— Quase treze, senhora.

— Pode ir parando de me chamar de senhora. Ouça bem. Eles vão querer iludir você com um monte de histórias para boi dormir, mas eu quero que você nunca se esqueça de uma coisa: de que eles são alemães, boches, e que foram eles que incendiaram a sua casa. Cada um fez o que fez, e nada mais.

— Disso eu já sei — disse Anton, algo indignado. — Afinal de contas, eu vi com meus próprios olhos.

— Pois é, eles fizeram isso por aquele canalha ter sido liquidado ali, mas vão justificar o ato pondo toda a culpa na

Resistência. Vão afirmar que os "fora-da-lei" sabiam do que estava para acontecer e que a culpa é inteiramente deles.

— Ah — exclamou Anton, endireitando-se, enquanto tentava formular com palavras o que lhe passava pela cabeça —, mas, nesse caso, nesse caso... é como se a culpa não fosse nunca de ninguém. Como se todo mundo pudesse fazer o que bem entender.

Sentiu os dedos da mulher afagarem-lhe os cabelos.

— Por acaso... — começou ela, hesitante — você sabe como o sujeito se chamava?

— Ploeg — disse.

Ela rapidamente cobriu a boca do garoto.

— Fale baixo.

— Fake Ploeg — sussurrou Anton. — Ele era da polícia. Um desses membros imundos do NSB.

— Você o viu? — perguntou ela, bem baixinho. — Tem certeza de que ele morreu mesmo?

Anton assentiu. Quando se deu conta de que ela não tinha como enxergá-lo no escuro, apenas, no máximo, senti-lo, disse:

— Mortinho da silva. — Relembrou-se da mancha vermelha que vira na neve. — Estou na mesma classe do filho dele.

Ouviu-a respirar profundamente.

— Você sabia — disse ela, após uma curta pausa — que se os membros da Resistência, que eles chamam de "fora-da-lei", não tivessem feito o que fizeram, o tal do Ploeg ainda teria matado um monte de gente? E então...

Afastou de repente o braço que o envolvia e começou a soluçar. Anton assustou-se, quis confortá-la, mas não sabia como. Endireitou-se e estendeu uma das mãos até tocá-la: seus cabelos eram espessos e crespos.

— Por que é que você está chorando?

Ela agarrou a mão dele e a apertou contra o peito.

— É tudo tão terrível! — disse então, com a voz sufocada. — Este mundo é um inferno, um inferno. É melhor mesmo que tudo acabe logo, eu não agüento mais...

Anton podia sentir sob a palma da mão o seu peito macio — de uma suavidade sutil, como jamais sentira antes. No entanto, não se atreveu a mover a mão.

— Tudo o quê?

Tomou-lhe a mão entre as suas. Pela voz, percebeu que ela havia voltado o rosto na sua direção.

— A guerra. A guerra, claro. Só mais algumas semanas ainda, e ela terá terminado. Os americanos já alcançaram o rio Reno, e, os russos, o Oder.

— Como é que você sabe disso com tanta certeza?

Ela o havia dito com convicção, ao passo que ele, em casa, só ficava sabendo muito vagamente do estado das coisas, que se anunciavam primeiro de uma maneira, para se revelarem em seguida de outra. Não obteve resposta à questão. Por mais tênue que fosse a faixa de luz que se escoava pelo vão da porta, já conseguia distinguir, ainda que não nitidamente, os contornos da sua cabeça e do seu corpo, assim como os seus cabelos algo volumosos: o lugar em que se encontrava, o braço que ela movia na sua direção.

— Posso apalpar o seu rosto para ter uma idéia de como são os seus traços?

Ela deslizou mansamente sobre a sua testa as pontas dos dedos frios, guiando-os para as suas sobrancelhas, em seguida para as bochechas, o nariz e os lábios. Imóvel, com a cabeça algo inclinada para trás, Anton entregou-se ao seu toque. Tinha a impressão de que, por trás daquele gesto, ocultava-se algo de muito solene, uma iniciação, tal como se fazia em países da África. De repente a mulher afastou a mão e começou a gemer.

— O que foi? — perguntou Anton, assustado.

— Não é nada. Deixa para lá... — Sentou-se recurvada.

— Está sentindo alguma dor?

— Não é nada, acredite. Juro. — Voltou a empertigar a coluna e disse: — Eu já estive num lugar ainda mais escuro que este aqui. Há algumas semanas.

— Mora em Heemstede?

— Não me faça perguntas desse gênero. É melhor para você não saber nada ao meu respeito. Um dia você vai entender por quê. Certo?

— Certo.

— Ouça o seguinte: a noite está bem clara hoje, apesar de não se ver a lua. Há algumas semanas também não havia lua, mas o céu estava encoberto, e não tinha ainda nevado. Eu tinha ido para a casa de um amigo nas redondezas, com quem eu tinha conversado. Só saí da casa dele de madrugada, ultrapassando de longe o toque de recolher. Estava tão escuro que eu tinha certeza de que ninguém me veria. Conheço o lugar como a palma da minha mão, e rumei para casa tateando os muros e os cercados para me guiar. Estava tão escuro que era como se eu estivesse cega. Para não fazer ruído nenhum, descalcei os sapatos. Não estava enxergando um palmo diante do nariz, mas sabia exatamente onde estava. Pelo menos, era o que eu achava. Apesar de tudo, me lembrava do caminho com extrema precisão. Tinha feito aquele mesmo trajeto centenas, talvez até milhares de vezes. Conhecia cada canto, cada sebe, cada árvore, cada calçada. Até que, de repente, me dei conta de que estava perdida. Estava tudo fora de lugar. Apalpei um arbusto no lugar em que esperava encontrar o parapeito de uma janela, um poste de iluminação onde deveria haver a saída de uma garagem. Dei mais alguns passos, até que comecei a apalpar no vazio. Ainda estava andando sobre um calçado de paralelepípedos, mas sabia que perto dali deveria haver uma vala. Fiquei com medo de dar um passo em falso e cair dentro dela. Comecei então a engatinhar de um lado para o outro. Não estava levando comigo nem uma caixa de fósforos ou uma lanterna de mão que fosse. Decidi então ficar sentada, esperando até que o dia raiasse. Você consegue imaginar o quanto me senti completamente sozinha?

— Você chorou? — perguntou Anton, suspendendo a respiração. Era como se estivesse agora enxergando no escuro o que a mulher não tinha conseguido enxergar então.

— Não cheguei a tanto — disse ela, com um risinho. — Mas eu tive medo, isso sim. Talvez mais por causa do silêncio do que pelo escuro. Eu sabia que tinha inúmeras pessoas nas redondezas, mas era como se tudo tivesse desaparecido. Os limites do mundo eram eu mesma. O fato de eu estar com medo não tinha nada que ver com a com a guerra. Estava também morrendo de frio.

— E então?

— Imagine você: descobri que estava sentada na rua quase em frente à minha própria casa! Incrível, não é? Bastava dar cinco passos para entrar nela.

— Já me aconteceu também algo parecido — disse Anton, que havia se esquecido por completo de onde estava, e por quê. — Foi quando eu me hospedei na casa do meu tio em Amsterdã.

— Isso foi há um bom tempo, imagino.

— No verão passado, enquanto ainda havia trem. Eu devo ter tido algum pesadelo. Só sei que acordei e me levantei para ir ao banheiro. Escuridão total. Em casa, quando eu me levanto da cama, saio pelo lado esquerdo. Foi quando eu percebi que, do lado direito, onde deveria estar a parede, não tinha parede nenhuma. Quase morri de susto. Era como se a parede tivesse se tornado muito mais espessa e dura e, do lado em que eu esperava encontrar a parede... do lado em que eu esperava encontrar a parede houvesse um desfiladeiro.

— E você, chorou?

— Com certeza!

— Aí então seu tio, ou sua tia, acendeu a luz, e você se lembrou de onde estava.

— Isso mesmo: meu tio. Eu estava de pé na cama e...

— Psiu!

Ouviram-se passos na escada. Ela o abraçou novamente e ficou imóvel, à escuta. Vozes no corredor; tinido de chaves. Por alguns segundos, ouviu-se um outro ruído que Anton não soube identificar, até que, de repente, soaram imprecações e um barulho surdo de tapas. Alguém estava sendo arrastado pelo corredor, enquanto outro alguém continuava a proferir impropérios do lado de dentro da cela. Foi então que a porta se fechou com um golpe violento, acompanhado de um estrondo metálico. O homem no corredor continuava sendo maltratado, a socos ou talvez mesmo a pontapés — o fato é que urrava. Outro soar de botas descendo pesadamente os degraus em carreira desabalada e mais gritaria, depois de que o homem foi provavelmente arrastado escada acima. Menos alarido. Alguém riu. Até que tudo silenciou.

Anton tremia.

— Quem era? — quis saber.

— Não sei. Eu não cheguei aqui há muito mais tempo que você. Essa corja... Eles vão acabar todos na forca, e antes mesmo do que imaginam. Deixe estar, que os russos e os americanos vão dar aos canalhas o que eles merecem. Pensemos nós aqui em outro assunto — disse ela, voltando-se na direção do menino e alisando-lhe os cabelos com ambas as mãos —, enquanto isso ainda for possível.

— Como assim?

— Pois é, enquanto ainda nos mantiverem aqui juntos. Amanhã eles deixam você sair.

— E você?

— Talvez não — respondeu ela, com um tom de voz em que transparecia a sua esperança de que, contrariando as expectativas, também conseguisse sair no dia seguinte. — Mas não se preocupe comigo, que eu me arranjo. Então, vamos falar de quê? Ou será que você está cansado? Quer dormir?

— Eu não.

— Então está bem. Mas nós só estivemos falando de escuridão. Que tal falarmos agora do claro?

— Boa idéia.

— Imagine muita luz. Sol. Verão. Que mais?

— A praia.

— Isso. Antes de haver abrigos anti-aéreos e barricadas. Dunas de areia. E o sol brilhando no bolsão formado por elas. Tanta luz que até ofusca. Você se lembra?

— E como! Os galhos nas dunas ficam até desbotados de tanto sol.

De repente, no mesmo tom, a mulher começou a discursar de maneira tal que era como se estivesse se dirigindo a uma terceira pessoa na cela.

— Pois é, luz. Mas a luz não é só sinônimo de luz. Eu me explico melhor: eu quis certa vez escrever um poema em que a luz seria uma metáfora do amor, ou melhor, o amor uma metáfora da luz, uma comparação. Também é perfeitamente possível você comparar a luz ao amor. Talvez fique até mais bonito, porque a luz é anterior ao amor. Os cristãos dizem que não, mas, sabe como é, cristão é cristão. Ou será que você é cristão?

— Pelo que eu saiba, não.

— Nesse poema, eu queria comparar o amor a uma espécie de luz que, logo depois do pôr-do-sol, às vezes você vê filtrada por entre as árvores. Essa luz mágica, sabe? É a luz que existe em alguém que ama outro alguém. O ódio é a escuridão, o que não é bom. Mas isso não impede que nós odiemos os fascistas: esse ódio, sim, é bom. Mas aí você me pergunta: como isso é possível? E eu respondo: é possível, sim, porque nós odiamos em nome da luz, ao passo que eles odeiam em nome das trevas. Odiamos o ódio, e é por isso que o nosso ódio é melhor que o deles. Mas também é por conta disso que a nossa posição é mais delicada. Para eles tudo é simples, para nós, difícil. Temos de nos transformar um pouco neles para combatê-los, deixando de ser nós mesmos por um tempo, o que não os incomoda, porque eles podem nos destruir com a maior facilidade. Assim é que precisamos destruir um pouco primeiro a nós mesmos, antes de destruirmos a eles. Já eles não. Podem tranqüilamente continuar a ser o que são, e é por isso que são tão fortes. Mas, já que não existe luz dentro deles, mais cedo ou mais tarde vão sair perdendo. Só tem uma coisa com a qual nós temos de ter cuidado: não nos transformar demais neles, não nos destruir a nós mesmos, porque, nesse caso, quem terá ganho serão eles...

Recomeçou a gemer, mas, antes que ele pudesse dizer o que quer que fosse, ela retomou o discurso. Anton não estava entendendo mais uma só palavra do que ela dizia, mas se sentia todo prosa de que ela lhe falasse como o faria a um adulto.

— Há também um outro detalhe em relação a essa espécie de luz. Uma pessoa que ama alguém afirma que esse alguém é muito bonito, ou bonita, de uma maneira ou de outra, por dentro ou por fora, ou ambas as coisas, o que um estranho talvez não enxerga, e às vezes com razão. Bonito é aquele que ama, justamente porque ama, e esse amor se expressa na luz que essa pessoa irradia. Eu também tenho alguém que me ama e que me acha linda, o que eu absolutamente não sou. Ele, sim, é bonito, apesar de ser feio que dói, de uma porção de maneiras diferentes.

63

Eu também não deixo de ser bonita, mas somente por amar a esse homem, ainda que ele não saiba disso. Acha que eu não o amo, mas eu o amo sim. Agora você é a única pessoa que sabe disso, mesmo não sabendo quem eu ou ele sejamos. Ele tem uma esposa e dois filhos, da sua idade, que precisam muito dele, da mesma maneira que você precisa do seu pai e da sua mãe...

Calou-se de repente.

— Onde será que estão meus pais a essa altura? — perguntou Anton, baixinho.

— Devem estar detidos em algum lugar. Você deve vê-los amanhã, acredito eu.

— E por que é que eles estão num lugar diferente do meu?

— Boa pergunta. Não se esqueça de que nós estamos lidando com um bando de monstros. É tanta confusão que nem eles sabem mais direito como agir. Eles estão apenas se mantendo ocupados. Estão cagando nas calças. Mas fique sossegado. Quem me preocupa mais é seu irmão.

— Quando ele fugiu, levou a pistola do Ploeg — disse Anton, na esperança de que ela não achasse a nova informação de todo ruim.

Ela tardou alguns segundos em responder e, quando o fez, disse então:

— Meu bom Jesus...

A voz da mulher revelou-lhe mais uma vez que se tratava de algo funesto. O que teria acontecido ao Peter? De repente, era como se não conseguisse mais processar os fatos. Desmoronou no colo da mulher, caindo na mesma hora no mais profundo dos sonos.

4

UMA HORA, ou talvez até mesmo uma hora e meia depois, despertou com uma gritaria tal como ainda se ouviria por anos a fio em toda a Europa. Na mesma hora, voltou a ser ofuscado pela luz de uma lanterna. Foi tirado do catre, puxado por um braço, impelido a sair para o corredor — tão bruscamente que não conseguiu enxergar nem de relance a sua companheira de cela. Mais uma vez via alemães e agentes policiais por todos os cantos. A porta da cela foi fechada com um estrondo por um membro do alto escalão da SS, que vestia um quepe com emblema de caveira e estrelas de prata além de galões cosidos no colarinho. Tratava-se de um belo homem, que devia andar pelos seus 35 anos, com um rosto regular e nobre tal como Anton costumava ver em ilustrações de livros infanto-juvenis para rapazes.

Trancafiar um menino desses, gritava ele, escalando os degraus da escada, *ausgerechnet*[26] na mesma cela da terrorista! Será que todos tinham perdido a razão? Aliás, também não era para essa maldita comunista estar ali; iria com ele para

---

[26]Justamente. (*N. do T.*)

Amsterdã, para o posto policial que chefiava na Euterpestraat. Os companheiros poderiam se dar por contentes de ela ainda não ter sido libertada, caso contrário, alguns dos *Beamte*[27] já não estariam vivos para contar história. Que pocilga era aquela? Quem é que tinha ordenado tudo aquilo? Por acaso tinha sido alguém do *Sicherheitsdienst*[28]? Ah, já sei. *Et tu, Brute!* Imagino que o responsável quisesse se munir de um bom pretexto aqui em Heemstede para poder brincar de *Weihnachtsmann*[29] depois da guerra, fingindo ser o grande partidário da Resistência. Aposto que isso vai interessar muito à Gestapo. Este garoto pode se dar por feliz de estar vivo. E esse sangue no rosto dele?

Anton encontrava-se mais uma vez na sala de espera; viu uma mão enluvada cujo indicador apontava na sua direção. Sangue? Passou a mão nas bochechas. Um agente lhe apontou um espelho de barbear redondo que pendia de uma argola de aço na parede. Ergueu-se na ponta dos pés e viu no espelho de aumento os traços de sangue ressecado que os dedos da mulher haviam deixado sobre os seus cabelos e o seu rosto pálido.

— Este sangue não é meu.

Nesse caso, só podia ser dela, gritou o oficial. Era só o que faltava! Estava ferida, que chamassem um médico imediatamente, porque ele ainda precisava dela. No que dizia respeito ao garoto, iria na mesma noite com ele para o *Ortskommandantur*[30] para ser entregue aos pais no dia seguinte. O que é que eles

---

[27]Funcionários. (*N. do T.*)
[28]SS, Serviço de Segurança da Alemanha nazista. (*N. do. T.*)
[29]Papai Noel. (*N. do T.*)
[30]Comando Militar Alemão. (*N. do T.*)

estavam esperando, *bisschen Ruck-Zuck*,[31] seus cabeças-de-queijo-meia-cura! Não era de se espantar que fossem volta e meia *abgeknallt*.[32] *Oberinspektor*[33] Ploeg é outro! Decidiu sair para dar uma voltinha de bicicleta à noite, no escuro, o *Vollidiot*[34].

Envolto na manta grossa, foi levado por um soldado alemão de capacete para o lado de fora. Já era noite cerrada, mas de uma claridade cristalina. À porta estava estacionado um Mercedes, do oficial, naturalmente, com capota de lona e compressores imensos perto do capô.

O alemão carregava uma carabina a tiracolo; as bordas do seu longo sobretudo verde-escuro estavam atadas em volta dos tornozelos, de maneira que a sua marcha tinha algo do andar pesadão e escarrapachado de um urso. Disse a Anton para sentar-se na garupa da motocicleta do oficial, agarrando-se nele para não cair. O menino enrolou-se na manta, pousou as mãos em volta dos ombros imensos do oficial e pressionou o torso contra as costas que carregavam a arma.

Após o arranque, foram ziguezagueando pelas ruas desertas a caminho de Haarlem sob um céu pontilhado de estrelas, derrapando aqui e acolá; o trajeto levou menos de dez minutos. A neve ia sendo esmagada sob os pneus, mas era como se nem mesmo os estalos do motor pudessem romper o silêncio. Era a primeira vez na vida que Anton andava de motocicleta. Apesar do frio, envidava o maior dos esforços para não cair de

---

[31]Rápido e rasteiro! (*N. do T.*)
[32]Mortos a tiro. (*N. do T.*)
[33]Inspetor-chefe. (*N. do T.*)
[34]Imbecil de marca maior. (*N. do T.*)

novo no sono. Estava escuro e claro ao mesmo tempo. A nuca do alemão, tão próxima dos seus olhos, estava descoberta entre a gola do sobretudo e o aço do capacete: uma listra de pele coberta de cabelos curtos e escuros. Lembrou-se de um acontecimento, um ano antes, na piscina. Chegada uma certa hora, o complexo aquático tinha de ser liberado para os membros da *Wehrmacht*.[35] Ele, porém, tinha ficado à toa, demorando-se tanto na cabine do trocador que ultrapassou o limite do horário. Tinha ouvido aproximar-se do lado de fora a coluna de soldados em marcha, em meio a cantos e pateada de botas. Hei-li hei-lo hei-la! Não demorou para que fizessem a sua entrada pomposa e atroadora no complexo deserto, arrastando os pés, gargalhando e bramindo. Anton não ouviu qualquer abrir-e-fechar de portas de cabine, o que significava que os soldados estavam tirando as roupas no espaço comunitário; um minuto depois, ouviram-se os passos secos dos pés descalços rumando para a piscina. Somente quando tudo silenciou foi que se atreveu a sair da cabine. No final do corredor em que estavam dispostas as cabines, atrás da porta de vidro, viu-os: transformados, como num passe de mágica, em seres humanos, homens comuns, todos nus, corpos branquelos com rostos e pescoços morenos, braços bronzeados até a altura dos cotovelos. Tratou de sair dali voando. Nos vestiários — que, em geral, só eram usados pelos pouco favorecidos — pôde ver pendurados os uniformes ali deixados, além de cinturões, quepes e botas. No ar pairava uma tremenda ameaça, uma violência à espera... Com

---

[35] Forças Armadas alemãs. (*N. do T.*)

movimentos tais como executa quem acabou de despertar de um sono profundo, numa flutuação ligeira, os uniformes desprendem-se do lugar em que foram abandonados para dirigirem-se a um monte de lenha ardendo em chamas gigantes, logo à frente do alpendre de uma casa de campo branca — mas, felizmente, tudo está imerso em água, um canal talvez, ou uma piscina; com um chiado, apagam-se as chamas...

Despertou com um sobressalto. Encontravam-se parados em Hout, perto do acesso a uma espécie de trincheira cavada ao redor do *Ortskommandantur* para o estacionamento de tanques de guerra. Para onde quer que olhasse, Anton via cercas de arame farpado. O acesso foi-lhes franqueado por uma sentinela. Na escuridão do pátio formado pelas trincheiras, ainda reinava uma azáfama de caminhões e outros veículos afins, com estreitas faixas de luz horizontais que se filtravam dos vidros dos seus faróis camuflados, acima dos quais haviam disposto pequenas viseiras. A bulha de motores e buzinas, acompanhada de todo um vozerio, formava o mais intenso contraste com a precaução com que costumavam racionar todo e qualquer uso de luz.

O soldado aprumou a motocicleta sobre o descanso e conduziu Anton para dentro. Também ali estavam todos em polvorosa: militares andando de um lado para o outro, telefones tocando e máquinas datilográficas matraqueando. Fizeram-no esperar sobre um banco de madeira numa pequena e bem-aquecida sala contígua. Pela fresta da porta entreaberta, pôde enxergar toda a extensão de um corredor, onde, de repente, divisou o senhor Korteweg. Escoltado por um soldado de cabeça descoberta sobraçando papéis e documentos, saiu por uma porta, atravessou toda a largura do corredor, para em seguida desaparecer na porta do lado oposto. Deveriam ter descoberto, no meio-tempo, o que ele havia feito. Ocorreu a Anton o que isso significava: seus pais também deveriam estar por ali. Com tal idéia na cabeça, bocejou e, reclinando-se de lado, caiu no sono.

Ao despertar, seus olhos encontraram-se com os de um segundo-sargento de alguma idade, vestindo um uniforme folgado demais e botas três-quartos muito largas, que lhe lançou uma piscadela amistosa. Anton encontrava-se num outro aposento, deitado num sofá vermelho e metido sob um cobertor de lã. O dia tinha raiado do lado de fora. Retribuiu o sorriso do sargento. A consciência de que a sua casa já não mais existia se fez presente por uma fração de segundo para submergir imediatamente nos recônditos de onde escapara. O sargento arrastou uma cadeira para junto de Anton, sobre a qual colocou uma caneca de metal com leite quente e um prato com três enormes fatias redondas de pão preto integral, untadas com algo da cor de vidro fosco — de que ele viria a saber anos depois, de passagem pela Alemanha rumo à sua casa na Toscana, que se tratava de gordura de ganso: *Schmalz*. Nada mais viria a ser tão saboroso como aquelas fatias de pão. Nem mesmo os pratos mais caros nos melhores restaurantes do mundo, como o Bocuse de Lyon, o Lasserre de Paris, que ele freqüentou na viagem de volta da Itália; da mesma maneira como os fora-de-série Lafite-Rothschild ou Chambertin jamais lhe proporcionariam o prazer com que bebeu aquela caneca de leite quente. Quem nunca passou fome, seguramente aprecia melhor os prazeres da mesa; não sabe, porém, o que significa comer.

— *Schmeckt, gelt?*[36] — indagou o sargento.

Após trazer uma segunda caneca de leite, observando, divertido, a voracidade com que Anton sorvia o seu conteúdo, mandou o rapaz ir lavar-se na torneira do banheiro. Olhando no espelho, Anton viu sobre o rosto os vestígios de sangue, que no meio-tempo haviam secado e agora apresentavam uma cor ferruginosa; pouco a pouco, hesitante, foi apagando com a água os únicos traços do que lhe restara da mulher. Em seguida lhe passaram um braço por cima dos ombros, conduzindo-o ao gabinete do *Ortskommandantur*. Sobre a soleira da porta, hesitou por algum momento, mas o segundo-sargento lhe indicou a poltrona à frente da sua mesa, dando a entender que se sentasse.

O comandante da *Ortskommandantur*, o governador militar da cidade, estava falando ao telefone. Olhou na sua direção sem o ver efetivamente, mas com um aceno paternal e tranqüilizador. Tratava-se de um homem baixo e gordo de cabelos brancos curtos, vestindo o uniforme cinza da *Wehrmacht*; o coldre com a pistola encontrava-se ao lado do quepe sobre a superfície da escrivaninha. Viam-se ali também quatro fotografias emolduradas, das quais Anton só via o verso, apoiadas sobre os pequenos suportes triangulares. Da parede à sua frente pendia um retrato de Hitler. Olhou pela janela, pousando o olhar sobre as árvores impassíveis, desfolhadas e cobertas de geada, para as quais não

---

[36]Como é, gostou? (*N. do T.*)

71

existe guerra. O comandante pôs o telefone no gancho, fez uma anotação qualquer e vasculhou em pastas à procura de alguma coisa, para só então pousar as mãos cruzadas sobre o mata-borrão, perguntando a Anton se tinha dormido bem. Falava holandês com um forte sotaque alemão, mas perfeitamente inteligível.

— Dormi, sim, senhor — respondeu Anton.

— O que aconteceu ontem foi terrível.

O comandante balançou a cabeça de um lado para o outro.

— O mundo é um vale de lágrimas. Aonde quer que você vá. A minha casa em Linz também foi destruída por bombas. Tudo *kaputt*. Os meus filhos morreram. — Sacudia a cabeça sem tirar os olhos do rapaz. — Mas você queria dizer algum coisa? — perguntou. — Pode dizer.

— Meu pai e minha mãe por acaso estão aqui? Eles também foram levados ontem. — Sabia que não deveria mencionar Peter, senão os poria no encalço do irmão.

O comandante pôs-se novamente a folhear toda aquela papelada.

— Quem os levou foi uma outra *Dienstelle*.[37] Sinto muito, não há nada que eu possa fazer. É tudo uma confusão geral por aqui. Acho que eles estão em algum lugar das redondezas. Só nos resta esperar. A guerra também não vai mais durar muito. Quando acabar, tudo vai ter sido como um pesadelo. Pois é — disse então, de repente, rindo e estendendo os braços na direção de Anton —, mas o que é que nós fazemos agora com você? Fica aqui conosco? Quer virar soldado?

---

[37]Repartição. (*N. do T.*)

Foi a vez de Anton sorrir, constrangido, sem saber ao certo o que dizer.

— O que você quer ser quando crescer — lançou um olhar furtivo sobre uma pequena ficha cinzenta —, Anton Emanuel Willem Steenwijk?

Anton percebeu que se tratava do seu passe de identificação.

— Não sei ainda. Aviador, talvez.

O comandante sorriu, mas o sorriso não tardou a morrer-lhe nos lábios.

— Muito bem — disse, desatarrachando a tampa de uma enorme caneta tinteiro cor-de-laranja. — Mas agora vamos aos fatos. Você tem família em Haarlem?

— Não, senhor.

O comandante ergueu o olhar.

— Família nenhuma, nem um parente?

— Só em Amsterdã. Um tio e uma tia.

— Você acha que pode passar uns tempos lá?

— Imagino que sim.

— Como se chama o seu tio?

— Van Liempt.

— E o primeiro nome?

— Hum... Peter.

— Profissão?

— Médico.

Alegrou-se diante da perspectiva de ir morar algum tempo na casa dos tios. Sempre se lembrava da bela casa que eles tinham na Apollolaan, a alameda Apolo. Na sua percepção, pairava algo de indefinível e misterioso naquela casa: talvez por causa da cidade grande que a circundava.

Anotando nome e endereço, o comandante declamou em tom solene:

— *Phöbus Appolo! Der Gott des Lichtes und der Schönheit!*[38] — De repente, lançou um olhar ao relógio de pulso, pousou a caneta sobre a mesa e ergueu-se. — Momento! — disse então, retirando-se às pressas do gabinete. Gritou no corredor algo para um dos soldados, que saiu correndo com passadas enérgicas. — Daqui a pouco sai um comboio de viaturas para Amsterdã — disse, assim que voltou —, e você pode seguir com eles. Schulz! — gritou. Anton percebeu que iria o segundo-sargento escoltá-lo o rapaz até Amsterdã. Ele próprio escreveria um *Notiz*[39] endereçado às *Behörde*[40] de lá. Que agasalhassem bem o menino no meio-tempo. Dirigiu-se então a Anton e estendeu-lhe uma das mãos, apoiando a outra sobre os seus ombros. "Boa viagem, senhor comandante-aviador. E ânimo, que você chega lá!"

— Sim, senhor. Até logo, senhor.

— *Servus, Kleiner.*[41]

O comandante ainda lhe beslicou as bochechas com os nós dos dedos, mandando que o levassem dali. Numa espécie de despensa fria e com cheiro de mofo, Schulz ia procurando roupas para o rapaz, falando-lhe num dialeto absolutamente

---

[38]Febo Apolo! Deus da luz e da beleza! (*N. do T.*)
[39]Memorando. (*N. do T.*)
[40]Autoridades. (*N. do T.*)
[41]Até mais, garoto. (*N. do T.*)

incompreensível. Anton pôde distinguir fileiras e mais fileiras de casacos e botas militares, além de capacetes novos em folha alinhados sobre as prateleiras. Schulz reapareceu, então, trazendo consigo dois pulôveres grossos de cor cinza, que Anton deveria vestir um sobre o outro; enrolou-lhe então um cachecol em volta do pescoço, cobrindo as orelhas, rematando o ato com um capacete que lhe deslizou sobre a cabeça. Quando percebeu que o pesado objeto dançava na cabeça do garoto, forrou o estofo de couro por dentro do capacete com folhas amassadas de jornal e atou com força os cordões de maneira que o capacete se firmasse. Recuou alguns passos para observar o resultado, mas balançou a cabeça, insatisfeito. Na extremidade esquerda da fileira, apanhou um casaco e segurou-o contra Anton. Em seguida tirou de uma gaveta uma tesoura gigantesca e pousou o casaco no chão; o que Anton percebeu em seguida, esbugalhando os olhos, foi que Schulz estava, nada mais nada menos, confeccionando um casaco sob medida para ele: da parte de baixo do casaco, subtraiu uma faixa larga de tecido, fazendo o mesmo com as mangas logo em seguida. Cingiu-lhe então a cintura com uma corda desfiada para que o conjunto ficasse todo bem assentado. Por fim, deu a Anton um par enorme de luvas forradas, provocando um acesso de gargalhada da parte de Schulz, que, proferindo algumas palavras ininteligíveis, tornou a gargalhar com um entusiasmo ainda maior.

Se os seus amigos pudessem vê-lo agora! Mas eles estavam numa hora dessas em casa, aborrecidos, sem saber de nada. Schulz subiu para vestir ele também casaco e capacete; tendo apanhado a carta do comandante, que meteu no bolso do casaco enquanto seguia pelo corredor, conduziu o rapaz para o lado de fora.

Do céu encoberto caíam finas agulhas de um gelo cintilante. Quando chegaram à garagem, do outro lado do terreno demarcado por tapumes, encontraram a pequena escolta já à espera. Viam-se quatro grandes caminhões de carga cobertos com uma lona cinzenta; encabeçando a coluna de caminhões, um veículo alongado e aberto: no assento dianteiro, ao lado do motorista, estava sentado um oficial, que olhava ao redor, impaciente, à espera dos dois. Nos dois assentos traseiros, encontravam-se quatro soldados encapotados, com metralhadoras no colo. Anton, seguindo as instruções dadas, acomodou-se na cabine do primeiro caminhão, entre um soldado carrancudo ao volante e Schulz. Quanta coisa acontecendo! Anton, ainda novo demais para lembrar-se efetivamente do passado, experienciava cada novo acontecimento como uma percepção que suplantava e quase desfazia a anterior.

Saindo pela periferia, afastaram-se de Haarlem, tomando a estrada com faixa dupla que conduzia a Amsterdã, seguindo paralela ao antigo carreiro de sirgagem. À exceção deles, não circulavam outros veículos. À esquerda pendiam, em curvas graciosas, os cabos aéreos dos trens e dos bondes; sobre o asfalto, os trilhos erguiam-se aqui e acolá como antenas de caracol. Em alguns pontos, viam-se postes de iluminação derrubados. Por todos os lados, o solo coberto de gelo. Iam devagar; o barulho dentro da cabine era tal que qualquer conversa se tornava impossível. À sua volta, Anton só via armações de ferro sucateado e sujo, o que de alguma maneira lhe contava mais sobre a guerra do que tudo o que ele tinha ouvido até então. O fogo e aquele ferro-velho todo — isso era a guerra.

Sem haver encontrado quem quer que fosse até então, atravessaram Halfweg, passando pela refinaria de açúcar abandonada, até que chegaram à etapa final: só faltavam mais vinte quilômetros para alcançarem Amsterdã. Anton já podia vislumbrar a cidade na linha do horizonte, além do aterro, disposto ali com vistas à construção de um anel rodoviário, como lhe contara o pai. Ao passarem pelas jazidas de turfa cobertas de neve, o veículo dianteiro enviesou de súbito para o acostamento, enquanto os soldados brandiam as armas e gritavam, saltando para fora. Anton viu no mesmo momento o avião: de dimensões não maiores que as de uma mosca, sobrevoava diagonalmente a estrada. O motorista pisou então no freio, gritando:

— *Raus!*[42]

Com o motor ligado, saltou para fora, e Schulz seguiu o seu exemplo. De todos os lados ecoavam gritos e vozeria. Os homens mais à frente acocoraram-se atrás do veículo, apertando contra o peito as metralhadoras prontas para o disparo. Anton ouviu alguém ao seu lado gritar na sua direção, gesticulando: com um olhar de esguelha, viu que se tratava de Schulz, mas não conseguia desviar os olhos daquele pequeno objeto que traçava uma curva acima da estrada, para vir diretamente a seu encontro, avolumando-se com uma velocidade vertiginosa. Era um Spitfire, não, um Mosquito; ou melhor, sim, um

---

[42]Para fora! (*N. do T.*)

Spitfire. Hipnotizado, crivou o olhar naquele objeto de ferro vibrante, que vinha na sua direção como uma oferenda de amor: não lhe faria mal algum, a ele, que afinal de contas sempre estivera do lado deles, como eles certamente saberiam — mesmo ontem. Por debaixo das asas, percebia um estrelejamento como um ofuscar descontínuo, detalhes de somenos importância. Do chão também irrompia o fogo; de todos os lados, ouviam-se chiados, detonações e matraqueados; Anton sentia as reverberações dos estouros e, por achar que seria atingido pelo avião, mergulhou por debaixo do painel do veículo, enquanto ouvia a sirene uivante passar sobrevoando acima da sua cabeça como o cilindro de uma prensa.

Em seguida, foi arrancado por sob o volante para fora do veículo e arrastado para o acostamento. De parte a parte da estrada, viu assomar uma centena de soldados. Algo adiante, junto do último dos caminhões, de onde se desprendia uma coluna de fumaça, alguém gemia. Quando a aeronave desapareceu por entre as nuvens, não parecendo mais voltar, a maior parte dos soldados correu até lá. Com o coração na garganta, Anton atravessou a largura da estrada para juntar-se ao segundo-sargento. Estilhaços de gelo do tamanho da agulha de um gramofone voavam-lhe de encontro ao rosto. Do lado de lá do caminhão, perto do estribo, dois soldados viravam cuidadosamente um corpo caído. Era Schulz. O flanco à altura do peito transformara-se numa poça de sangue e carne retalhada; do nariz e da boca também escorria sangue. Ainda estava vivo, mas o seu rosto estava de tal maneira contraído num ricto de dor que Anton sentiu a necessidade urgente de fazer algo para aliviá-lo. Foi quando, enjoado e suando frio, virou-se para o lado; não tanto pela visão daquele sangue todo, mas antes pela consciência da sua própria impotência. Tirou o capacete da cabeça, folgou o cachecol e, tateando até encontrar o capô do carro a vibrar, sentiu o vômito jorrar da garganta escancarada. Quase no mesmo instante, rebentou em chamas o último dos caminhões do comboio.

Mal tomou consciência do que se seguiu. Voltaram a deslizar o capacete sobre a sua cabeça, conduzindo-o de volta ao veículo aberto. O oficial dava comandos em alto e bom som. Schulz e os outros feridos, alguns até mesmo mortos, foram levados para o terceiro caminhão do comboio; todos os outros soldados deveriam seguir nos dois primeiros. Alguns minutos depois, o comboio arrancou novamente dali, deixando para trás o veículo em chamas.

Conforme iam se aproximando de Amsterdã, o oficial à sua frente seguia gritando ininterruptamente para o motorista. De repente, dirigiu-se a Anton, perguntando quem ele era e para onde estava indo, *verflucht nochmal*.[43] Anton conseguiu entender o que o outro lhe dizia, mas resfolegava tanto que não pôde responder, ao que o oficial gesticulou, manifestando indiferença, dizendo que para ele *scheissegal*[44] quem ele fosse ou para onde estivesse indo. Anton não conseguia apagar da retina a imagem do rosto de Schulz. Ficou caído ao lado do caminhão, após ter tentado tirá-lo, Anton, da cabine. A culpa

---

[43]Diabos o partam! (*N. do T.*)
[44]Dava na mesma merda. (*N. do T.*)

era toda sua, e tinha certeza de que Schulz também estava prestes a passar desta para melhor...

Entraram na cidade passando pela barricada de sacos de areia. À distância, numa esquina, o oficial levantou-se no veículo, fazendo sinal aos motoristas dos dois caminhões dianteiros que seguissem em frente — Anton enxergou num relance o próprio vômito no capô do primeiro deles —, em seguida acenou para o motorista do terceiro caminhão, indicando que o acompanhasse. Foram seguindo por um trecho ao longo de um largo canal sem praticamente enxergar ninguém; cruzavam a intervalos alguma rua, onde viam grupos de mulheres e crianças em andrajos procurando algo por entre os trilhos enferrujados dos bondes, de onde já haviam quebrado e arrancado algumas pedras. Enviesando por ruas estreitas e abandonadas, com casas caindo aos pedaços, chegaram ao portal do hospital Westergasthuis. Atrás do portal, o complexo hospitalar era uma cidade em si, com alamedas e edifícios altos. Chegando a um anexo, junto ao qual havia uma placa com a indicação "Lazareto", estacionaram os veículos. No mesmo instante apareceu um time de enfermeiras apuradas, que não se pareciam em nada com Karin: casacos escuros que lhes chegavam aos tornozelos, com toucas brancas, de dimensões bem menores, que mantinham os seus cabelos no lugar como se fossem redes de malha. O oficial e os homens no banco traseiro saltaram do caminhão; Anton estava prestes a seguir-lhes o exemplo, mas foi detido pelo motorista.

Rumaram então à cidade, sem outra companhia que um a do outro. Anton olhava ao redor com a cabeça pesada como chumbo. Alguns minutos depois, passaram pela parte dos fundos do Museu Nacional, onde já havia estado com o pai, para chegarem a uma praça ampla, cujo centro estava cercado com tapumes; viam-se também duas enormes casamatas retangulares. No outro extremo, logo diante do Museu Nacional, erguia-se uma construção na forma de um templo grego, encimado por uma lira; logo abaixo do tímpano triangular do frontão, lia-se em letras gigantes: CONCERT-GEBOUW. À frente, uma construção baixa com a inscrição: "Wehrmachtheim Erika".[45] À direita e à esquerda, vilas enormes a grande intervalo umas das outras, das quais algumas haviam claramente sido confiscadas pelos alemães. Estacionaram diante de uma delas. Uma sentinela com uma arma sobre os ombros lançou um olhar na direção de Anton, indagando ao motorista se aquele era o último recruta.

No vestíbulo, o rapazinho de capacete e casaco folgado demais também foi alvo da chacota alheia, a que pôs fim um oficial prestes a subir os degraus. Calçava botas luzentes de cano alto e vestia insígnias, galões e condecorações de todos os tipos, mas não só: do pescoço lhe pendia uma Cruz de Ferro. Talvez se tratasse até mesmo de um general. Um pouco à frente de quatro oficiais que o acompanhavam, estacou e indagou o que significava aquilo. Anton não conseguiu ouvir a resposta do motorista que, com um movimento enérgico, colocou-se em posição de sentido; era evidente, porém, que o tema em pauta era o ataque aéreo. Prestando atenção ao relato do

---

[45]Abrigo das Forças Armadas Erika. (*N. do T.*)

motorista, o general retirou de um estojo um cigarro egípcio achatado, cuja extremidade bateu no tampo do estojo, sobre o qual Anton distinguiu a inscrição "Stambul"; no mesmo instante, um dos oficiais estendeu-lhe um fósforo. Inclinou a cabeça, soltou a fumaça verticalmente para o alto e despediu o motorista com um gesto da mão, indicando que o menino deveria subir com ele. Os demais oficiais sussurraram entre si, rindo à socapa. A coluna empertigada do general cedeu algo para frente, num ângulo de pelo menos vinte graus, estimou Anton.

Chegando a um grande aposento, ordenou que Anton antes de tudo tirasse aqueles trajes ridículos. Mais parecia um maltrapilho fugido do gueto de Bialystok, disse então, o que desencadeou mais risos por parte dos oficiais. Enquanto Anton obedecia à risca o que o general lhe ordenara, este abriu uma porta, gritando algo para dentro de uma sala contígua. Os oficiais mantinham-se de lado; um deles foi sentar-se, com graça e elegância, no parapeito da janela, acendendo também um cigarro.

Sentando-se à mesa, Anton viu aproximar-se uma moça esguia e bonita, com os cabelos loiros presos de lado, mas soltos atrás da nuca. Colocou diante dele uma xícara de café com leite; na beira do pires, uma barra de chocolate ao leite.

— Aqui está — disse ela, em holandês —, aposto que você vai gostar disso aqui.

Chocolate! Ele sabia da sua existência praticamente só por relatos de terceiros — diziam ser como a ambrosia dos deuses. No entanto, não teve logo a chance de experimentá-lo, pois o general quis saber de tudo o que acontecera com riqueza de detalhes. A tradução ficou por conta da moça. A primeira parte do relato, sobre o atentado e o incêndio — durante a qual Anton se pôs a choramingar (mas isso já fora havia tanto tempo) —, ele a ouviu impassível, alisando a intervalos com a palma da mão, cuidadosamente, os cabelos bem penteados, enquanto passava as costas dos dedos pelo maxilar bem afeitado; mas, conforme seguia o relato, parecia não mais fiar-se dos próprios ouvidos.

— *Na, so was!*[46] — exclamou, quando ficou sabendo que Anton tinha sido trancafiado numa delegacia. — *Das gibt es doch gar nicht?*[47] — O que Anton não lhe contou foi que já havia alguém na cela. Tampouco podia acreditar que tinham levado o rapaz para o *Ortskommandantur*: — *Unerhört*[48] — E por acaso não havia abrigos para crianças em Haarlem? *Ortskommandantur!* — *Das ist doch wirklich die Höhe!*[49] — E, como se não bastasse, o comandante o havia enviado com o comboio para a casa do tio em Amsterdã! Com tantos bombardeios por todos os lados! Será que eles lá em Haarlem tinham enlouquecido de vez? — *Da steht einem doch der Verstand still! Das sind ja alles Verstösse!*[50] — Ergueu os braços e deixou-os cair frouxamente com as mãos espalmadas sobre a mesa. O oficial sentado sobre o parapeito da janela desatou a rir da indignação furiosa por parte do ge-

---

[46]Ora essa! (*N. do T.*)
[47]Isso é coisa que se faça?! (*N. do T.*)
[48]Inacreditável! (*N. do T.*)
[49]É o cúmulo! (*N. do T.*)
[50]É de assombrar qualquer um! Um erro mais crasso que o outro. (*N. do T.*)

neral, ao que este disse: — *Ja, ja. Lachen Sie nur!*[51] — Por acaso os senhores de Haarlem tinham feito a gentileza de lhe enviarem algum recado por intermédio de Anton? E os seus documentos, para início de conversa?

— Sim — disse Anton. No mesmo momento, porém, lembrou-se de que o segundo-sargento tinha enfiado a carta no bolso de dentro do casaco: no lugar exato onde viria, meia hora depois, a ser mortalmente ferido.

Quando recomeçou a choramingar, o general levantou-se, irritado. Que o levassem dali para acalmá-lo. E que telefonassem na mesma hora para Haarlem. Ou melhor, não, que os deixassem em banho-maria até o dia seguinte. Quanto ao menino, ordenou que chamassem o tio para levá-lo dali.

A moça pousou uma mão sobre o seu ombro, conduzindo-o para fora da sala.

Quando o tio lá chegou, encontrou-o ainda soluçando na sala de espera, com os cantos da boca untados de chocolate. Sobre o colo, um exemplar da revista *Signal* aberto numa página em que se via a ilustração de uma dramática batalha aérea. O tio jogou a revista no chão e ajoelhou-se diante do menino, apertando-o contra o peito. No mesmo instante, porém, reergueu-se e disse:

— Venha, Anton, vamos embora daqui.

O garoto olhou-o nos olhos, que eram a cópia dos olhos da mãe.

— O senhor já ficou sabendo, tio Peter?

---

[51]Isso mesmo! Pode ir rindo! (*N. do T.*)

— Fiquei.

— Eu ainda deixei um casaco por aqui.

— Vamos embora.

De mãos dadas com o tio, sem o casaco, mas agasalhado com os dois pulôveres, saiu pela porta, mergulhando na paisagem hibernal. Soluçava, mal sabendo por quê: era como se as suas recordações se escoassem com o caudal de lágrimas. Sentiu a outra mão congelar-se e a enfiou no bolso da calça, onde apalpou algo que não soube identificar. Olhou e viu: um dado.

O SEGUNDO EPISÓDIO

1952

1

TODO O RESTO são conseqüências. A nuvem de cinzas lançadas pelo vulcão alcança a estratosfera e orbita a Terra, precipitando-se sobre todos os seus continentes na forma de uma chuva que perdura anos a fio.

Como o paradeiro dos pais e de Peter permanecia desconhecido até mesmo dias após a Libertação naquele mês de maio, Van Liempt, o tio de Anton, decidiu empreender uma viagem de bicicleta a Haarlem a fim de tentar descobrir alguma coisa. Estariam provavelmente detidos, ainda que não se costumasse fazer isso em represálias do gênero. Mas, mesmo que tivessem sido levados a algum campo de concentração, em Vught ou Amersfoort, já deveriam ter sido libertados. Só mesmo os sobreviventes dos campos de concentração alemães ainda não haviam retornado.

Anton foi naquela tarde com a tia para o centro. A cidade tinha o aspecto de um moribundo em cujo rosto reaparece de súbito um certo rubor, ao que reabre os olhos voltando miraculosamente à vida. Por toda parte, bandeiras hasteadas aos parapeitos descoloridos das janelas, e música e dança nas ruas apinhadas de gente, em cujas pedras voltava a crescer a grama e a germinar o cardo. Um povo pálido e faminto, rindo, conglomerava-se ao redor dos canadenses gordos, que vestiam boinas em vez de quepes, e uniformes não de cor cinza, preta ou verde, mas bege e marrom-claro; o corte rígido e estreito cedera vez ao talhe frouxo e folgadão dos uniformes canadenses, mais parecidos com roupas dos tempos de paz, de maneira que mal se distinguiam os soldados dos oficiais. O povo vinha tocar os jipes e os blindados como relíquias sagradas, e aos que falavam inglês era franqueado não só o acesso a um pedaço de paraíso trazido à terra, como também a possibilidade de ganharem de brinde um par de cigarros. Jovens da idade de Anton entronizavam-se triunfalmente sobre os radiadores em que se circunscreviam estrelas brancas envoltas por círculos; ele próprio, porém, mantinha-se à parte das festividades. Não que estivesse preocupado com os pais e com Peter, pois mal pensava neles, mas antes por não fazer parte daquilo tudo — por sinal, jamais faria. O seu mundo era aquele outro, a que felizmente haviam posto um termo e a que não queria voltar a pensar, mas que não deixava de ser seu, de maneira que, somando-se tudo, havia-lhe restado muito pouco.

Chegaram em casa na hora do jantar, e ele foi diretamente para o quarto que haviam preparado especialmente para recebê-lo. Os tios não tiveram filhos e o tratavam como se fosse o seu próprio — sempre objeto de uma atenção especial, diferente da que se dispensa a um filho de sangue, posto que menores os conflitos familiares e a as arestas a aparar. Anton pensava por vezes em como seria voltar a viver com os pais, em Haarlem, o que o deixava confuso, de maneira que logo afastava de si tal idéia. Sentia-se muito à vontade naquela casa dos tios situada na Apollolaan, e isso se devia justamente ao fato de não ver na figura do tio e da tia o papel de pais.

Seu tio costumava bater à porta antes de entrar. Quando, certa vez, viu aparecer o seu rosto no vão da porta, soube de imediato a notícia que trazia. No tornozelo direito, levava ainda o grampo de aço com que prendia a perna das calças para evitar que se sujasse ao pedalar a bicicleta. Foi sentar-se na cadeira da escrivaninha, dizendo que Anton deveria se preparar para receber más novas. Seus pais jamais haviam estado no cativeiro. Tinham sido fuzilados com outros 29 reféns. Quanto a Peter, ninguém sabia que fim tinha levado o rapaz: o que significava que ainda restava alguma esperança. O tio estivera na polícia, mas só puderam informá-lo sobre o destino dos reféns. Tinha ido em seguida para o endereço deles junto ao canal a fim de ter com os vizinhos. Na casa dos Aarts, Sem Preocupação, não encontrara ninguém; os Korteweg, ainda que estivessem em casa, haviam se recusado a recebê-lo. Foi pelos Beumer que ficou sabendo por fim. O senhor Beumer havia visto com os próprios olhos. Van Liempt não entrou em pormenores; Anton tampouco quis sabê-los. Estava sentado na cama, tendo a parede do lado esquerdo, com o olhar fixo nas chamas que se refletiam no oleado cinzento. Parecia-lhe já saber desde o início. Van Liempt falou-lhe da alegria com que os Beumer receberam a notícia de que ele, Anton, ainda vivia. Tirou o grampo preso na boca das calças e o manteve na palma da mão. Tinha o formato de uma ferradura. Não havia dúvida: Anton seguiria morando com eles ali.

A notícia de que Peter também havia sido fuzilado na mesma noite só lhes chegou no mês de junho. Naquela altura dos acontecimentos, uma notícia de tal teor já tinha um quê de pré-histórico, de inimaginável. O período de cinco meses compreendido entre janeiro de 1945 e junho do mesmo ano parecia a Anton incomparavelmente mais longo do que o decorrido entre junho de 1945 e o presente dia. Foi a distorção temporal que ele culpou por sua impotência em deixar claro aos próprios filhos o que tinha sido a guerra. Sua família tinha recuado para uma esfera em que ele só muito raramente pensava, mas que, volta e meia, quando menos esperava, manifestava-se parcialmente; a fitar pela janela da sala de aula, por exemplo, ou ao encontrar-se no último vagão de um bonde: um lugar escuro em que reinavam a fome e o frio, disparos, sangue, chamas, gritos e calabouços. Um lugar nos recônditos do seu ser, hermeticamente fechado. Em tais momentos, era como se se lembrasse de um sonho, que se lhe afigurava como um pesadelo sem conteúdo. Somente do âmago daquela escuridão hermética é que refulgia vez ou outra um ponto de luz cegante: as pontas dos dedos da moça que lhe afagavam o rosto. Se ela tivera algo que ver com o atentado ele não sabia. Não sabia nem queria saber. Assim como desconhecia o rumo posterior que a vida dela tomara.

Sem méritos nem deméritos, concluiu o ginásio, dando início aos seus estudos de medicina. Nessa época já haviam sido publicados inúmeros artigos sobre a Ocupação, mas ele jamais os lia, o que também valia para quaisquer romances e relatos sobre o mesmo período. Tampouco foi visitar o Centro de

Documentação Bélica no Museu Nacional, onde poderia vir a saber detalhes sobre o assassinato de Fake Ploeg e sobre as circunstâncias envolvendo o fim de Peter. Sabia que a família de que fizera parte estava irrevogavelmente extinta, e isso lhe bastava. A única coisa de que tinha conhecimento era que o extermínio jamais viera à tona nas atas de um processo, pois, nesse caso, teria sido interrogado. Tampouco se sabia do paradeiro do homem com a cicatriz no rosto (era possível que tivesse sido liquidado pela Gestapo, mas isso não vinha ao caso: o homem em questão era o mais insignificante de todos os implicados). Ele deveria ter agido por livre arbítrio. Incendiar casas em que nazistas haviam encontrado a morte era praxe; a verdadeira fonte de terror, porém, era a prática de executarem-se igualmente os habitantes das casas em questão, uma técnica aliás aplicada quase que exclusivamente na Polônia e na Rússia — mas, se esse tivesse sido o caso, o próprio Anton teria sido exterminado, ainda que fosse um bebê dormindo no berço.

2

MAS A LEMBRANÇA das coisas não é algo que desvanece tão rápido. Em setembro de 1952, quando cursava o segundo ano de medicina, foi convidado para uma festa em Haarlem, dada por um colega. Desde que fora obrigado a deixar a cidade num comboio alemão, jamais voltou a pôr os pés ali. Em primeira instância, hesitou em aceitar o convite, mas, chegado o dia, a idéia de ir à festa não lhe saía da cabeça. Após o almoço, apanhou o romance de um jovem escritor da sua cidade natal que comprara algum tempo antes e que serviria de presente, e saltou para dentro de um bonde, indo dar na estação ferroviária com o sentimento de um rapaz que faz sua primeira visita a um bordel.

Percorrendo um terreno de escarpa arenosa, o trem passou por debaixo de um tubulado gigantesco de aço que, do outro lado da rua, vomitava um jato espesso de lama cinzenta sobre as antigas jazidas de turfa. O caminhão incendiado tinha sido removido dali. Com o queixo apoiado sobre a mão em concha, pôs-se a observar o tráfego nas ruas. Os bondes também já haviam voltado a circular. Após deixarem Halfweg para trás, viu os contornos de Haarlem — ainda agora não muito distintos dos quadros de Ruysdaël, apesar do fato de nos tempos em que vivera o pintor, ainda existirem bosques e coradouros no lugar onde se havia erguido a sua casa. O céu, porém, continuava o mesmo: compactos alpinos de nuvens com feixes de luz sobre elas. O que via diante de si não era uma cidade como outras tantas no mundo: diferia das demais na mesma medida em que ele próprio diferia das outras pessoas.

Quem porventura atentasse, do lado de fora do cupê, para o jovem à janela, instalado num assento de madeira ocre na terceira classe, num vagão confiscado à antiga Companhia Ferroviária Alemã, veria um rapaz alto, na casa dos vinte, de cabelos lisos e escuros que volta e meia lhe caíam sobre a testa, após o que ele os arremessava de volta para trás com um ligeiro movimento de cabeça. Por alguma razão indefinida, aquele gesto tinha algo de cativante, talvez por repetir-se tanto, o que atestava um traço de paciência. Tinha as sobrancelhas escuras e uma pele delicada, de tez amendoada, um pouco mais escura na região dos olhos. Vestia calças de cor cinza, um blazer azul de confecção espessa, uma gravata esportiva e uma camisa de colarinho com as pontas para cima. A fumaça que ele bafejava contra a janela, franzindo os lábios, flutuava alguns momentos diante dele na forma de uma tênue névoa que, por fim, aderia ao vidro.

Foi de bonde para a casa do amigo. Ele também vivia na zona sul da cidade, mas a sua família tinha vindo instalar-se ali somente após a guerra, de maneira que não precisava ter receio de ser confrontado com quaisquer perguntas sobre o passado. Quando o bonde traçou uma curva, entrando em Hout, teve um minuto para observar o antigo prédio da *Ortskomman-dantur*. O arame farpado e o muro anti-tanques tinham desaparecido dali; não restava mais nada além de um hotel decrépito com as janelas fechadas a pregos. A garagem, em tempos remotos um restaurante, não era mais que escombros. Estava convencido de que nem mesmo o amigo sabia o que tinha havido ali.

— Quer dizer que mudou de idéia? — perguntou o amigo, ao abrir a porta.

— Mudei. Desculpe o atraso.

— Também não é para tanto. Achou fácil?

— Não tive grandes problemas.

No jardim dos fundos da casa, sob árvores frondosas, haviam disposto uma mesa comprida com travessas cheias até a borda de salada de batata e outras delícias, além de garrafas, pratos empilhados e talheres. Sobre uma outra mesa, algo afastada, estavam os presentes, entre os quais foi parar o livro que trouxera. Espalhados sobre todo o gramado, já se viam convidados, de pé ou sentados. Após ter sido apresentado a todos, juntou-se a um grupinho de pessoas já semi-ébrias que ele conhecia de Amsterdã. Segurando canecas de cerveja à altura do peito, haviam formado um círculo à margem do laguinho; os convivas vestiam eles também blazers folgados demais para os seus corpos jovens e delgados. Quem claramente presidia a conversa era o irmão mais velho do seu amigo. Estudava odontologia na Universidade de Utrecht. Calçava no pé direito um sapato preto colossal e disforme.

— Escutem aqui, vocês são todos uns filhinhos-de-papai — dizia, em tom oratório —, partimos daí. A única coisa em que vocês pensam, além de se masturbarem, claro, é em como escapar do serviço militar.

— É muito fácil para você falar isso, Gerrit-Jan. Mas não se esqueça de que só não o pegam por causa dessa sua pata.

— Pois então ouça o que eu vou lhe dizer, seu otário. Se você tivesse o mínimo de coragem, não só cumpriria o serviço militar, como se alistaria como voluntário para a Coréia. Vocês são todos uns alienados. Os bárbaros estão pondo abaixo os portões da civilização cristã! — Apontou o indicador no ar. — Ao lado deles, os fascistas não passavam de moleques. Basta que vocês leiam Koestler.

— E por que é que não vai você até lá arrebentar a cabeça deles com um pontapé desse seu sapato ridículo, Quasímodo?

— *Touché!* — riu Gerrit-Jan.

— A Coréia é um pouco como a Universidade de Amsterdã — comentou outro dos convivas —, cada vez mais inundada como está sendo de babacas filhos-da-puta.

— Meus senhores — disse Gerrit-Jan, erguendo a caneca —, bebamos ao declínio do fascismo vermelho dentro e fora do país!

— Para dizer a verdade — disse um rapaz, não muito inteirado quanto ao âmago da discussão —, eu também deveria me tornar útil de alguma maneira, mas parece que há tantos antigos membros da SS nas Forças Armadas! Fiquei sabendo que eles escapam à ação judicial se se alistarem.

— E daí? Você está é muito atrasado com esse seu papo de SS. A Coréia é do que precisam para se redimirem.

Podem se fortalecer, pensou Anton. Redenção. Olhou por entre dois dos rapazes para além da outra margem do laguinho, para as alamedas tranqüilas, por onde passavam os ciclistas e alguém levava um cachorro para passear. Ali também havia vilas. Mais adiante, não-visível dali, encontrava-se a escola primária na frente de cuja cozinha central ele fazia fila; algumas ruas além, mais para a esquerda, passando pelo descampado, encontrava-se o lugar onde tudo tinha acontecido. Havia sido um erro comparecer à festa. Ele jamais deveria voltar a Haarlem — deveria enterrar a cidade como se enterram os mortos.

— Um certo bobalhão pensativo não tira os olhos das lonjuras — disse Gerrit-Jan. — É, você mesmo, Steenwijk. E então? Chegou a alguma conclusão?

— Como assim?

— Atacamos os comunistas ou nos safamos e deixamos a tarefa ao encargo de terceiros?

— Eu já tive a minha dose — disse Anton.

Nesse exato momento, alguém na sacada pôs um disco na vitrola:

Thanks for the memory...

Riu da coincidência, mas, dando-se conta de que o fato tinha passado desapercebido aos outros, deu de ombros e afastou-se do grupo. A música misturou-se à sombra das árvores, sarapintada aqui e ali de um raio de sol, formando na sua alma um estranho sincretismo de percepções que de alguma maneira atiçou as brasas das suas próprias recordações. Encontrava-se em Haarlem. Num dia quente de outono, que talvez fosse o último dia de calor do ano, ele havia voltado a Haarlem. Isso não estava certo, e ele nunca mais voltaria, nem mesmo se lhe oferecessem um emprego com um salário de cem mil florins ao ano. Entretanto, uma vez que fora até ali, decidiu que era chegada a hora de se despedir de uma vez por todas da cidade, sem delongas, ou seja, naquele exato momento.

— E você, meu rapaz?

Teve um sobressalto. Olhou para o rosto do anfitrião. Um homem baixo com os cabelos grisalhos penteados de lado, num terno que não se ajustava ao seu corpo, com as pernas das calças demasiado curtas, o que é comum de se encontrar na Holanda num determinado setor das camadas sociais mais elevadas. Ao seu lado estava a esposa, uma dama requintada de costas encurvadas, tão frágil nos seus trajes brancos que parecia a qualquer momento poder pulverizar-se com um sopro.

— Pois é, senhor Van Lennep — disse ele, sorrindo, ainda que não soubesse do que se tratasse.

— Está se divertindo?

— Estou fazendo o possível.

— Faz bem. Meu chapa, você está com um aspecto horrível.

— Eu sei — disse Anton. — Acho que vou dar uma circulada. Não me leve a mal...

— Nós aqui não levamos ninguém a mal. Liberdade e alegria são nosso lema. Vá vomitar sossegado, que isso alivia.

Passando por membros da família que bebericavam os seus chás, instalados em espreguiçadeiras brancas, entrou em casa pelos fundos, para sair pela porta da frente. Entrou numa travessa e, logo em seguida, pôs-se a caminhar ao longo de um trecho do lago. Chegando à margem oposta, olhou para os convidados sobre o gramado do outro lado. A música chegava-lhe aos ouvidos com quase a mesma nitidez com que soava no espaço reservado à festa. Foi quando Gerrit-Jan o avistou.

— Ei, Steenwijk! Seu bunda-mole, os quartéis de alistamento ficam do outro lado!

Anton gesticulou de maneira a deixar claro que tinha apreciado a piada, depois de que não mais voltou a olhar para aqueles lados.

Preferiu não atravessar o descampado, entrando na rua que, após uma curva branda, convertia-se no cais. O que ele estava fazendo não prestava, pensou. Aquilo não daria certo: como diz o ditado, "o criminoso sempre volta ao local do crime". Foi quando reconheceu, em meio a grande agitação, os paralelepípedos cuja disposição na rua lembrava espinhas de peixe. Em outros tempos, isso jamais lhe chamara atenção, mas, agora que atentava para o desenho, percebeu que fora sempre assim. Chegando junto ao canal, obrigou-se a crivar o olhar na margem oposta. As casinhas dos camponeses, as chácaras, o moinho, a pradaria: tudo se mantinha como outrora. As nuvens haviam-se dissipado, as vacas pastavam tranqüilamente sob o sol do final de tarde. Além da linha do horizonte, Amsterdã, que ele conhecia agora melhor do que Haarlem, ainda que de uma maneira restrita: como se conhece o rosto de alguém melhor do que o próprio por não ser jamais confrontado com a própria imagem.

Atravessou a rua, dirigindo-se à calçada que, no meio-tempo, havia sido construída ao longo da berma. Caminhou um pouco mais, para, só então, com um movimento brusco, voltar os olhos na outra direção.

3

AS TRÊS CASAS. Uma lacuna entre a primeira e a terceira, como uma dentadura danificada, com um dente faltando. Só sobrara o cercado, que envolvia toda uma flora espessa de urtigas e arbustos, pontilhada aqui e ali de arbúsculos mirrados, tal como por vezes se encontra em pinturas do século XVI, com algum anjo no topo de uma colina e uma gralha contemplando com o olhar maligno a figura monstruosa de algum homúnculo. A erva-daninha vingara ali mais copiosamente que no próprio descampado mais atrás; não era nada improvável que tivessem crescido por conta da fertilidade do solo adubado pelas cinzas. Lembrou-se de um relato do tio, que lhe contara que no norte da França também havia lotes de terra em meio a terrenos agrícolas que os camponeses contornavam ao lavrar o solo por tratar-se de valas comuns destinadas aos mortos da Primeira Guerra Mundial.

À sombra dos urtigões, ainda deveria haver pedras, pedaços de parede, os alicerces da casa e, a alguns palmos sob a terra, o porão, do qual haviam certamente roubado o seu patinete e que agora estaria entulhado de escombros. O que via era o resultado da modificação ininterrupta, anos a fio — ainda que ele houvesse banido durante o período em questão todo e qualquer pensamento sobre o incidente —, dos elementos que constituíam aquela paisagem, ao exemplo de um quebra-gelo abrindo pacientemente caminho na camada glacial, lavrando o gelo polar, minuto a minuto.

Devagar, jogando a intervalos os cabelos para trás com uma ligeira inclinação da cabeça, caminhou até o local onde havia estado o veículo para dentro do qual fora arrastado e pôs-se a contemplar o vazio. Em meio ao chilreio ruidoso dos pardais, viu a casa reerguer-se das cinzas: construída com os tijolos aparentes, o vidro e o colmo da sua lembrança. Reviu a sacada, acima da qual se encontravam o terraço do dormitório e a mansarda pontiaguada, e mais à esquerda o alargamento do qual sobressaía a janela do seu próprio quarto. Sobre a tabuleta serrada de viés, a inscrição com o nome da casa, logo abaixo do terraço:

Sem Preocupação

A inscrição com o nome da casa dos Korteweg havia-se apagado por debaixo de uma demão de tinta, mas as inscrições "Bem-Situada" e "Burgo do Descanso" permaneciam ali, visíveis como antes. Olhou para o local em que Ploeg havia caído, muitos anos atrás em priscas eras. Sobre o pavimento com padrão de espinha de peixe, reviu os contornos da sua figura, como o traçado de giz que a polícia costuma desenhar em torno de um corpo no local do crime. Teve o impulso de tocar, com ambas as mãos, o lugar em questão, mas sentiu tal estranhamento que optou por não fazê-lo. Ainda assim, dirigiu-se para o outro lado, caminhando com lentidão. Antes de alcançá-lo, porém, deteve-se ao ver algum movimento à janela de Bem-Situada. Olhando mais apuradamente, viu que se tratava da senhora Beumer. Ela já o havia visto e agora acenava.

Teve um sobressalto. Não lhe havia jamais ocorrido que ela ainda pudesse viver ali, e os outros tampouco. Inconcebível! O que lhe importava era apenas o lugar; as pessoas, não. Ainda quando, na sua casa em Amsterdã, seus pensamentos divagavam para as paragens da sua infância, nunca lhe ocorriam a figura dos Beumer, dos Korteweg e dos Aarts. Era incrível que não houvessem desaparecido, que continuassem ali, que permanecessem os mesmos... Quis correr em debandada, mas ela já se havia postado na soleira da porta:

— Tonny!

Ainda tinha como sair correndo, mas a educação de que desfrutara talvez o demovesse de passar à ação. Abrindo-lhe um sorriso por sobre a sebe do jardim, caminhou na sua direção.

— Boa tarde, senhora Beumer.

— Tonny, meu filho! — Estendeu um braço para dar-lhe a mão, enlaçando-lhe a cintura com o outro, apertando-o contra si em meio a sacudidelas desajeitadas, como se já não abraçasse ninguém por muitíssimo tempo. Estava muito mais velha e encolhida que então; os cabelos, agora encaracolados com permanente, haviam embranquecido por completo. Não largava sua mão. — Entre, meu filho — disse, fazendo-o atravessar a soleira da porta. Os olhos dela estavam rasos de lágrimas.

— Para dizer a verdade, eu tenho de...

— Veja só quem eu trago aqui — gritou, à porta do vestíbulo.

Numa poltrona do século anterior, nem mesmo então moderna — com traços sobretudo de peça de antiquário, o que voltava a repetir-se agora —, estava sentado o senhor Beumer: tão velho e encarquilhado que o alto da sua cabeça não chegava nem mais ao entalhe de madeira no encosto alto da cadeira. Suas pernas furtavam-se à vista, metidas como estavam numa manta xadrez marrom, sobre a qual espalmava as mãos irriquietas; sua cabeça também tremulava ininterruptamente com sacudidas curtas. Quando Anton lhe estendeu a mão, viu que a mão do velho veio ao encontro da sua como o adejar de um pássaro ferido; tomou a mão entre as suas, mas o que sentiu mais se parecia com o retrato frio e débil de uma mão do que com uma mão propriamente dita.

— Como vai, Kees? — perguntou, com uma inflexão branda no tom de voz.

Anton olhou na direção da senhora Beumer, que lhe fez um sinal como quem diz que as coisas já tinham chegado àquele ponto, irremediavelmente.

— Vou bem, senhor Beumer — disse, respondendo ao cumprimento —, obrigado. E o senhor?

A enunciação da pergunta, porém, já o tinha visivelmente cansado. Assentiu com a cabeça e não disse mais nada, observando Anton com os seus olhinhos azuis e aguados e os cantos da boca úmidos. A pele do rosto tinha a espessura de papel de seda, os cabelos que lhe haviam restado, a cor de palha de que

Anton ainda se lembrava; era possível que tivessem sido ruivos outrora. Do rádio de baquelite castanho-escuro, na forma de um ovo cortado longitudinalmente, ecoavam os sons de um programa qualquer para crianças. A senhora Beumer tinha começado a tirar a mesa, o que atestava que acabavam de comer.

— Deixe-me ajudar a senhora.

— De maneira alguma. Vá se instalando confortavelmente que eu já trago o café.

Foi sentar-se às cavalinhas numa banqueta exótica ao lado da lareira de que se lembrava desde que se dera por gente e que o fazia pensar numa sela de camelo. O senhor Beumer não desviava os olhos dele. Anton sorriu furtivamente e pôs-se a olhar ao redor. Tudo estava no mesmo lugar de sempre. As quatro cadeiras de espaldar reto estavam à mesa, cobertas de entalhes na madeira sob uma camada de verniz negro, formavam arestas pontiagudas: um pavoroso toque gótico que sempre lhe inspirara um certo medo durante as visitas coroadas com a degustação de alguma guloseima. Acima da porta, reviu o crucifixo ao qual se prendia o corpo retorcido e amarelado. O aposento exalava um odor acre: todas as janelas permaneciam fechadas, até mesmo as divisórias com as vidraças chumbadas. Uma voz feminina em falsete dizia no rádio: "Corre, corre, que o bicho-papão te pega!". Foi quando o senhor Beumer soltou um arroto, olhando com estranhamento ao redor, como se tivesse ouvido algo.

— Por que você só veio agora, Tonny? — perguntou a senhora Beumer, gritando da cozinha.

Levantou-se e foi até ela. Do corredor, viu que a cama de ambos agora se encontrava no quarto dos fundos, provavelmente porque o senhor Beumer não mais conseguia subir as escadas. A senhora Beumer vertia um jato de água fervente da chaleira sobre o café.

— É a primeira vez que eu volto a Haarlem.

— Ele não tem andado nada bem. Faça como se não visse — disse a senhora Beumer, baixinho.

E ele lá podia fazer outra coisa, como por exemplo gritar "Mas que besteira!", desatando a rir? Foi então que se deu conta de que não podia de todo excluir essa possibilidade: talvez fosse mesmo o melhor a fazer.

— Mas é claro — restringiu-se a dizer.

— Por sinal, sabe que você não mudou nada? Só está mais alto do que o seu pai, mas eu o reconheci de primeira. Continua morando em Amsterdã?

— Sim, senhora Beumer.

— Eu sei disso porque seu tio passou por aqui logo depois da Libertação. Meu marido havia visto você partir naquele veículo dos alemães, e ficamos sem saber se você ainda vivia ou não. Ninguém sabia de nada naqueles tempos de cão. Se você soubesse como nós falamos de você desde então! Venha.

Voltaram para a sala. Ao revê-lo, o senhor Beumer estendeu mais uma vez a mão, que Anton sacudiu em silêncio. A senhora Beumer dispôs a toalha de mesa — de acordo com o hábito arraigado das camadas mais conservadoras da Holanda — de cujo desenho Anton também ainda se lembrava, e serviu o café.

— Com leite e açúcar?

— Só leite, obrigado.

Verteu então um pouco de leite quente da caçarola para dentro da xícara larga e rasa.

— E pensar que você nunca mais quis vir ver esse lugar... — disse ela, estendendo-lhe a xícara. — Apesar de eu compreender o seu lado. Foi um horror sem fim. Eu vi, até mesmo mais de uma vez, alguém parado olhando do outro lado da rua.

— Quem?

— Não tenho a mínima idéia. Um homem. — Estendeu-lhe a lata com as bolachas. — Um "biscouto"?

— Aceito.

— Você está bem acomodado aí? Não quer vir se sentar à mesa?

— Esta aqui é a minha cadeira cativa — disse, rindo. — Não está mais lembrada? Seu marido sempre me lia em voz alta algum trecho de *Os três mosqueteiros*.

A senhora Beumer desligou o rádio e foi sentar-se na diagonal, do outro lado da mesa. Seguiu-lhe o exemplo e riu, mas o seu riso logo lhe morreu nos lábios, enrubescendo na mesma hora. Anton desviou o olhar. Com o polegar e o indicador, ele tirou a película de nata que se formara bem no centro da xícara, erguendo-a de maneira que se fechasse como a armadura de um guarda-chuva. Pousou-a sobre a borda do pires e tomou um gole da insípida infusão. Esperavam dele alguma coisa, talvez uma pergunta sobre os velhos tempos, mas só dependia dele abrir a brecha, dando espaço ao assunto. O que acontecia é que ele não estava minimamente disposto a falar do passado. Os Beumer estariam sem dúvida pensando que ele ainda não se havia reconciliado com aquele período da sua vida, que assombrava diariamente os seus sonhos noturnos. O fato, porém, é que quase não pensava no acontecido. Para ambos, ou pelo menos para um deles, era como se estivessem confrontandose com alguém que ele não era. Levou o olhar na direção da senhora Beumer. Seus olhos estavam de novo rasos de lágrimas.

— O senhor Korteweg ainda mora aqui? — indagou.

— Não, ele se mudou algumas semanas após a Libertação. Ninguém sabe para onde. Sem se despedir de nós, e Karin também. Muito estranho, não é, Bert?

Era como se quisesse dar uma chance a mais ao marido, cujo balançar de cabeça ela interpretaria como gesto de anuência — um tique de assentimento que, na percepção de Anton, perplexo, só acabaria com a morte do anuente. A esposa não lhe havia servido café, sem dúvida alguma na ciência de que a xícara chegaria vazia aos seus lábios. Escusa dizer que era igualmente alimentado, mas só na ausência de visitantes.

— Fomos vizinhos por nove anos — disse a senhora Beumer. — Vivemos juntos todo o período da guerra, e eis que o homem desaparece sem dar uma palavra sequer. Eu jamais vou entender os seres humanos. Após a partida, seus aquários ainda estiveram por dias a fio empilhados na calçada, esperando a coleta da prefeitura.

— Não eram aquários, eram terrários — disse Anton.

— De qualquer maneira, uns objetos de vidro, sabe? Ai, o homem era tão infeliz! Logo que a mulher morreu, esteve algumas vezes aqui em casa. Você ainda se lembra da senhora Korteweg?

— Muito vagamente.

— Isso foi lá por 1942 ou 1943. Que idade você tinha na época?

— Dez anos.

— Quem mora agora na casa é um casal jovem, simpático, com dois filhinhos.

Os terrários. Lembrava-se do senhor Korteweg como sendo um homem enorme e carrancudo, que o cumprimentava sem jamais trocar com ele quaisquer amenidades. A primeira coisa que o homem fazia ao chegar em casa era tirar o casaco, arregaçando as mangas da camisa até a altura dos cotovelos, mas de uma maneira estranha, enrolando-as para o lado de dentro, de maneira que pareciam bóias de salva-vida, deixando à vista os antebraços peludos. Em seguida costumava despachar-se para o primeiro andar a fim de executar algum misterioso ritual que sempre excitara sua curiosidade. Karin volta e meia tomava sol, esticada numa espreguiçadeira, com os cabelos castanho-claros presos num coque e uma saia justa que não chegava nem de perto à altura dos joelhos, de maneira que ele às vezes via suas calcinhas de relance. Tinha os olhos de um azul-aguado, saltando da órbita, e panturrilhas robustas e bem-torneadas que lhe lembravam o corte diametral das asas de um avião, tal como vira nas ilustrações de um exemplar da revista *No mundo da aviação*. À noite, deitado na cama, freqüentemente pensava nela, o que o brindava com uma ereção, ainda que ele não soubesse o que fazer com isso, caindo no sono. Se ele atravessava o vão na sebe que separava os jardins, ela sempre se mostrava pronta a interromper a sessão de bronzeamento para uma partida de ludo. Era um pouco vesga, mas esse traço lhe caía muito bem.

Certo dia, após o garoto ter jurado segredo, levou-o para ver do que se constituía o passatempo do pai. No quarto dos fundos, no primeiro andar, viam-se sobre mesas estreitas, dispostas em círculo, por volta de uma dúzia de terrários habitados por lagartos. Em meio a um estranho silêncio, sentiu os olhinhos dos animais voltados para si, observando-o de um passado tão remoto e imóvel como eles próprios, enquanto as mínusculas patas arranhavam lascas de córtex. Alguns deles, contorcidos nas linhas de um S, dariam a impressão de sorrir de orelha a orelha, num ricto de desdém, não fosse a expressão estampada nos seus olhos, que falavam uma outra linguagem: a de uma seriedade tão impassível e inexpugnável que beirava o insuportável...

Anton pousou a sua xícara sobre o console da lareira, ao lado do relógio de parede. A julgar-se pelo tom com que a senhora Beumer havia falado sobre os Korteweg, quis crer que ela não sabia exatamente que fim levara o corpo de Ploeg na noite fatal. Deu-se conta de que, com exceção dos Korteweg, talvez fosse ele o único a saber. Não o tinha contado nunca nem mesmo aos tios — talvez na crença de que o incidente pareceria menos absurdo na medida em que menos pessoas ficassem sabendo do absurdo que havia sido.

— E na casa ao lado... — disse ele.

— O senhor e a senhora Aarts. Continuam morando aqui, mas jamais sequer nos cumprimentaram. Não está mais lembrado? Você também nunca passava por lá. São gente muito retraída. Escute o que aconteceu recentemente. O senhor

Groeneveld quis fazer alguma coisa para acabar com as ervas daninhas aqui ao lado.

— Groeneveld?

— É. A família que mora agora na casa dos Korteweg. Você não viu a praga que tem se propagado no terreno em que tinha estado a casa de vocês?

— Vi, sim.

— O vento espalha as sementes para o jardim deles, e para o nosso também. Não temos como capinar para acabar com a praga. O senhor Groeneveld quis que a prefeitura desse um jeito. Escreveu uma carta, que nós também assinamos, mas os Aarts se recusaram a colaborar. O que você acha disso? Não custava nada eles assinarem, custava? — olhou-o, indignada.

Anton assentiu.

— É realmente incrível o ervaçal que vingou ali.

Pelo tom com que proferiu essas palavras, deixou claro que a senhora Beumer tinha dado prova de falta de tato. Esta, de repente insegura, disse então:

— O que eu quero dizer é que...

— Eu entendo perfeitamente, senhora Beumer. A vida continua.

— Mas que rapaz de bom senso você é, Tonny! — disse ela, aliviada por Anton ter-lhe tirado aquele peso das costas. Levantou-se. — Mais café?

— Não, obrigado.

Serviu mais café para si.

— Você me fez lembrar o coitado do Peter — disse. — Não que se pareça com ele, mas é que ele também era um menino atencioso. Sempre amigável, disposto a ajudar... — Voltou o torrão de açúcar para o açucareiro, deixando cair de entre as garras de uma tenaz de prata. — Sabe... foi dele que eu tive mais pena. Que menino bom ele era! Claro que tive pena dos seus pais também, mas é que o Peter... Ele era mais novo do que você agora. Fiquei horrorizada quando soube. Eu o vi tentando ajudar o tal do homem. O Ploeg, digo. Não se sabia ao certo se ele estava morto mesmo. Pois é, eu sei que ele era um verdadeiro canalha, mas não deixava de ser gente. E o Peter, com o coração de ouro que ele tinha... Seu ato acabou lhe custando a vida.

Anton abaixou a cabeça e assentiu. Passou as mãos pelo couro escuro da sela de camelo, que também teria sido consumida pelo fogo se Peter tivesse alcançado a sua meta. Se as coisas tivessem se dado de acordo com o que crê ter sido a sua vontade, tudo ali em volta estaria reduzido a cinzas. A poltrona do senhor Beumer, a cozinha da senhora Beumer, o crucifixo, as cadeiras de aspecto macabro à mesa da sala de jantar — o terreno coberto de erva daninha teria sido aquele, ao passo que seus pais estariam vivendo tranqüilamente na casa ao lado, na Sem Preocupação. Os senhores Beumer teriam sido considerados velhos demais para serem mortos a tiros, porém, que curso teria tomado a vida de Peter? Teria de ir para o serviço militar; em 1947, poderia ter participado dos movimentos político-militares[52] na Indonésia como membro da Divisão 7 de Dezembro, talvez incendiando as aldeias, operações durante as

---

[52]Série de operações de caráter mormente militar, ainda que ocultadas sob a denominação de *politionele acties* (ações políticas), com o objetivo de reprimir os movimentos nacionalistas indonésios em Sumatra e Java em 1947 e 1948. (*N. do T.*)

quais também poderia ter perdido a vida. Inimaginável. Peter mal tinha alcançado os seus 17 anos; era três anos mais novo que ele próprio agora, o que também lhe parecia inimaginável. Afinal, ele, Anton, sempre seria o caçula, mesmo se chegasse aos oitenta. Tudo, tudo mesmo, parecia-lhe inconcebível.

A senhora Beumer, de repente, fez o sinal-da-cruz.

— Deus sempre leva primeiro os bons de coração — disse, baixinho.

Nesse caso, pensou Anton, Fake Ploeg teria sido o melhor dentre todos eles.

— Pois é — disse.

— Deus escreve certo por linhas tortas. Por que é que o homem teve de ser morto logo na frente da casa de vocês? Poderia muito bem ter acontecido aqui em frente, ou diante da casa dos Korteweg. Nós o comentamos muito freqüentemente, meu marido e eu. Ele sempre disse que Deus nos poupou, mas como é que você interpreta essa afirmação? Significaria que a vocês Deus não poupou, e você poderia me dizer por quê?

— Seu marido deve ter dito, então — disse Anton, com a idéia de que estivesse indo talvez um pouco longe demais —, que isso foi porque nós éramos pagão.

Em silêncio, a senhora Beumer começou a brincar com as pinças da tenaz do açucareiro, tirando fiapos do tapete persa. Era a terceira vez que seus olhos ficavam rasos de lágrimas.

— O amorzinho do Peter... e seus pais tão queridos... Eu ainda me lembro de quando ele, o seu pai, passava por aqui vestindo seu casaco preto e o chapéu-coco, com o guarda-chuva enrolado. Sempre cabisbaixo. Quando andava com sua mãe, costumava andar um passo à frente, como nas colônias. Não entra na minha cabeça: eles nunca fizeram nada de mal a ninguém...

— Picles são como crocodilos — disse o senhor Beumer, do nada.

A esposa e Anton levaram o olhar na sua direção, a que ele retribuiu com o olhar mais inocente do mundo.

A senhora Beumer voltou a crivar os olhos nas próprias mãos.

— O que os coitados devem ter passado... Seu tio deve ter lhe contado. Quando sua mãe se atirou contra o tal do homem... Abatidos como animais, como se fosse a coisa mais normal do mundo.

Era como se Anton tivesse recebido um choque elétrico que lhe atravessasse o corpo dos pés à cabeça.

— Senhora Beumer — gaguejou —, será que a senhora poderia...

— Claro, meu rapaz. Eu entendo. Um horror sem tamanho.

Tinha de sair dali o mais depressa possível. Consultou o relógio de pulso, porém, sem atinar para as horas.

— Puxa, está na hora de eu ir andando. Espero que não me levem a mal. Eu só vim para dar uma passadinha...

— Mas claro, meu menino. — Reergueu-se, alisando com ambas as mãos as pregas na parte anterior da saia. — É verdade mesmo que essa é a primeira vez que você volta a Haarlem, Tonny?

— É, sim.

— Então por que você não passa lá no monumento?

— Monumento? Que monumento?

— Ali — disse a senhora Beumer, apontando para um canto da sala em que se via um aparador baixo e redondo, sustentando um vaso de que saíam uns penachos longos e esbranquiçados, ao exemplo de penas de avestruz, o que talvez efetivamente fossem —, onde tudo aconteceu.

— Não estou sabendo de nada.

— Mas será possível? — exclamou a senhora Beumer. — O monumento foi inaugurado pelo prefeito há algo como três anos. Compareceu uma porção de gente à cerimônia. Nós aqui esperávamos tanto ver você lá! Meu marido ainda estava com saúde na época. Também não vi seu tio. Quer que eu acompanhe você?

— Se não lhe importar, preferia...

— Mas claro — disse ela, tomando a mão dele entre as suas. — É compreensível que você queira estar ali sozinho. Adeusinho, Tonny. Foi um prazer enorme revê-lo, e eu tenho certeza de que isso vale também para meu marido, apesar de ele não deixar transparecer.

De mãos dadas, puseram-se a observar o senhor Beumer. Parecia esgotado, e havia fechado os olhos. Despediram-se após a senhora Beumer dizer ainda que suas mãos eram tão grandes quanto as do pai. Anton prometeu voltar qualquer hora, ainda que na ciência de que jamais reveria aquelas pessoas. Assim como jamais voltaria a Haarlem.

Saindo pela porta principal, deparou-se com a luz no espaço
à esquerda do seu campo visual, em que havia estado acostumado à presença escura de sua própria casa. Olhando por sobre
o terreno baldio, avistou no jardim da antiga Nunca-Pensada
os novos moradores: um homem loiro e magro, e uma mulher
baixa de traços orientais, ambos na casa dos trinta. O homem
jogava futebol com um rapazinho, enquanto a mulher assistia
com um bebê no colo.

Era chegada a hora de cor violeta. O Sol acabava de se pôr,
o cais e os prados estavam mergulhados numa luz de cor
indefinível, que não pertencia nem ao dia, nem à noite — vinha de outro mundo, em que nada se movia ou transformava,
elevando este mundo do aquém a um nível de tonalidades cam-
biantes. No extremo oposto do cais, em que a rua se afastava
do curso de água, avistou sobre a calçada uma sebe do tamanho de um homem, onde não havia nada sete anos antes. Não
havia trânsito algum, o que o fez atravessar a rua na diagonal,
marchando diretamente para onde se erguia o monumento.

A sebe de vários metros de largura constituía-se de rododendros cujas folhas agora fulguravam na tonalidade feérica do
lusco-fusco. Circundava uma mureta baixa de tijolos trabalha-
dos: um pedestal no centro sustentava a estátua de cor cinza
de uma mulher com o olhar estatelado, os cabelos soltos e os
braços estendidos para frente, o todo cinzelado num estilo
quase egípcio, lúgubre na sua postura estático-simétrica. Mais
abaixo, a data, acompanhada da seguinte epígrafe:

TOMBARAM EM NOME DA RAINHA E DA PÁTRIA

De ambos os lados do pedestal, uma placa de bronze com os nomes dos mortos, dispostos em quatro colunas. Sobre a última delas se lia:

G. J. Sorgdrager	* 3.6.1919
W. L. Steenwijk	* 17.9.1896
D. Steenwijk-Van Liempt	* 10.5.1904
J. Takes	* 21.11.1923
K. H. S. Veerman	* 8.2.1921
A. van der Zon	* 5.5.1920

Os nomes gravaram-se nas suas retinas. Lá estavam eles: registrados e ordenados num alfabeto de bronze — ainda que os nomes não fossem propriamente de bronze, estando apenas nele burilados. Os homens que tinham saltado do veículo algemados. Sua mãe como única mulher do grupo, o pai como único remanescente do século anterior. Era tudo o que lhe restava; com exceção de algumas tantas fotografias velhas, que os tios ainda guardavam em casa, não havia sobrado mais nada deles além daqueles nomes ali, e dele mesmo. Nem sequer se sabia o lugar onde tinham sido sepultados.

Era possível que a Comissão Estadual dos Monumentos de Guerra houvesse debatido a questão da pertinência daqueles nomes ali. Talvez algum funcionário houvesse feito a observação de que não faziam parte do grupo de reféns, assim como não haviam tampouco sido fuzilados por um pelotão, e sim abatidos como animais — ao que os funcionários da comissão central teriam retrucado que o argumento em questão não excluía o fato de que também mereciam um monumento só deles, restrição à qual os funcionários da comissão estadual, por sua vez, teriam conseguido escapar, encontrando um meio-termo como concessão: a saber, que o nome de Peter não constasse entre os demais. Este pertencia antes, com uma dose de boa vontade por parte da comissão central, ao grupo de mortos da Resistência Armada, para a qual tinham sido já erguidos outros monumentos. Reféns, membros da Resistência, judeus, ciganos e homossexuais não deveriam ser metidos no mesmo saco, senão tudo acabaria na maior desordem.

O carreiro de sirgagem continuava ali. A água, descongelada. Quando viu a senhora Beumer na sacada, observando-o, interessada, decidiu tomar um caminho diferente para voltar.

4

TAMPOUCO VOLTOU à festa do amigo Van Lennep: voltou a
Amsterdã com o primeiro trem. Chegando em casa, encontrou o tio e a tia ainda sentados à mesa. Tinham acabado de
jantar. A lâmpada estava acesa. O tio, algo indisposto, perguntou por que não tinha telefonado para avisar que chegaria mais
tarde.

— Eu estive em Haarlem — disse Anton.

O tio e a tia entreolharam-se furtivamente. Seu lugar à mesa
estava posto, de maneira que se sentou. Pegou com os dedos
uma folha de alface, que deixou cair para dentro da boca, inclinando a cabeça para trás.

— Não quer que eu frite um ovo? — sugeriu a tia.

Fez que não com a cabeça, engoliu a folha de alface e perguntou ao tio:

— Por que foi que você nunca me contou que erigiram
um monumento na nossa rua, à beira do cais?

Van Liempt pousou a xícara de café no pires, limpou os
cantos da boca com o guardanapo e pôs-se a fitá-lo.

— Mas eu lhe contei, Anton.

— Isso foi quando?

— Há três anos. Foi inaugurado em 1949. Recebemos o convite, e eu ainda perguntei se você queria ir, mas você não quis.

— Eu ainda me lembro com exatidão das suas palavras. — A senhora Van Liempt serviu-lhe da salada, recolocando o prato à sua frente. — Você disse: "Que se danem as tais pedras."

— Por acaso você não se lembra?

Anton sacudiu a cabeça e manteve-se calado. Olhou para a toalha de mesa branca, sobre a qual traçou lentamente quatro linhas verticais com o garfo, sentindo pela primeira vez algo parecido com medo, um vórtice, uma cratera abismal sorvedora, cujo fundo os objetos nunca atingiam — como se alguém jogasse uma pedra num poço sem jamais ouvir o eco da queda.

Na época em que ainda pensava em tais coisas, havia-se indagado mais de uma vez o que aconteceria se cavasse um poço que atravessasse o globo terrestre, saltando para dentro dele num uniforme à prova de fogo. Após um certo tempo, perfeitamente calculável, seus pés brotariam no outro extremo do globo, mas ele não sairia de todo sobre a superfície antípoda; ele se deixaria estar ali por alguns momentos, voltando então a mergulhar de ponta-cabeça para desaparecer nas profundezas da Terra. Passados anos de então, a um tempo que ele igualmente calcularia com precisão, chegaria flutuando em movimentos antigravitacionais ao centro da Terra, permanecendo ali eternamente, para perder-se em conjecturas quanto ao rumo dessa nossa vida terrestre.

O TERCEIRO EPISÓDIO

1956

1

FOI ASSIM QUE, sem maiores méritos ou deméritos como estudante, deu seguimento aos seus estudos universitários. Tendo passado nos exames de bacharelado em 1953, alugou uma quitinete no centro de Amsterdã, deixando a casa da Apollolaan e abrindo um novo capítulo na sua vida. Instalado num apartamento exíguo e escuro no andar de cima de uma peixaria, numa transversal entre os canais Prinsengracht e Keizersgracht, com os vizinhos da frente a uma distância de cinco ou seis metros, sentiu a cidade de Haarlem daquele ano de 1945 recuar ainda mais para além da linha do horizonte de sua vida. O que se seguiu foi o que costuma acontecer com um homem divorciado: começa a namorar outra vez para esquecer a ex-mulher, mas reveste a nova namorada com os mesmos traços da que tinha sido sua esposa, um mal que só se remedia quando aparece em cena uma terceira mulher, ainda que só mesmo definitivamente com uma quarta. Mas os limites previamente definidos se redefinem num *continuum* perpétuo: uma tarefa desesperante, uma vez que todos os extremos desse mundo se tocam. Um começo nunca desaparece, nem mesmo com o seu término.

Uma vez a cada par de meses, era acometido de um acesso de enxaqueca que durava o dia todo e que o forçava a se recolher à escuridão do quarto; ânsias de vômito, porém, raramente tinha. Lia muito — ainda que nunca sobre a guerra — e certa vez chegou até mesmo a publicar poemas bucólicos num jornaleco estudantil, sob o pseudônimo "Anton Peter". Tocava piano — tinha uma preferência especial por Schumann — e gostava de freqüentar concertos. Ao teatro preferia não ir, desde a vez em que fora e, por razões inexplicáveis, sentira-se indisposto. Isso se dera durante uma montagem excepcional da peça *Jardim das cerejeiras* de Tchecov realizada por Sjarov. Durante uma cena, em que um homem estava sentado, cabisbaixo, diante de uma mesa, enquanto uma mulher no terraço, do lado de fora, gritava algo para alguém, foi tomado por um sentimento esmagador e inexplicável de horror, de tal maneira que se viu obrigado a deixar a sala imediatamente, saindo para a rua. No tumulto humano, em meio ao caos de carros e bondes, sentiu desaparecer de imediato aquela sensação de desconforto intenso, tão completamente que, passados alguns momentos, duvidou de que houvesse realmente sentido o que sentira.

Todas as semanas montava na sua motoneta com um saco de roupa para lavar e rumava para a Apollolaan, onde costumava ficar para jantar. No decorrer das semanas e dos meses, começou a dar-se conta da ordem demasiado burguesa que reinava na casa dos tios, da maneira como tudo se regrava ordenadamente, do cuidado com que se mantinha o bom funcionamento doméstico, jamais descuidando-se de nada, reaplicando demãos de tinta onde necessário. Tratava-se de um lar em que nada era de qualidade inferior, em que nada jamais se remediava de improviso. As refeições eram sempre servidas nas travessas corretas, o vinho em jarras; não se sentava à mesa de refeições só de camisa, as gravatas jamais eram afrouxadas. Quando eram os tios a visitarem-no, sentia a censura calada de seus olhares, que constatavam a ordem inversa da que reinava na casa deles. O tio comentava em tais ocasiões que ele também havia sido estudante.

Em 1956 prestou o exame de licenciatura e começou a preparar-se para os exames de conclusão de curso, estagiando em diversos hospitais. Já havia então decidido especializar-se na área de anestesiologia. Não que não soubesse que ganharia duas ou três vezes mais se trabalhasse como internista ou cardiologista em consultório particular; mas, no último caso, jamais teria tempo livre para si mesmo, desenvolvendo em dois tempos alguma úlcera ou distúrbios cardíacos, ao passo que, como anestesista, tudo o que precisava fazer seria fechar a porta do hospital atrás de si, ficando livre de qualquer outro encargo. Isso valia igualmente para a cirurgia, mas isso era uma prática exclusiva de açougueiros.

Aliás, sua escolha não tinha sido motivada somente em função de adversidades. Encantava-se com o equilíbrio delicado a ser mantido no momento em que os açougueiros plantavam as suas facas no paciente: o oscilamento na corda bamba, sobre o fio da navalha que separava a vida da morte, o cuidado dispensado àquela pobre criatura desprotegida na sua inconsciência. Tinha, por sinal, a suspeita algo mística de que o agente anestésico não desprovia o paciente de seus sentidos, de que os narcóticos apenas impediam a expressão da dor e, o que é mais, privava ao paciente a lembrança da dor suportada, ao passo que operava nele reações internas catalisadoras por conta do sofrimento inflingido. Ao sair da narcose, ficava evidente que havia sofrido. Quando aventou tal hipótese a um grupo de colegas que, naquele momento, discursavam sobre iates à vela, foi acolhido com olhares inequívocos que deixavam claro que melhor seria guardar tais idéias para si, se quisesse continuar pertencendo ao grupo.

Havia também a política. Tema recorrente que ele preferia não acompanhar, principalmente se se tratasse de política nacional. Restringia-se à leitura das manchetes, de que logo se esquecia. Ao ser indagado por um colega de trabalho inglês sobre a estrutura do sistema político holandês, percebeu que seus conhecimentos eram tão escassos quanto as informações de que dispunha sobre os sistemas alemão e francês. O restante do tempo que dispensava aos jornais, usava-o para decifrar as palavras cruzadas diárias. Não podia deixar passar uma; era uma arte em que se valia de uma astúcia inata. Se encontrava sobre alguma mesa de leitura um criptograma solucionado pela metade, esmerilhava-se para descobrir o ponto que fizera o leitor anterior desistir; este, em geral, chegara a um beco-sem-saída por conta de um erro decifratório qualquer. Uma vez vencido o desafio, olhava satisfeito da vida para o quadriculado completo. O fato de a maior parte das letras desempenhar duas funções, uma na palavra da vertical e outra na da horizontal, além de as palavras acabarem conjugando-se, era algo que o enchia com uma sensação de bem-estar. Aquilo tinha um quê de poesia.

Naquele mesmo ano de 1956, porém, teve de tomar parte nos processos eleitorais. Durante um dos jantares semanais na casa da Apollolaan, o tio perguntou-lhe em que partido votaria. Disse que provavelmente votaria nos liberais, mas, ao ser confrontado com a pergunta "Por quê?", não soube responder nada além de que se baseava na escolha dos amigos. Para Van Liempt, aquele era o pior motivo imaginável para se votar em alguém, ao que, após um discurso argumentatório de vários minutos, conseguiu inculcar outras idéias no sobrinho. O liberalismo atual, disse ele, atrelava um pessimismo estrutural sobre a solidariedade humana à convicção de que o indivíduo deve desfrutar do máximo de liberdade. Mas, das duas uma: ou se é pessimista, optando-se pela ordem imposta, ou otimista, optando-se pela liberdade. Não se podia conjugar o pessimismo do socialismo com o otimismo do anarquismo. E esse era o cerne do liberalismo. Ou seja, continuou, a coisa era bastante simples: bastava saber se se era otimista ou pessimista. E então, ele era o quê? Anton elevou o olhar na direção do tio, abaixando-o novamente e dizendo: "Pessimista."

Assim sendo, votou nos sociais-democratas, assim como o tio, que pertencia à classe mais eminente dos membros do partido do qual costumavam eleger-se prefeitos e ministros. Somente muito tempo depois foi que Anton deu para o fato de que praticamente ninguém votava de maneira racional: eram movidos exclusivamente por interesse próprio, por reconhecerem-se nos ideais do partido em questão ou ainda por o cabeça de lista lhes inspirar alguma confiança, o que tendia para o elemento físico-biológico, de maneira que ele mesmo começou a simpatizar mormente com as alas mais direitistas quando se apresentou, a posteriori, a ocasião, com a criação de um novo partido que considerava ultrapassada a distinção entre esquerda e direita. Ainda assim, a política nacional não significava nada para ele: significava tanto quanto podiam significar aviões de papel aos sobreviventes de um acidente aéreo.

2

O COMUNISMO, E COM ele a política internacional, era uma questão com a qual se viu confrontado algum tempo depois, no curso daquele mesmo ano. A segunda metade de 1956 apresentava-se como um paraíso aos leitores de jornal mais assíduos: crise na Polônia, escândalos no seio da família real, ataques de franceses e ingleses no Egito, revolução na Hungria e intervenção da União Soviética, desembarque de Fidel Castro em Cuba. Algumas semanas antes dessas façanhas ocorridas no Caribe, ainda ressoava nos Países Baixos o eco dos tanques russos que haviam tomado de assalto a cidade de Budapeste em meio a um matraquear de metralhadoras. A repercursão desse último evento foi a que se fez sentir com maior impacto, na percepção de Anton — dobrando-se a esquina da rua onde morava, estava sediado o quartel-general do Partido Comunista, num prédio do século XVIII que levava o nome de Felix Meritis. Turbas ensandecidas percorriam a cidade, deixando atrás de si um rastro de devastação em relação a tudo o que podia ser considerado comunista, desde livrarias até as casas dos próprios, e nisso eram apoiadas pela imprensa, que colaborava com a publicação dos respectivos endereços. Por meio de reportagens supostamente objetivas, faziam-se alusões insidiosas quanto aos estragos de pequenas proporções realizados na casa de fulano ou sicrano, líderes de tal ou tal partido, domiciliados aqui e acolá. No dia seguinte, então, o prejuízo era levado às últimas conseqüências. Cumprida a missão, os ativistas reuniam-se diante do Felix Meritas, que acabou sendo sitiado dois dias consecutivos por milhares de pessoas.

O prédio tinha-se convertido em fortaleza e barricada. As janelas do térreo haviam sido entabuadas e devidamente lacradas; das vidraças nas janelas dos andares superiores não havia sobrado uma para contar história; sobre o telhado, viam-se homens de capacete. Por vezes também mulheres, cuja aparição era duplamente ovacionada. Aos que porventura quisessem entrar ou sair do edifício era altamente recomendado pedir escolta policial. Os próprios policiais, com seus cassetetes de borracha, sacando de suas pistolas, procuravam conter a multidão, conglomerando-a na margem oposta do canal, o que não reduzia o risco que corriam, uma vez que se encontravam em meio a uma chuvarada de pedras. Por sinal, os homens em cima do telhado jogavam de volta as pedras que haviam entrado primeiro pelas janelas. Vez ou outra, manejando o bocal de mangueiras, dirigiam jatos de água contra pequenos grupos que se aproximavam demais. No canal, a presença constante de um barco policial cinzento a recolher os que caíam na água.

Anton não só jamais participaria de algo do tipo, como mostrava-se indiferente diante de tais manifestações. Se as conversas versassem sobre tais assuntos, mantinha-se à parte. Não conseguia descartar a idéia de que tudo aquilo era brincadeira de marmanjos, por mais terrível que fosse. Como se não bastasse, tinha ainda a suspeita de que muita gente se alegrava com as insurgências em Budapeste, uma vez que corroboravam triunfalmente as suas idéias acerca do comunismo. Sua maior preocupação era aquela algazarra ininterrupta. A rua estreita em que vivia estava sendo usada como acesso à parte traseira do edifício, que dava para o canal Prinsengracht, em que tais assaltos também ocorriam — até mesmo à força de coquetéis molotov, segundo o relato do peixeiro. Entre a cruz e a caldeirinha, decidiu ir ao cinema assistir a *O sétimo selo*. De volta em casa, ligou o aparelho de som no volume mais alto, pondo para tocar a sinfonia número 2 de Mahler; mas a barulheira não cedeu nem mesmo à noite. Já havia decidido passar a noite seguinte na casa dos tios na Apollolaan, onde não havia quaisquer agitações, mas, ao pensar melhor, imaginou que aquele alvoroço todo não perduraria por mais uma noite, o que o fez voltar.

Já havia anoitecido, e viam-se velas acesas diante de muitas janelas. Bandeiras a meio pau içadas num sem-número de casas. Como medida de precaução, preferiu estacionar a motoneta a algumas quadras de casa, salvaguardando-a da fúria dos tumultuosos, e voltou a pé à viela em que morava.

Mas a algazarra e a excitação geral só tinham feito aumentar. Custou-lhe chegar à porta de casa em meio ao tumulto — no exato momento em que entrava pelo pórtico do prédio foi que a coisa pegou fogo. De repente, apareceram pelo Keizersgracht viaturas de polícia com a sirene ligada e faróis acesos, acelerando para precipitar-se contra a multidão, freando em seguida

133

para voltar a acelerar. Além delas, entraram em cena cavalos montados por policiais brandindo sabres desembainhados, motocicletas com os conjugados *side-cars* acelerando e desacelerando num vai-e-vem sobre as calçadas, enquanto agentes policiais de capacete golpeavam a turba com a empunhadora de porretes negros compridos. Foi quando eclodiu o pânico geral por entre as fachadas das casas. Para sua grande surpresa, Anton deu-se conta de que aquilo tudo, em vez de inquietá-lo, asserenava-o. Tinha sentido logo antes uma certa agitação no ar, mas, em meio à gritaria e à pancadaria geral, em que pessoas eram pisoteadas enquanto outras, ensangüentadas, procuravam um abrigo seguro, sentiu-se invadir por uma estranha sensação de sossego. No pórtico, que dava igualmente acesso à peixaria, de dimensões que não ultrapassavam dois metros quadrados, encontrava-se agora uma dúzia de pessoas que o empurrava contra a porta de sua própria casa. Já estava com a chave em mãos, mas logo viu que — ainda que lograsse voltar-se para a porta — não deveria de maneira alguma abri-la, pois que, num piscar de olhos, a multidão estaria invadindo o corredor e os quartos, ao cabo de cuja indesejada visita não lhe sobraria mais uma peça de seu mobiliário.

À sua frente encontrava-se um sujeito enorme, que o espremia violentamente, recuando de costas, mas isso era o que parecia, pois o homem em questão estava sendo empurrado, por sua vez, tanto quanto ele próprio. Segurava na mão direita um pedregulho cinza, que se via forçado a manter à altura dos ombros; Anton, protegendo o nariz para não sufocar, virou a cabeça de lado, mas viu de soslaio as unhas imundas e os dedos calejados do sujeito que se apertava contra ele.

De repente, a multidão dissipou-se, deixando o pórtico. O homem à sua frente voltou-se na sua direção, talvez para ver quem estivera sentindo todo aquele tempo contra suas costas, e seguiu pela rua, mas logo se voltou mais uma vez, estacando.

— Olá, Ton — disse ele.

Anton fitou aquele rosto largo e tosco. Até que o reconheceu.

— Olá, Fake.

3

POR ALGUNS SEGUNDOS, estiveram apenas a entreolhar-se. Fake com o pedregulho, Anton com a chave em mãos. Ainda havia tumulto na rua, mas o centro da agitação tinha-se deslocado para o Prinsengracht.

— Você não quer subir? — perguntou Anton.

Fake hesitou. Olhou para a direita, olhou para a esquerda, como se não pudesse abandonar o combate sem mais nem menos; compreendeu, porém, que não podia recusar o convite.

— Que seja, mas só por um minuto.

Enquanto ouvia os passos pesadões nos degraus de madeira atrás de si, percebeu que tinha lá suas dúvidas se se tratava realmente de Fake Ploeg. Nunca mais voltara a pensar nele, mas é claro que ele também continuara vivendo, existindo para o mundo. Não tinham dado um aperto de mãos. Teriam do que falar? Por que diabos tinha de tê-lo convidado para subir? Entrando em casa, acendeu as luzes da sala de estar e cerrou as cortinas.

— O que você bebe?

Para seu grande assombro, Fake havia depositado o pedregulho sobre o piano de cauda que lhe haviam dado como presente de aniversário — não sem algum cuidado, ainda que o ruído do atrito da pedra sobre o piano indicasse que o verniz não tinha sido poupado.

— Uma cervejinha, se você tiver.

Serviu-se de um pouco de vinho da região de uma garrafa que abrira no dia anterior. Pouco à vontade, Fake procurou acomodar-se na poltrona de lona que mais se parecia com uma borboleta gigante; ele próprio foi sentar-se no sofá Chesterfield cujas molas já tinham ido para o céu.

— Saúde! — disse então, sem saber como quebrar o gelo.

Fake só fez erguer o copo e esvaziá-lo pela metade. Com o dorso da mão, limpou a espuma dos lábios e pôs-se a observar a estante de livros e a prateleira com os sextantes.

— Pelo que eu vejo, você está estudando, acertei?

Anton fez que sim, balançando a cabeça. Fake seguiu-lhe o exemplo. Ergueu-se algo da cadeira, sentando-se então de lado para acomodar-se melhor.

— Está desconfortável?

— Que desgraça de cadeira, hein? — disse Fake.

— Saiba você que ela é altamente moderna. Venha sentar-se aqui.

Inverteram os lugares. Fake, como se agora enxergasse melhor, não tirava os olhos de cima dele.

— Sabia que você não mudou nadinha?

— Já me disseram isso.

— Eu reconheci você na hora.

— Eu já levei um tempinho — disse Anton. — Também não vi seu pai tantas vezes.

Fake sacou então do bolso um pacote de tabaco e começou a enrolar um cigarro. Anton ainda quis oferecer-lhe um cigarro do seu maço de Yellow Dry, mas Fake balançou a cabeça. Seria melhor que não tivesse mencionado seu pai, mas a verdade é que o filho era o retrato vivo do pai, ainda que o primeiro fosse mais jovem e mais magro, e, de uma maneira ou de outra, também mais corpulento. Além do mais, era da opinião de que um excesso de sentimento de piedade de sua parte estaria muito fora de lugar na presente ocasião. O que ele queria mesmo era que o telefone tocasse para que pudesse dizer a quem quer que estivesse do outro lado da linha que sairia naquele exato momento para o hospital a fim de socorrer o ferido. A sala estava fria e úmida.

— Vou acender a calefação — disse ele.

Levantou-se e foi abrir a torneira de óleo. Fake lambeu a borda do papel de seda para fechar o cigarro, retirando das extremidades o excesso de tabaco e recolocando-o na embalagem, que ele mantinha presa entre o anular e o mindinho.

— O que você está estudando? — perguntou.

— Medicina.

— Eu trabalho numa loja de equipamentos domésticos — disse Fake, adiantando-se à pergunta seguinte. — Na área de consertos e afins.

Enquanto isso, Anton permanecia junto do aquecedor, esperando que se enchesse com a quantidade suficiente de óleo.

— Em Haarlem?

— Haarlem...? — repetiu Fake, incrédulo, como se o outro estivesse com algum parafuso solto. — Você acha mesmo que nós continuaríamos morando em Haarlem?

— Como eu iria saber?

— E você não acha que a primeira coisa que nós tivemos de fazer depois da guerra foi sair correndo de lá?

— É, você deve ter razão — concordou Anton. Levantou a tampa da estufa e atirou para dentro um fósforo aceso. — E onde está morando agora?

— Em Den Helder.

O fósforo apagou-se antes de chegar à calefação, ao que ele acendeu outro. Deixou-o cair na estufa e voltou-se para Fake.

— Você veio a Amsterdã especialmente para brincar de atirar pedra?

— Vim — disse Fake, crivando o olhar nele. — Coisa de louco, não é?

Anton recolocou a tampa sobre a estufa e foi sentar-se. Se propusesse sem rodeios que pusessem um fim à visita, suspeitava que Fake acolheria a proposta de imediato; mas logo abandonou a idéia, só de birra — afinal, será que Fake estava imaginando que escaparia dele com tanta facilidade?

— Sua mãe ainda é viva? — perguntou.

Fake acenou positivamente.

— É — terminou dizendo, alguns segundos depois.

Disse-o, porém, como quem confessa um crime, como se a pergunta tivesse sido: E a sua mãe, ainda vive? Não era o que Anton intencionava, mas, em vista da resposta, imaginou que poderia tê-lo dito, por que não?, num tom acusatório.

— Como foi que você acabou indo parar numa loja de artigos domésticos? — perguntou. — Afinal de contas, você não fez liceu?

— Fiz, meio ano.

— E então?

— No que é que isso pode lhe interessar? — indagou Fake, reacomodando um pouco de tabaco para dentro do cigarro com ajuda da cabeça de um fósforo.

— Se não interessasse, eu não perguntaria.

— Depois da guerra minha mãe foi presa e posta num campo de reclusão. Eu fui parar num internato católico, que fazia parte da Escola Diocesana de Ofícios. Foi para onde me mandaram depois, sendo que eu nem católico sou.

— O que sua mãe fez para ser presa?

— Pergunte aos cavalheiros da Jurisdição Especial. Imagino que suspeitassem que ela tivesse sido casada com meu pai!

Pelo tom com que o disse, Anton imaginou que se tratasse de uma frase feita e repetida inúmeras vezes. De uma maneira ou de outra, porém, quis crer que a frase não fosse da sua autoria.

— E então?

— Foi posta em liberdade nove meses depois, mas encontrou nossa casa habitada por estranhos. Foi quando nos ofereceram uma casa em Den Helder, onde ninguém nos conhecia. Entrei então na Escola de Ofícios.

— Por que não voltou para o liceu?

— Estou vendo que você está mesmo por fora, hein? — retorceu o nariz, como que subitamente enojado. — Em que mundo você vive? Minha mãe teve de começar a trabalhar como empregada para sustentar a mim e às minhas irmãs. Sabe essas mulheres com um lenço na cabeça e uma sacola de supermercado que você vê às 6h30 da matina na rua, a caminho do trabalho? Pois é. Na sacola ela carregava o material de limpeza, que ficava ao encargo dela: escovas, esfregão e sabão. Quando voltava à noite, na hora do jantar, caminhava duas vezes mais devagar. Está agora internada num hospital, se você quiser saber de toda a verdade, com uma vasculite terrível. A perna direita está toda amarelada, cheia de manchas escuras com secreção de pus. A esquerda foi amputada há duas semanas. E então? Satisfeito, doutor? — Esvaziou o copo de um só trago, colocou-o sobre a mesa com um baque e reclinou-se no assento. — Pois é, daí você vê a diferença. Nós freqüentamos a mesma escola como colegas de classe, e seus pais morrem fuzilados, o que não impediu você de estudar medicina, ao passo que meu pai foi assassinado, e eu agora me vejo obrigado a consertar aquecedores.

— Mas pelo menos sua mãe ainda vive — disse Anton, na mesma hora. — E suas irmãs também. — Pesou as palavras, ciente de que estava adentrando um terreno perigoso. Continuou, precavido: — E você não acha que há uma pequena diferença entre a morte do seu pai e a dos meus?

— Que diferença? — perguntou Fake, na ofensiva.

— Meus pais eram inocentes.

— Meu pai também.

Disse-o sem a menor hesitação, com o olhar fixo em Anton. Este calou-se, perplexo. Era possível que Fake estivesse falando a sério, convicto do que dizia.

— Que seja — disse, gesticulando. — Eu também só sei o que eu ouvi, mas...

— Exato.

— ... mas se você vê a diferença entre nós como uma mera espécie de injustiça social, então eu não entendo a razão de você estar metido nessa troca de pedradas. — Fez um movimento de cabeça, indicando a pedra que se encontrava sobre o piano de cauda em sinal de provocação, como um elemento perturbador. — Uma razão a mais para você simpatizar com os comunistas.

Antes de replicar, Fake apanhou o copo, deixando escorrer as últimas gotas do conteúdo para dentro da goela.

— O comunismo — disse, calmamente, com um laivo de fúria — é a pior praga de todas, como você pode constatar pelo que anda acontecendo em Budapeste, onde a ânsia de liberdade de todo um povo está sendo sufocada em meio a um banho de sangue.

— Fake — disse Anton, irritado —, eu também não sou comunista, mas isso não basta para que eu me disponha a ficar decorando todas as manchetes do jornal.

— Ah, claro. O senhor doutor consegue se expressar melhor que quaisquer jornais. Queira me desculpar pela minha incapacidade de fazer o mesmo. As pessoas ali fora estão se batendo numa batalha de vida e morte. Formulei melhor? O que você acha que os comissários políticos estão fazendo agora? Estão envolvidos numa carnificina em massa, ou será que você ainda não percebeu? Você por acaso leu no *Het parool* sobre os horrores perpetrados pelos soldados mongóis?

— Soldados mongóis? — repetiu Anton. — O que você quer dizer com isso, Fake? Por acaso já chegaram ao ponto de matar mongóis em câmara de gás?

— Não, seu cretino — disse Fake, com um olhar que traduzia sua advertência pessoal em relação às declarações de Anton. — Não sei aonde você quer chegar, mas eu já posso lhe adiantar que meu pai de qualquer maneira sempre teve razão no que dizia respeito aos comunistas. Tudo o que você ouve agora já foi predito por ele. Não é por acaso que tenham sido os próprios filhos-da-mãe comunistas que o assassinaram. É a mesma gentalha que você está vendo andar agora sobre as canaletas dos telhados com capacetes sobre suas cabeças desmioladas. Não, você tinha justo de defendê-los. É o fim da picada! Eles sabiam que haveria represálias, mas, mesmo assim, mataram meu pai a tiros logo na frente da casa de vocês. Não estavam nem aí, senão ainda teriam tentado esconder o corpo. O assassinato do meu pai não contribuiu para que a guerrra terminasse um segundo mais cedo.

Levantou-se e foi até a mesa com o fogareiro de duas bocas, sobre a qual Anton havia posto as garrafas de cerveja recém-abertas. Foi quando Anton se deu conta de que a estufa ainda não se havia acendido; levantou-se também e rasgou uma tira de um jornal qualquer, que deixou cair, inflamada, sobre a pequena camada negra e lustrosa de óleo.

Serviu-se uma taça de vinho. Como Fake não fazia menção de sentar-se, manteve-se ele também de pé. Do lado de fora voltaram a ecoar vozerio e sirenes ululantes.

— Minha família — disse ele, levando a mão livre ao pescoço — não foi liquidada pelos comunistas, mas pelos amigos do seu pai.

— Mas os comunistas sabiam que isso aconteceria.

— O que equivale a dizer que a culpa é deles...

— É óbvio. De quem mais seria?

— Fake — disse Anton —, eu entendo que você queira defender seu pai. Afinal, ele jamais deixou de ser o seu pai. Mas se o seu pai tivesse sido o meu, se tudo tivesse acontecido ao contrário, será que você também o defenderia? Falemos francamente. Seu pai foi morto premeditadamente pelos comunistas, que eram de opinião de que as coisas deveriam se dar do jeito que se deram, ao passo que minha família foi morta a troco de nada pelos fascistas, entre quem estava também o seu pai. Estou certo ou errado?

Fake virou-se num eixo de noventa graus, dando-lhe as costas, e permaneceu imóvel, algo inclinado para frente.

— Você está querendo me dizer que a culpa de seus pais terem sido assassinados foi do meu pai?

Anton percebeu que o outro estava alerta, prestando atenção a cada palavra sua. Acima da lareira pendia um espelho grande de moldura trabalhada, adquirido por uns míseros dez florins num mercado de pulgas para emprestar dimensões maiores ao aposento: no espelho embaciado pela pátina do tempo, viu que Fake fechara os olhos.

— O fato de você ter amado seu pai não implica necessariamente que tenha de isentá-lo de culpa — disse Anton. — A um santo, qualquer um consegue amar. É como amar os bichos. Será que é tão difícil você simplesmente dizer: meu pai era um colaborador, mas continua sendo meu pai, e eu o amo?

— Mas que diabo! Ele não era um colaborador! Pelo menos não do jeito em que você põe a coisa.

— Mas — disse Anton em direção às costas à sua frente —, suponhamos que você tenha razões sólidas para crer que ele fez coisas abomináveis... sei lá... imagine o que quiser... você o continuaria amando ou não?

Fake voltou-se então para ele, fitou-o por alguns segundos e começou a andar de um lado para o outro do aposento.

— Colaborador... sei... — disse então. — É, agora é esse o termo que usam por aí, mas, no meio-tempo, pensam da mesmíssima maneira, como ele pensava sobre o comunismo. Você deveria ouvir o que andam dizendo aí fora — disse ele. — No final das contas, no que tudo isso difere da Frente Oriental? E, no que diz respeito aos judeus e a tudo o que aconteceu com eles, garanto que ele não tinha ciência dos fatos. Nem nunca chegou a ter. Você não vai agora querer recriminá-lo pelo que os alemães aprontaram. Ele fazia parte do corpo policial e cumpriu à risca as instruções que lhe deram. Mesmo antes da guerra, ele já tinha ordens para dar busca policial em casas e deter os seus moradores, sem saber que fim dariam a eles, assim como o que aconteceu depois na guerra. Não nego que ele fosse fascista, mas era um fascista bom, por convicção. Queria que as coisas mudassem na Holanda e que não se repetisse o que aconteceu durante o governo de Colijn,[53] sob o qual se via forçado a atirar em operários. Não era um maria-vai-com-as-outras como a maior parte dos holandeses. Se Hitler tivesse ganho a guerra, quantos holandeses, na sua opinião,

---

[53]Hendrikus Colijn (1869-1944) — Ministro, de orientação primeiramente militar, de cinco gabinetes do governo em diversas pastas e primeiro-ministro na década de 1930, cujo mandato foi marcado por intensas agitações sociais. (*N. do T.*)

estariam ainda hoje contra ele? Não me faça rir, meu chapa! Foi só quando perceberam que ele perderia que os covardes decidiram passar para a Resistência, da noite para o dia.

A estufa, com óleo demais, começou a estralejar, desprendendo estalidos surdos e ritmados. Fake pousou sobre ela o olhar técnico do especialista, dizendo: "Não vai demorar para isso aí dar tilte." Após a curta digressão, porém, voltou ao tema sobre o qual discorria. Segurando o copo com ambas as mãos, foi sentar-se no parapeito da janela, perguntando:

— Você quer saber quando foi que meu pai se tornou membro do NSB? Em dezembro de 1944, depois da *Dolle Dinsdag*, quando as coisas iam de mal a pior e todos os fascistas de meia-tigela já estavam fugindo para a Alemanha ou apareciam do nada na Resistência, como se a filiação deles a ela datasse dos primórdios. Foi quando tomou a decisão de que algo deveria ser feito, como nos contou mamãe mais de uma vez. E foi por essa sua convicção que sofreu o atentado. Outro motivo não existe. E sua família também entrou na dança. Se o atentado não tivesse sido cometido, seus pais ainda estariam vivos. É possível que meu pai tivesse passado alguns anos na prisão, para tão simplesmente voltar depois à polícia, onde estaria até hoje.

Levantou-se e foi até o piano, tocando algumas teclas no registro médio de maneira que os sons se misturaram com os estalidos da calefação, fazendo com que Anton pensasse numa dodecafonia à Stravinksi. Cada palavra de Fake só fazia aumentar sua dor de cabeça. Como é que alguém podia aconchegar-se de tal maneira na mentira? Devia ser a força do amor, que vence todos os obstáculos, pensou.

— Ouvindo você falar assim — disse então —, fico com a impressão de que você acha, no fundo, que o nome do seu pai também deveria constar no tal monumento.

— Que monumento?

— O monumento no cais lá da nossa rua.

— Ergueram um monumento lá?

— Eu também só fiquei sabendo muito tempo depois. No monumento estão gravados os nomes dos meus pais e dos outros 29 reféns. Será que deveriam ter acrescentado também o nome Fake Ploeg?

Fake fitou-o e fez menção de dizer algo, mas, de repente, desatou a soluçar. Os soluços pareciam, porém, ecoar como se vindos de outra pessoa, de um ventríloquo que se utilizava dele exclusivamente para a necessidade do momento.

— Diabos...! — disse, ainda que não deixasse claro a que exatamente se referia, se ao que Anton acabava de dizer ou se aos soluços. — Foi quando a casa de vocês estava ardendo em chamas que nós recebemos a notícia de que papai estava morto. Será que isso jamais lhe ocorreu? Eu, sim, pensei no que aconteceu a você, mas será que você pensou no que aconteceu a mim?

Virou-se algo de lado, voltou à posição original, esfregou os olhos, aflito, e apanhou de repente a pedra. Olhou ao redor e pôs-se a fitar Anton, que fez menção de elevar os braços à altura do rosto, gritando:

— Fake!

Fake estirou o braço e atirou a pedra, que voou pela sala, indo dar contra o espelho. Anton agachou-se. Virando um pouco o rosto, viu o espelho quebrar-se, desfazendo-se em enormes

148

estilhaços sobre a tampa de ferro do aquecedor, que agora estralejava num ritmo mais lento. A pedra foi parar sobre o console da lareira com um baque. Olhando para os destroços com o coração ainda a bater forte no peito, ouviu os passos de Fake, que se despachara em carreira desabalada escada abaixo.

Um último estilhaço ainda se desprendeu da moldura do espelho, trincando-se em fragmentos ainda menores com um ruído tilintante. A tampa da calefação voou na mesma hora uns cinco centímetros no ar com um baque surdo, desprendendo uma nuvem de fuligem. Anton pousou as mãos sobre a nuca, entrelaçando os dedos e respirando fundo. Sentiu também que estava à beira de um ataque de riso. O espelho a quebrar-se, a estufa sacolejando em meio às pequenas detonações, a gritaria na rua: tudo se lhe afigurava como elementos de uma comédia, mas a dor que sentia na cabeça o impedia de dar vazão à qualquer expressão de divertimento. No fundo, nada fazia sentido. A fuligem espalhou-se pela sala, e ele percebeu que levaria horas para limpar o apartamento.

Foi quando ouviu os passos de Fake escada acima. Só então se deu conta de que não ouvira a porta bater. Procurou involuntariamente algo com que se defender. Apanhou uma raquete de tênis. Fake apareceu na soleira da porta e contemplou com um olhar fugaz a devastação perpetrada.

— Eu queria ainda lhe dizer que jamais me esquecerei do que aconteceu naquela época na sala de aula.

— Na sala de aula?

— É, quando você entrou enquanto eu estava sentado lá com aquela roupa de palhaço.

— Ah, é mesmo. Já tinha me esquecido disso — disse Anton.

Fake hesitou. É possível que quisesse estender-lhe a mão, mas a deixou cair após erguê-la um pouco, voltando a descer os degraus. Anton ouviu então a porta fechar-se no trinco. Olhou a seu redor. Um véu seboso começou a espalmar-se sobre os objetos ali dentro, o que seria funesto para os livros e os sextantes; o piano de cauda estava, felizmente, com o tampo fechado. Com ou sem dor de cabeça, sabia que a primeira coisa que teria de fazer seria uma boa faxina. Abriu as cortinas e escancarou as janelas. Em meio ao rumor que vinha da rua, fitou os estilhaços espalhados no chão. O lado de trás apresentava-se de um negro fosco. Colados à moldura, ainda se viam alguns fragmentos pontiagudos. No mais só se viam as pranchas de madeira de um marrom escuro, outrora forradas com papel de jornal; os dois *putti* com a travessa de frutas e a coroa de ramos lobulados observavam-no lá de cima, impassíveis na sua postura angelical.

Primeiro deveria desfazer-se da pedra. Se necessário, poderia atirá-la pela janela sem que ninguém se apercebesse disso. Cuidadosamente, para não escorregar no vidro sobre a esteira de junco trançado, foi até o console da lareira. Com o pedregulho em mãos, leu uma linha no jornal que ainda aderia à prancha de madeira: *"Nel di 2 Luglio 1854. Solennizzandosi con sacra devota pompa nell'Augusto tempio di Maria SS. del Soccorso..."*[54]

Outra coisa que ele jamais teria chegado a saber se não fosse por Fake.

---

[54]"No dia 2 de julho de 1854. Celebrado com uma cerimônia religiosa na Igreja de Sagrada Maria do Perpétuo Socorro." (*N. da T.*)

O QUARTO EPISÓDIO

1966

1

TAMBÉM NO QUE SE REFERE ao amor, simplesmente deixava as coisas acontecerem. Passado um par de meses, eram sempre outras as moças que vinham sentar-se no seu sofá gasto, em geral de joelhos encolhidos — ao que ele invariavelmente se via obrigado a explicar o funcionamento de um sextante. Isso, porém, jamais o aborrecia. Por alguma razão desconhecida, fascinavam-no os tais instrumentos de cobre reluzente com os seus espelhinhos, o limbo graduado e o pequeno visor, que capturavam na sua conformação a Terra noturna e as estrelas. Freqüentemente elas não chegavam a compreender muita coisa; o que compreendiam, sim, era o amor de que eram pródigas as suas explicações e que, em parte, também valia para elas. Havia vezes em que o sofá permanecia vazio por algumas semanas, o que não o incomodava demasiado — não era do seu feitio ir à procura de alguém nos bares da vida.

Em 1959 prestou exame, licenciando-se em medicina e, quando lhe ofereceram um posto de anestesista-assistente, alugou um apartamento maior com muita luz nas imediações da Leidseplein. Ia todas as manhãs caminhando para o Hospital Wilheminagasthuis, que tinha adotado durante a guerra o nome

153

provisório de Westergasthuis. Nas ruas do amplo complexo hospitalar, havia sempre muito movimento de ambulâncias, visitantes e pacientes que voltavam a ensaiar alguns passos, de pijamas listrados por debaixo dos sobretudos. Os médicos circulavam por todos os lados, indo de um anexo ao outro com os jalecos semi-abertos: entre eles, Anton, com a cabeça um tanto oblíqua, arremessando a intervalos os cabelos para trás, com uma inclinação a arrastar os pés ao andar — o que lhe grangeava por vezes o olhar enternecido das enfermeiras que cruzavam seu caminho de bicicleta e que terminavam indo parar no seu sofá. Aconteceu uma única vez de ele passar pela dependência diante da qual havia estado outrora a placa indicando "Lazarett", mas daí a pensar em Schulz, que havia sido carregado para ali dentro moribundo ou já morto, era algo que acontecia cada vez com menos freqüência.

Conheceu sua primeira mulher em 1960, quando estava de férias em Londres, passando o Natal. Passeava de dia pela cidade, comprando roupas na Regent Street e visitando lojas com artigos e instrumentos antigos de navegação, que sabia existirem em alguma parte por detrás do British Museum; de noite costumava sair para assistir a algum concerto. Ainda se via uma grande quantidade de senhores de chapéu-coco e guarda-chuva enrolado. Até mesmo durante seus almoços nos pubs não deixava de ver os mancebos vergados sob um sem-número desses acessórios tão enternecedores. Numa certa tarde chuvosa, flanando por Whitehall por entre a arquitetura colossal do poder, em que os Horse Guards, guardas da Rainha a cavalo, executavam passos de dança inimitáveis como galos empinados, decidiu entrar na abadia de Westminster, em que jamais havia estado.

O lugar estava apinhado de turistas estrangeiros e excursionistas provincianos. Anton havia comprado um guia, encadernado com uma capa de uma espécie de cor vermelha-arroxeada, tal como não se encontra em nenhum lugar senão na Inglaterra, onde, em contrapartida, é encontrado por toda parte. Já na nave central da abadia, até a entrada para o coro, o guia registrava a existência de 170 túmulos da fina-flor da nação datando de seis séculos precedentes, de maneira que preferiu fechar o livreto. Por todos os lados, no solo, nas paredes e junto aos pilares, viam-se esculturas e epígrafes; nas capelas estavam dispostas imagens e tumbas tais como móveis nos dias de visita de um leilão de segunda categoria. Na estreita passagem ao longo do coro jaziam os mortos, alinhados em fila, ao exemplo do que se observa por vezes com os pacientes deitados em macas nos corredores das salas de cirurgia, mas, no caso em questão, de costas no mármore dos seus sarcófagos, anestesiados para sempre. Tentou imaginar o quadro quando do Dia do Juízo Final, em que eles todos, centenas de heróis, nobres e artistas, ressuscitariam, erguendo-se de seus túmulos para travarem conhecimento uns com os outros — formariam o clube mais chique do Reino Unido.

A realeza jazia na capela por detrás do altar-mor. Por entre aquela massa de reis e rainhas caminhavam a passos lentos pessoas que jamais viriam a jazer ali. À altura da *Coronation Chair*, criou-se um engarrafamento. Ele mesmo se viu hipnotizado por aquele trono, sobre o qual, desde o início do século XIV, eram coroados praticamente todos os soberanos da monarquia inglesa. A madeira de carvalho não deslustrada pela passagem do tempo, com adornos simples, o espaldar coberto de iniciais, lavrados em algum século remoto, jamais apagadas por quaisquer restaurações por conta de um genuíno sentimento histórico. Sob o assento de madeira, uma grande pedra, a *Stone of Scone*. Anton voltou a abrir o guia. A pedra havia servido de travesseiro ao Jacó bíblico: no século VIII a.c., passando pelo Egito e pela Espanha, tinha chegado à Irlanda; 1.400 anos depois à Escócia e, por fim, à Inglaterra, onde se podia observá-la agora, *hic et nunc*. Assim como a quintessência da verdade acerca dos reis para ele derivava unicamente das peças de Shakespeare, da mesma maneira quis crer justas e apropriadas as lendas sobre a pedra em questão. Dizia-se que a pedra gemia somente se os pretendentes irlandeses coroados sobre ela possuíssem efetivamente sangue real — caso contrário, não. Anton desatou a rir, dizendo em alto e bom som:

— Sei.

Ao que uma moça ao seu lado perguntou:

— Sabe o quê?

Voltou o olhar na sua direção — foi esse o momento que marcou o curso de tudo o que se seguiria.

Foi aquele seu olhar, que despejavam seus olhos, e seus cabelos — espessos, rebeldes e ruivos. Chamava-se Saskia De Graaff e era aeromoça da KLM. Após uma visita ao *Poets' Corner* da abadia, Anton acompanhou-a a um clube em St. James, onde deveria buscar o pai, que ia a Londres todo ano na época do Natal encontrar velhos amigos veteranos de guerra. Tendo chegado ao edíficio e marcado encontro em Amsterdã, avistaram um general que descia as escadas para entrar em seguida num carro que havia estado à sua espera, guiado por um motorista militar.

Quando De Graaff, uma semana depois, em Haia, durante o primeiro encontro de ambos no *lounge* do Hotel Des Indes, interrogou Anton com toda cautela sobre sua família, este respondeu que seu pai tinha sido escrivão no Tribunal da Comarca, em Haarlem, mas que tanto o pai quanto a mãe já eram falecidos havia muito tempo. Foi só um meio ano depois que ele veio a contar a De Graaff sua história, certa tarde de um calor abafado em Atenas, para onde seu futuro sogro havia sido enviado como embaixador. Após ouvir com atenção o relato de Anton, calou-se e pôs-se a fitar, sentado como estava na sombra do aposento, em direção ao jardim claro e oloroso, no qual ecoava uma sinfonia de cigarras a ciciar e assomava a figura de um chafariz marulhante. Um serviçal de casaco branco fazia tilintar cubos de gelo na varanda, onde estavam sentadas Saskia e a mãe. Por entre os ciprestes e os pinheiros, avistava-se ao longe a Acrópole. De Graaff limitou-se a dizer, passados alguns minutos:

— Neste mundo, até mesmo o bem tem o seu lado mau. Mas há ainda um outro.

Ele próprio havia participado durante a guerra de um órgão central que reunia em si diversas organizações da Resistência, posto em que se reportava diretamente ao governo holandês exilado em Londres. Também ele mostrava-se algo monossilábico no que se referia àquele período; o que Anton viera a saber tinha ouvido de Saskia, que também só sabia uma meia-verdade. Não que ele quisesse saber de tudo. Poderia, se quisesse, ler os anais da Comissão de Inquérito Parlamentar para informar-se mais, mas não o fez.

Casaram-se um ano após o primeiro encontro. O tio não compareceu à cerimônia: um acidente automobilístico dos mais estúpidos havia posto fim à sua vida. Logo após o casamento, ofereceram a Anton um emprego fixo, e, com o respaldo financeiro de De Graaff, compraram uma casa de paredes-meias nas imediações traseiras do Concert-Gebouw.

2

No início de junho de 1966, durante a onda de calor, Saskia teve de ir ao enterro de um amigo do pai, um jornalista eminente, que ela também ficara conhecendo na época da guerra. Perguntou se Anton queria acompanhá-la; este, assim que conseguiu tirar um dia de folga, perguntou por sua vez se poderia levar consigo Sandra, a filhinha do casal, que no meio-tempo completara quatro anos.

— Será que devemos, Ton? — perguntou Saskia. — Morte não é coisa para criança.

— Estou para ouvir um aforismo mais idiota que esse — disse ele.

Suas palavras soaram mais mordazes do que tinha sido a sua intenção. Pediu desculpas e deu-lhe um beijo. Decidiram que iriam à praia logo depois do enterro.

O sogro, mais velho que Matusalém, tinha acabado de aposentar-se, indo viver numa propriedade rural em Gelderland. Seguiria de carro. Saskia telefonou-lhe para pedir que viesse buscá-los para que pudessem ainda tomar um café com calma. Mas ele reagiu como o mais provinciano dos provincianos. O que é que eles estavam pensando? Que ele iria a Amsterdã para ser atacado por um bando de agitadores? Não deixara de rir ao proferir tais palavras, mas o fato é que acabara não vindo, embora tivesse enfrentado desafios maiores que aquele na vida.

O enterro aconteceria num vilarejo ao norte de Amsterdã. Estacionaram o carro na via de acesso ao vilarejo e foram a pé até a pequena igreja, suando em bicas nas suas roupas de luto. Sandra era a única vestida de branco e que, portanto, não sofria com o calor. Na praça central do vilarejo, havia grande azáfama de homens e mulheres, na sua maior parte idosos, que se conheciam uns aos outros. Cumprimentavam-se, não dando mostras de tristeza ou lugubridade, mas rindo em alto e bom som, muitas vezes expansivos ao abraçarem-se. Havia vários fotógrafos. De um enorme Cadillac negro, saltou um ministro, o mesmo que ultimamente vivia nos noticiários por sua conexão com os distúrbios que se verificavam em Amsterdã. Também ele foi recebido com beijos e tapinhas no ombro.

— Essas pessoas que você está vendo são gente que lutou contra os alemães — disse Anton à filha.

— Na guerra — acrescentou ela, com uma expressão no rosto de completo entendimento, endireitando a cabeça da boneca com um movimento decidido.

Com um sentimento de excitação ininterrupto a subir-lhe pela garganta, Anton ia examinando todos os presentes, um por um. Não conhecia ninguém; apenas Saskia cumprimentava um ou outro, sem lembrar-se de quem eram exatamente. Na igreja protestante marcada pela sobriedade, em que já soavam os primeiros acordes do órgão, foram sentar-se na última fileira. Todos se ergueram quando trouxeram o féretro para dentro, ao que Anton cingiu com o braço os ombros da filha, que lhe perguntou sussurrando se havia mesmo um senhor dentro do caixão. A viúva seguia conduzida pelo braço por De Graaff — inegavelmente pesarosa, mas com o queixo erguido, olhando para os presentes por vezes com um meneio de cabeça ou um sorriso frouxo.

— Vovô! — exclamou de repente Sandra.

O avô voltou o rosto rapidamente e lançou-lhe uma piscadela. Foram sentar-se à frente, junto do ministro. Anton avistava agora também o prefeito de Amsterdã. O sermão fúnebre foi pronunciado por um pastor renomado, que estivera anos a fio num campo de concentração. A sua inflexão de voz, que fazia com que Sandra buscasse os olhos do pai com um olhar maroto, era de uma envergadura tal que fazia crer que seu talento retórico procurava antes sobrepôr-se a um defeito de fala —, ao exemplo de Demóstenes, que praticava a arte da oratória com a boca cheia de seixos. Enquanto Anton escutava, algo distraído, avistou a silhueta de uma mulher do outro lado do altar central, algumas fileiras adiante. Algo nela fez com que pensasse num sabre com a ponta enterrada no gramado, tal a sua força. Devia andar lá pela casa dos quarenta, 45 talvez; seus cabelos escuros e algo volumosos começavam a tornar-se grisalhos em alguns pontos.

Foram os últimos a entrar no séquito em direção ao cemitério atrás da igreja. Durante o curto trajeto, em que se cruzou a rua para seguir-se por uma trilha de seixos, os convivas não paravam de palestrar uns com os outros: alguns acenavam em todas as direções, repetidamente, enquanto outros se deslocavam ligeiros para o início ou o fim do cortejo. Parecia tratar-se menos de um enterro que de um encontro de amigos.

— Voltaram ao ambiente familiar — disse Saskia.

— Tomara que eles não fiquem sabendo que estão todos reunidos aqui.

— "Eles" quem?

— Os alemães, quem mais?

— Deixe de brincadeira. Que bicho mordeu você?

Os fotógrafos andavam à procura de rostos conhecidos, e, do outro lado, os locais estavam a fitá-los. A maior parte deles dava-se conta aparentemente só agora de quem havia estado anos a fio convivendo em seu meio. Jovens de motocicleta acompanhavam o cortejo com olhares irônicos, tendo antes desligado seus motores. Parecia emanar algo daqueles homens e mulheres, alguns deles mancos como resultado de maus-tratos, que lhes impunha um certo silêncio respeitoso.

— Papai?

— Diga.

— O que é exatamente a guerra?

— É uma briga enorme. Dois grupos de pessoas querendo cortar a cabeça uns dos outros.

— Também não precisa exagerar — disse Saskia.

— Você acha mesmo? — perguntou Anton, com um sorriso.

No cemitério se havia reunido um grupo denso de pessoas em volta da sepultura, de maneira a tirar a visão da família Steenwijk. Sandra começou a aborrecer-se, ao que Saskia lhe tomou a mão para darem um passeio. Anton ouvia atrás de si Saskia ler as inscrições dos túmulos em voz alta, dando explicações à filha. Elevava o olhar a intervalos em direção ao sol fustigante; tentando não pensar nas roupas que lhe colavam no corpo. O burburinho de conversas nas últimas fileiras só se calou quando a viúva tomou ela própria a palavra, sem que ele as ouvisse, na vastidão daquele dia veranil. Os pássaros que sobrevoavam o local deveriam estar vendo um amontoado de gente na ampla paisagem do pôlder em torno de um exíguo buraco negro na terra, como um olho enorme voltado para o céu.

Assim que, no presbitério, os Steenwijk finalmente tiveram a ocasião de apresentar suas condolências à viúva, encerrando a fila dos presentes, saíram caminhando, por entre os carros que arrancavam, em direção ao café do outro lado da rua.

As poucas mesas na calçada já estavam ocupadas pelos locais, mas também do lado de dentro havia uma grande azáfama de gente. Clientes apinhavam-se junto ao bar à espera de chopes, mesas eram unidas umas às outras, gravatas eram afrouxadas, tiravam-se os casacos, pedidos de cerveja e café ecoavam por todos os lados. O *jukebox* tocava "Strangers in the Night". O ministro já tinha feito sua entrada no café; palestrava com o prefeito, rabiscando algo no verso de um maço de cigarros. Havia também escritores entre os convivas e até mesmo um líder Provo.[55] Foi só Saskia sugerir que fossem para outro lugar que, no mesmo momento, surgiu seu pai na soleira da porta. Acompanhado por um grupo de sete homens, dos quais

---

[55]Movimento juvenil de contestadores na década de 1960. (*N. do T.*)

Anton conhecia alguns de vista, dirigiu-se para uma mesa nos fundos, provavelmente reservada para a ocasião; sua esposa deveria ter acompanhado a viúva e a família à casa em que reinava o luto. Passando pela filha e pelo genro, acenou.

Não havia dúvida de que era ele quem liderava a mesa. Não demorou para que se formassem três grupos de conversas paralelas. No seu grupo, mantinha-se na defensiva, sem que isso se desse em detrimento do seu bom humor, prerrogativa de quem sabe ser o mais influente. Um homem com um topete loiro e sobrancelhas ainda mais claras que os cabelos inclinou-se para frente, dizendo-lhe que ele estava tornando-se um caduco chato de galocha. Como é que ele metia na cabeça comparar a Frente de Libertação Vietnamita aos nazistas só porque, na sua opinião, os americanos continuavam sendo os mesmos de antes? Quem havia mudado eram os americanos — eles é que deveriam ser comparados aos nazistas.

De Graaff recostou-se no espaldar, rindo, e, estendendo os braços, agarrou a borda da mesa com ambas as mãos, de maneira a forçar os companheiros à direita e à esquerda a inclinarem-se para trás. Com os cabelos brancos ralos e os traços nobres do rosto, entronizava-se ali como o presidente de um conselho de comissários.

— Meu bom e prezado Jaap — começou ele, com um ar de superioridade, ao que Jaap logo foi lhe cortando a palavra:

— Já sei: você vai ousar me dizer que eu com certeza me esqueci de que foram os americanos que nos libertaram.

— Ledo engano seu.

— Não tenho tanta certeza disso. Seja como for, eu não me esqueci de nada. Quem se esqueceu foi você.

— E do que foi que eu me esqueci então? — perguntou De Graaff, irônico.

— Do fato de que os russos nos libertaram tanto quanto os americanos, apesar de nós não os termos visto pelas ruas. Foram eles que derrotaram o exército alemão. Você também parece não se dar conta de que também são os russos que se encontram, ainda agora, ao lado dos justos no Vietnã.

O homem que estava por detrás do braço esquerdo de De Graaff disse então, num tom de voz bastante frio:

— Não seria melhor nós deixarmos este tipo de conversa ao cargo de terceiros?

— Mas é a pura verdade! — disse Jaap. — Os russos se desestalinizaram, mas os americanos se converteram em genocidas.

O homem por detrás do seu braço esquerdo simulou um sorriso formal sob o bigode negro que deixava transparecer uma provável anuência com o posicionamento de Jaap, ainda que indicasse que este último estava travando um combate fadado à derrota.

— Bando de comunistas imundos! — exclamou De Graaff, satisfeito, endereçando-se a Anton. — Uns sujeitos fantásticos!

Anton retribuiu o sorriso. Estava claro que a conversa nada mais era que um jogo que eles já haviam jogado repetidas vezes no passado.

— Sei — disse Jaap. — Uns sujeitos fantásticos. Mas você, Gerrit, desde 44 que vem atacando não mais aos boches, mas sim a esses sujeitos fantásticos.

Anton tinha certeza absoluta de que o nome do sogro não era Gerrit, mas sim Godfried Leopold Jérôme; os convivas aparentemente ainda se chamavam uns aos outros pelos pseudônimos da ilegalidade. Estava óbvio que Jaap tampouco se chamava Jaap.

— E você esperava o quê? Afinal de contas, os boches tinham sido derrotados. — Endereçou um olhar inocente a Jaap. — O que mais se podia fazer? Aceitar uma tirania em troca de outra? — Seu sorriso foi perdendo algo da vitalidade inicial.

— Seu filho-da-mãe! — disse Jaap.

— Você deveria é nos ser grato. Se tivesse alcançado em 44 o que ambicionava, não teria sido expulso do partido, como o que aconteceu, mas sim fuzilado. Principalmente em se tratando da sua posição. Assim como Slansky na Tchecoslováquia. Eu estava na época em Praga. Você deve ao governo militar o fato de ainda estar vivo. — E, já que Jaap se calava, continuou: — Melhor ser presidente de um clube futebolístico na esterqueira da História que estar morto. É ou não é?

O homem de proporções avantajadas sentado à frente de De Graaf, um poeta eminente com algo de satânico nos olhos vesgos, cruzou os braços e começou a rir:

— Pelo que eu estou vendo — disse ele —, a conversa ainda vai longe.

— Pode ter certeza que vai — disse Jaap, dando de ombros. — Ele sabe que eu sempre acabo lhe dando razão.

— Você conhece aqueles versos de Sjoerd? — perguntou De Graaff, declamando então com o indicador apontado para o ar:

Não só com seus bens e seu corpo é que paga
Um povo que sucumbe perante tiranos
Pois que a luz que há nele também se apaga

— A poesia realmente tem mil e uma utilidades — disse o homem do bigode. — Até mesmo para se justificarem as bombas incendiárias de napalm lançadas sobre pequenas aldeias. Pois é, Ásia. Por sinal, você também desempenhou um papel bem estranho no caso da Indonésia. "Indonésia perdida, desgraça nascida" e assim por diante. Um verso bem ruim, na minha opinião, mas o especialista aqui é ele.

— Um verso insignificante — disse o poeta.

— Ouviu? Foram as mesmas ações policiais que custaram ao mesmo Sjoerd alguns anos da sua vida. Ao passo que as coisas na Holanda nunca estiveram melhores desde que perdemos a Indonésia.

— E viva o Plano Marshall, meu caro Henk — disse De Graaff, num tom meloso. — Financiamento dos americanos, está lembrado?

— Era o mínimo que eles podiam fazer para saldar suas dívidas conosco, não temos nada que lhes agradecer. A revolução dos americanos foi financiada com capital dos bancos de Amsterdã. Ou seja, nada mais que a revolta de uma colônia inglesa, meu caro Gerrit. Por sinal, o auxílio prestado ao Plano

Marshall nós pagaremos até o último centavo, e eu tenho lá as minhas dúvidas de que nós tenhamos voltado a ver um único centavo daquele capital do século XVIII.

— Só nos resta averiguar — disse De Graaff.

— E comunista eu também não sou. Antifascista, vá lá. Mas, já que o comunismo é o arquiinimigo do fascismo, podem me chamar de anti-anticomunista. Isso, sim!

— Você sabe a razão de ele ter estado na Resistência? — perguntou Jaap, de repente, inclinando-se para frente com um solavanco. — Sabe por quem ele fez o que fez? Pelas princesinhas... — Proferiu estas palavras com uma entonação de quem estava prestes a vomitar.

— Absolutamente — disse De Graaff, simulando novamente seu sorriso de superioridade.

— Um fascista ordinário da Casa de Orange, eis o que você é!

— Vou lá para fora, está bem? — disse Saskia, levantando-se. — Minha cabeça não está para essas coisas. Até mais.

Enquanto De Graaff exclamava, rindo: "Um verdadeiro título honorífico!", Anton levantou-se por alguns instantes. Na multidão, voltou a ver de relance a mulher para quem estivera olhando na igreja. O sogro havia no meio-tempo desatado a rir às gargalhadas, por fim, numa situação em que se sentia pouco confortável.

— E o que é que vocês sabem sobre os charmes secretos da monarquia? — gritou, maroto. — O que é mais bonito e edificante para a alma que o palácio de Soesdijk à noite? As janelas iluminadas, limusines chegando e partindo, ordens ecoando relva afora. Senhores em uniforme de gala com sabres reluzentes, senhoras de vestido longo com jóias cintilantes galgando os degraus da escadaria para receber as boas-vindas dos belos jovens da Marinha. Em meio ao fulgor dos lustres, lacaios com enormes bandejas de prata cheias de taças de cristal com champanhe; com um pouco de sorte se via a intervalos e de relance algum dos membros da família real. E com a ajuda de Deus, talvez até mesmo Sua Majestade em pessoa! E bem ao longe, amontoado atrás das grades, sob o olhar vigilante dos seguranças, o populacho de pé na garoa...

— E não é que ele está falando sério mesmo? Raios o partam! — disse, num rompante, o poeta, o mesmo que dissera que a conversa iria longe. — Deus meu! Se eu fosse um filho-da-mãe como você, não conseguiria mais escrever uma linha sequer! — Gotículas de saliva chisparam de sua boca, indo parar na lapela azul-escura do fraque de De Graaff, não muito longe da alta condecoração presa na botoeira.

— O que, fiando-se em declarações de notórios especialistas do ramo, viria a ser uma bênção para a literatura nacional — disse De Graaff.

— Não ligue para ele, meu amigo! — disse Henk, dirigindo-se ao poeta furioso.

De Graaff sacou um lenço do bolso do casaco e limpou as gotículas de saliva. O nó de sua gravata cinza mantinha a gravata espetada na horizontal, cuja extremidade pontiaguda desaparecia no colete após descrever uma bela curva. Jaap tampouco resistiu, desatando a rir. O homem sentado do outro lado do poeta, um renomado editor, esfregou as mãos energicamente e disse, entusiasmado:

— Que tarde mais agitada!

— Esse mesmo populacho de que você fala — disse Henk —, não faz muito tempo que atirou em Amsterdã uma boa quantidade de granadas fumígenas contra sua querida família real.

— Fumígenas, você diz...? — disse De Graaff, num tom de profundo desprezo.

— E isso ainda vai lhe custar a cabeça — prosseguiu Henk, dirigindo-se a alguém atrás de Anton.

Anton voltou-se e percebeu que o calor que estivera sentindo emanava do traseiro enorme e calvinista do ministro, que, aparentemente, tinha estado acompanhando a discussão.

— É bem possível — disse ele.

— E então?

— E então eu vou tomar mais um trago.

Ergueu o copo de genebra, trocou olhares com De Graaff e virou-se.

De repente, todos à mesa emudeceram. Somente os dois homens sentados à esquerda de Anton continuaram dialogando num tom de voz baixo, como vinham fazendo até então.

Foi quando Anton captou no ar a seguinte frase:

— Passando por ele de bicicleta, eu atirei primeiro nas costas e depois nos ombros e na barriga.

3

DE ERAS REMOTAS, no túnel do tempo, ecoam seis disparos: primeiro um, depois dois, em seguida mais dois, e mais um. A mãe volta o olhar para o pai, o pai para as portas divisórias corrediças, Peter ergue a rodela da lamparina...

Anton girou a cabeça em direção ao homem que estivera todo aquele tempo sentado ao seu lado e, antes que desse por si, perguntou:

— Por acaso se seguiram ainda um quarto e um quinto disparos? E depois ainda um sexto?

O outro, semicerrando os olhos, pôs-se a fitá-lo.

— O que é que você sabe a respeito?

— Não se trataria do Ploeg? Fake Ploeg, de Haarlem?

Seguiram-se alguns segundos antes que o outro perguntasse, devagar:

— E você quem é? Qual é a sua idade?

— Eu morava lá. O incidente se deu na frente da nossa casa, o que equivale a dizer que...

— Na casa de... — Deteve-se.

Entendera imediatamente. Em nenhum outro lugar senão sobre a mesa de operações Anton havia visto alguém empalidecer de tal modo como o fazia agora seu vizinho de mesa. Tinha a cara dilatada, vermelha e cheia das nódoas de um alcoólatra: no espaço de alguns segundos, seu rosto perdeu a cor e enxovalhou-se a ponto de fazê-lo pensar numa superfície de marfim coberta de pátina, como se sob o efeito de um jogo de luzes. Anton pôs-se a tremer ligeiramente.

— Ai, ai, ai! — disse o homem sentado duas cadeiras mais adiante. — Apanhado em flagrante.

Todos à mesa pareceram compreender de imediato que algo ali ia mal. Por alguns segundos, o silêncio generalizou-se ainda mais, mas logo em seguida se seguiu um grande alvoroço: falavam todos ao mesmo tempo, alguns se levantavam, De Graaf querendo interceder, afirmando que Anton era seu genro, ao que o homem replicou que deixasse que ele mesmo remediasse a situação. Disse então a Anton, como se quisesse resolver a questão duelando:

— Vamos lá para fora.

Apanhou o paletó que havia pendurado sobre o espaldar da cadeira, tomou Anton pela mão e foi levando-o atrás de si como uma criança, abrindo alas em meio à multidão. Também era assim que Anton se sentia: a mão quente de um homem vinte anos mais velho arrastando-o pela sua — algo que nunca sentira antes com o tio, apenas outrora com o pai. Mais além no café, as pessoas ainda não tinham idéia do que se passava, deixando-os passar em meio a risos. O *jukebox* tocava Beatles:

It's been a hard day's night...

Do lado de fora, foram surpreendidos pelo silêncio. A praça vibrava de calor. Aqui e ali ainda se viam grupinhos de gente, mas não havia nem sombra de Saskia e Sandra.

— Acompanhe-me — disse o homem, após lançar um olhar ao redor.

Atravessaram a praça e passaram pela cerca de ferro forjado, adentrando o terreno do cemitério. Ao redor da sepultura aberta, coberta de flores, havia-se reunido um grande número de locais, que liam as inscrições nas fitas e nos cartões. Sobre as sendas e os outros túmulos andavam, ciscando, galinhas da chácara adjacente. Chegando a um banco de pedra à sombra de um carvalho, o homem deteve-se, estendendo-lhe a mão.

— Cor Takes — disse. — E você deve ser um dos Steenwijk.

— Anton Steenwijk.

— Para eles o meu nome é Gijs — disse, meneando a cabeça em direção ao café e indo sentar-se.

Anton sentou-se ao seu lado. Não queria ter dado início a tudo aquilo. Se o fizera, fora involuntariamente, como o reflexo provocado nos tendões pelo martelo do médico. Takes sacou do bolso um maço de cigarros, fazendo um deles deslizar algo para fora do pacote para oferecê-lo a Anton. Este sacudiu a cabeça, voltou-se para ele e disse:

— Escute só. É melhor nós nos levantarmos e irmos embora, esquecendo o assunto para sempre. Não há o que se remediar, não mesmo. O que aconteceu, aconteceu. Nada mais me perturba, acredite-me. Já se passaram vinte anos desde então. Eu tenho uma mulher, uma filha e um ótimo emprego; tudo corre às mil maravilhas. Eu deveria é ter segurado a língua.

Takes acendeu um cigarro, tragou a fumaça e olhou para ele com um ar carrancudo.

— Mas você não segurou. — E, após uma curta pausa: — E deu no que deu.

Foi só com a enunciação da segunda frase que exalou a fumaça.

Anton anuiu.

— É verdade.

Não conseguia furtar-se ao olhar sombrio daqueles olhos castanho-escuros que o fitavam. O olho esquerdo era ligeiramente diferente do direito: a pálpebra era um pouco mais espessa, de maneira a emprestar ao seu olhar algo de penetrante a que não podia resistir. Takes devia andar pela casa dos cinqüenta, mas seus cabelos loiro-escuros lisos só se tinham tornado grisalhos no alto das costeletas. As axilas apresentavam grandes manchas de suor. Parecia-lhe mentira estar agora sentado diante do homem que havia atirado em Ploeg naquela noite fatal do Inverno da Fome.

— Eu disse algo que você não deveria ter ouvido — disse Takes —, mas ouviu. Você disse então algo que não queria ter dito. São esses os fatos, e é por isso que estamos ambos aqui. Eu sabia da sua existência. Que idade você tinha na época?

— Doze.

— E conhecia o patife?

— Só de vista — disse Anton, ao passo que o termo "patife", aplicado à figura de Ploeg, soava-lhe muito familiar por mais estranho que parecesse.

174

— É possível mesmo que o conhecesse, pois ele passava regularmente pela casa de vocês.

— Além de que, o filho dele e eu estávamos na mesma classe. — Ao dizê-lo, deu-se conta de que não lhe vinha à mente o menino de então, mas sim o marmanjão que havia dez anos atirara uma pedra no espelho de sua sala.

— Ele não se chamava Fake também?

— Isso mesmo.

— De resto, sei que ele tinha também duas filhas. A mais nova tinha na época quatro anos.

— Assim como a minha agora.

— De maneira que você vê que isso não constitui fato atenuante.

Anton sentiu em si algo que se assemelhava a calafrios. A sensação que tinha era a de estar na presença de alguém de uma implacabilidade fora do comum, como jamais sentira antes em relação a quem quer que fosse — excetuando-se talvez aquele homem com a cicatriz sob o maxilar. Deveria dizê-lo agora ou não? Optou pelo não. Não queria dar a impressão de está-lo atacando; e não estaria contando a Takes nada de que ele ainda não soubesse. Estava claro que se encontrava ao lado de alguém que já deixara tal espécie de considerações havia muito no passado.

— Quer que eu lhe conte que tipo de gente era o tal do Fake Ploeg?

— Não faço questão.

— Mas eu faço. Ele levava consigo um açoite entrelaçado com arame farpado com que podia lhe arrancar a pele da cara e do traseiro, para empurrá-lo em seguida de costas contra um ferro em brasa. E lhe enfiava uma mangueira no cu, ligando a torneira até você vomitar as próprias fezes. Ele liquidou sabe-se lá quantas pessoas, mandando outras tantas para os campos de concentração na Alemanha e na Polônia. Ou seja: alguém tinha de dar um fim nele. Concorda ou não concorda? — E, perante o silêncio de Anton: — Sim ou não?

— Sim, concordo — disse Anton.

— Muito bem. Mas, por outro lado, é claro que sabíamos que não deixaria de haver represálias.

— Senhor Takes — interrompeu Anton —, pelo que eu estou entendendo...

— Pode me chamar de Gijs.

— Pelo que eu estou entendendo, o senhor está tentando se justificar perante mim? Saiba que eu não o estou criticando.

— Mas eu não estou tentando me justificar perante você.

— Perante quem, então?

— Pois é, não sei — disse, impaciente. — Seja como for, não perante mim, Deus ou alguma bela invenção do tipo. Deus não existe. Talvez nem mesmo eu exista. — Com o mesmo indicador com que havia outrora puxado o gatilho, atirou para longe na grama o toco do seu cigarro, pondo-se a contemplar o cemitério. — Sabe quem existe de verdade? Os mortos. Nossos amigos, os mortos.

Como se para que Takes fosse convencido de que de fato havia um ser supremo governante, o Sol foi coberto na mesma hora por uma única nuvenzinha que passava, ligeira, de maneira que as cores sobre a sepultura pareceram apagar-se de repente, recolhidas em contrição, ao passo que as pedras cinzentas da sepultura tornavam-se ainda mais duras. Logo em seguida, tudo voltou a banhar-se em luz. Anton indagava-se se a empatia que sentia por aquele homem ao seu lado no banco não seria derivada de algo ambíguo — já que por meio dele participava da violência empregada então, deixando de ser apenas vítima. Vítima? Pois é claro que tinha sido vítima, apesar de ainda estar vivo; ao mesmo tempo, porém, tinha a sensação de que os fatos se referiam a terceiros, e não a ele.

Takes havia acendido outro cigarro.

— Muito bem. Como eu ia dizendo, nós sabíamos que haveria represálias. Entende? Sabíamos que ateariam fogo a uma casa e que reféns seriam fuzilados. Mas seria isso razão suficiente para deixarmos de lado os nossos planos?

Só quando se calou foi que Anton olhou para ele.

— O senhor espera de mim uma resposta?

— Justamente.

— Impossível. Não tenho resposta nenhuma para dar.

— Nesse caso, eis a resposta: não. Se você diz que sua família ainda estaria viva se nós não tívessemos assassinado Ploeg, só me resta dizer que você tem razão. É uma verdade incontestável, mas nada mais além disso. Outra verdade: a afirmação de que sua família ainda estaria viva se seu pai tivesse na época alugado uma outra casa, numa outra rua. Nesse caso eu estaria sentado agora conversando com outra pessoa em vez de você. A menos que a coisa tivesse acontecido nessa outra rua, pois Ploeg também poderia muito bem ter vivido em outro lugar. Estamos às voltas com verdades que não nos trazem proveito algum. A única verdade que nos serve é a de que todos foram assassinados por quem os assassinou e por ninguém mais. O Ploeg por nós, sua família pelos boches. Se você acha que nós não deveríamos ter feito isso, deveria também achar que seria melhor que a humanidade nunca tivesse existido, tendo em vista a História, já que toda a felicidade, todo o amor e toda a bondade do mundo não compensam a morte de uma única criança. Da sua filha, por exemplo. Seria essa a sua opinião?

Anton voltou o olhar para o chão, confuso. Não estava exatamente entendendo: jamais chegara a refletir sobre assuntos desse gênero, ao passo que Takes possivelmente jamais pensara em algo que não nisso.

— De maneira que fizemos o que fizemos. Nós sabíamos que...

— Quer dizer então que, sim, compensa? — perguntou de repente Anton.

Takes atirou o cigarro para perto dos pés, pisando energicamente para apagá-lo. Imprimiu tanta força no ato que só ficaram algumas mínimas raspas, que cobriu com cascalhos. Não respondeu à pergunta.

— Nós sabíamos que uma das casas provavelmente acabaria virando fumaça. E até que os cavalheiros ainda se mostraram complacentes. Só não sabíamos quais das casas. Escolhemos o tal lugar por ser o local mais tranqüilo e pela facilidade em fugirmos dali. Tínhamos de nos safar às pressas, porque na nossa lista havia mais gente da mesma escória.

— Se seus pais morassem numa daquelas casas — disse Anton, pesando as palavras —, será que você o teria matado ali?

Takes levantou-se, deu dois passos, com as calças folgadas dançando em volta das pernas, e voltou-se em seguida para Anton.

— Por Deus, não! — disse. — Claro que não. Mas aonde você quer chegar? Não se eu o tivesse podido fazer em outro lugar. Mas saiba você que no número dos reféns, naquela noite fatal, estava também o meu irmão caçula. E eu sabia que ele estava sendo mantido no cativeiro. E mais, para a sua informação, minha mãe estava a par de tudo e apoiou a nossa decisão. Ela ainda está viva. Se quiser, ela pode corroborar o que eu digo. Quer o endereço dela?

Anton conteve-se para não olhar para o seu olho esquerdo.

— Céus, você olha para mim como se eu fosse culpado de tudo. Eu tinha 12 anos na época e estava sentado, tranqüilo, lendo um livro, quando a coisa se deu.

Takes sentou-se de novo e acendeu outro cigarro.

— Foi uma casualidade desgraçada que tenha acontecido na frente da casa de vocês.

Anton olhou-o de lado.

— Não aconteceu na frente da nossa casa — disse então Takes girou devagar o pescoço na sua direção.

— *I beg your pardon?*[56]

— Aconteceu na casa dos nossos vizinhos, que arrastaram o corpo para frente da nossa.

Takes esticou as pernas, cruzou os pés e enfiou a mão no bolso. Anuindo, deixou o olhar correr à sua volta pelo cemitério.

---

[56]O que você disse? (*N. da E.*)

179

— Com um vizinho assim, ninguém precisa de inimigo — disse, após uma pausa. Algo o fez estremecer, possivelmente algo que se parecia com uma risada. — Que tipo de gente eram eles?

— Um viúvo com a filha. Um marinheiro.

Takes pôs-se de novo a balançar a cabeça e disse:

— Agradeço pela informação... Pois é, nada mais fácil que dar um empurrãozinho no acaso.

— Acha isso lícito? — perguntou Anton, dando-se conta de imediato de que se tratava de uma pergunta bastante pueril.

— Lícito, lícito... — repetiu Takes. — Em Bagdá é lícito. Pergunte ao pastor, que ainda está perambulando por aí. Vá também dizer a eles lá que não têm razão, mesmo em se enxergando a coisa pelo prisma deles. Por sinal, se Ploeg tivesse sido assassinado três segundos mais tarde, teria caído, sim, na frente da casa de vocês.

— Pergunto — disse Anton — porque meu irmão ainda tentou arrastá-lo para a casa do lado da nossa ou pô-lo de volta no lugar onde ele tinha caído; não sei ao certo, pois foi na hora em que chegou a polícia.

— Ah! Agora eu estou entendendo! — exclamou Takes. — É por isso que ele estava do lado de fora. Mas como foi que a pistola foi parar na mão dele?

Anton olhou para ele, espantado.

— E como é que o senhor sabe que ele estava com uma pistola?

— O que você acha? Eu me informei depois da guerra.

— A pistola era a do Ploeg.

— Isso é que eu chamo de uma tarde elucidativa! — disse Takes vagarosamente. Deu um trago no cigarro e expeliu a fumaça pelo canto da boca. — Quem morava na casa mais adiante?

— Dois idosos.

A mão trêmula pousando sobre o seu ombro. Picles são como crocodilos. Repetira a frase a Sandra, mas ela não achara graça. Apenas concordara.

— É — disse Takes —, se ele tivesse querido pôr o corpo de volta, teria havido pancadaria. — Logo em seguida, continuou: — Deus, Deus, Deus! Que confusão! Que grandissímas mulas vocês foram, arrastando o cadáver de um lado para o outro!

— O que nós deveríamos ter feito?

— Deveriam ter levado o corpo para dentro de casa, simples — grunhiu Takes. — O mais rápido possível.

Anton olhou para ele, perplexo. Simples! Simples como o ovo de Colombo! Antes que pudesse retrucar, Takes prosseguiu:

— Pense comigo. Eles tinham ouvido tiros em algum lugar das proximidades, mas não sabiam exatamente onde. O que teriam feito se não tivessem achado nada na rua? Não teriam logo pensado num atentado, concorda? Teriam pensado que algum patrulheiro tivesse atirado em alguém ou algo do gênero. Ou será que algum dos seus vizinhos fazia parte do NSB, podendo denunciar vocês?

— Não. Mas o que é que nós faríamos então com o corpo?

— Sei lá eu. Poderiam escondê-lo bem escondido em algum lugar. Debaixo do assoalho, por exemplo. Ou enterrá-lo no jardim. Ou, o que talvez fosse melhor, fazer dele picadinho e comê-lo num churrasco comunitário com os vizinhos. Afinal de contas, não estávamos no Inverno da Fome? Canibalismo praticado com criminosos de guerra nunca constituiu infração.

Quem estremecia agora com algo parecido com risos era Anton. Seu pai, escrivão do Tribunal da Comarca, assando e comendo um inspetor da polícia. *De gustibus non est disputandum.*[57]

— Ou será que você acha que este tipo de coisa nunca aconteceu? Esqueça. O que aconteceu, aconteceu. Não há nada de tão louco neste mundo que você possa imaginar que já não tenha acontecido, além de coisas mais loucas ainda.

As pessoas que se dirigiam à sepultura ou dela voltavam lançavam-lhes um olhar fugaz ao passarem: viam dois homens sentados num banco de pedra debaixo de uma árvore. Um mais jovem que o outro. Enquanto os demais já havia muito estavam bebendo no bar, aqueles dois ali ainda pranteavam o amigo morto, relembrando fatos passados: você está lembrado daquela vez em que...? Ao passarem por eles, emudeciam, respeitosos.

— Para você é muito fácil dizer o que diz — disse Anton. — Você nunca refletiu sobre outros assuntos além desses, e acho que continua fazendo isso. Enquanto que nós estávamos em casa, lendo à mesa, pegos de surpresa pelos disparos do lado de fora.

---

[57]Gosto não se discute. (*N. da E.*)

— Mesmo nessa situação não teria me ocorrido outra coisa.
— Não duvido, mas não se esqueça de que você fazia parte da Resistência. Meu pai era escrivão e nunca fez nada além de anotar o que os outros faziam. Por sinal, não teríamos tempo para fazer o que quer que fosse. Apesar de que... — disse, elevando o olhar para a folhagem da árvore —, confesso que tivemos uma certa discussão antes...

Apesar da claridade, vislumbrou de repente, numa profunda escuridão, movimentos caóticos num corredor, seguidos de gritos. Pareceu-lhe que Peter tropeçava num amontoado de galhos. Algo com respeito a uma chave... Tudo se apagou de repente, deixando atrás de si os resquícios de um sonho, desses que são relembrados durante o dia.

Sua atenção foi desviada por Takes, que traçou com o salto do sapato quatro ranhuras sobre os seixos, de maneira a desnudar a terra sob ela:

— Ouça aqui — disse ele. — Havia quatro casas, não havia?
— Havia.
— E vocês moravam na segunda da esquerda para a direita.
— Estou vendo que você se lembra bem.
— De vez em quando eu volto lá. Os heróis sempre regressam para o local de suas façanhas, o que é mais que sabido. Apesar de que... é bem possível que eu tenha sido o único a fazer isso. Pelo menos no que diz respeito ao cais onde vocês

moravam. Bem, eu estava certo de que ele tinha caído na frente da casa de vocês, aqui. Diante de qual das casas ele estava primeiro: dessa ou dessa?

— Dessa aqui — disse Anton, indicando com o sapato a segunda casa da direita.

Takes assentiu, contemplando os sulcos traçados.

— Queira me desculpar, mas, nesse caso, ainda há um ponto a se esclarecer. Por que é que o tal do marinheiro arrastou o corpo para a casa de vocês e não para essa outra aqui, a casa dos vizinhos do outro lado?

Anton também se pôs a contemplar os sulcos.

— Não tenho a mínima idéia. Isso nunca me passou pela cabeça.

— Não é possível que ele tenha feito isso a troco de nada. Ele antipatizava com vocês?

— Não que eu saiba. Eu passava lá de vez em quando. Acho que não gostavam era dos outros vizinhos, que ignoravam a tudo e a todos.

— Quer dizer que você nunca procurou se inteirar do fato? — perguntou Takes, olhando-o com estranhamento. — Essa indiferença toda é real mesmo?

— Indiferença, indiferença... Eu não lhe disse que não queria revolver o passado? O que aconteceu aconteceu, ponto final. Não há mais nada que se possa fazer para remediar o irremediável, nem mesmo pela lógica do entendimento. Era guerra, reinava um caos geral, minha família foi assassinada, eu saí ileso, são e salvo, fui acolhido pelos meus tios e tudo acabou bem. Você matou o filho-da-puta, e com todo o direito, mesmo. Não o recrimino. Vá é tentar convencer o filho dele do contrário, porque, comigo, seus esforços nesse sentido são desnecessários. Mas, diga-me, por que é que você quer encaixar o incidente numa lógica? Esforço vão. Além do que, de que é que isso nos adiantaria? Virou História, uma história remota. Quantas vezes desde então não se repetiram incidentes como aquele? É possível que esteja acontecendo ainda agora, enquanto nós estamos aqui conversando. Você poria a mão no fogo ao me garantir que neste exato momento não estariam incendiando uma casa em algum lugar do mundo com um lança-chamas? No Vietnã, por exemplo? Aonde é que você quer chegar com essa lenga-lenga? Quando, ainda agora, você me levou para fora, achei que sua preocupação maior fosse trazer paz à minha mente, mas esse não vem a ser o caso. Pelo menos não de todo. Você parece mais perturbado que eu mesmo. Pelo que eu estou vendo, ainda não deixou a guerra para trás, ainda está acertando contas com ela, mas a vida continua. Ou será que você estaria arrependido do que fez?

Tinha falado rápida, mas tranqüilamente, porém com uma vaga sensação de que deveria conter-se para não sair espancando o outro num acesso de fúria.

— Faria a mesmíssima coisa amanhã, se necessário — disse Takes, sem hesitar uma fração de segundo. — Pode até ser que venha a ser, de fato, necessário. Eu exterminei toda uma corja de cafajestes como ele, e sinto ainda hoje uma grande satisfação íntima pelo que fiz. Mas no atentado cometido lá no cais onde vocês moravam... havia um outro elemento envolvido. Uma coisa que deu errado. — Com as mãos na beira do banco, procurou ajeitar-se numa outra posição. — Ponhamos a coisa da seguinte maneira: a posteriori, teria preferido que não tívessemos levado o plano a cabo.

— Entre outros motivos, para que meus pais não tivessem sido assassinados?

— Não — disse Takes, energicamente. — Sinto muito pela sinceridade. Isso não estava previsto, nem se esperava. Pode ser que tenham feito o que fizeram por terem apanhado o seu irmão com a pistola, ou por alguma outra razão, ou por razão nenhuma. Sei lá eu.

— Tenho eu para mim que foi porque minha mãe se jogou contra o cabeça dos alemães — disse Anton, cabisbaixo.

Takes emudeceu e fixou o olhar ao longe. Virou então o pescoço e disse a Anton.

— Eu juro que não estou aqui expondo minha nostalgia em relação à guerra com a intenção de torturar você, como talvez esteja pensando. Existe gente dessa laia, mas eu não faço parte dela. Trata-se de gente que faz questão de passar todas as férias em Berlim e a quem agradaria imensamente ter um retrato de Hitler pendurado sobre a cabeceira da cama. Não, o ponto é outro: havia mais coisa envolvida no incidente lá em Haarlem. — Nos seus olhos apareceu um certo clarão; Anton viu que seu pomo-de-adão subia e descia repetidamente. — Seus pais, seu irmão e os outros reféns não foram os únicos a pagarem o preço do atentado com a vida. Sabe por quê? Porque eu não estava sozinho quando atirei no Ploeg. Estava acompanhado. Acompanhado por... enfim, por alguém de que... Como é que posso dizer? Pela minha namorada. Enfim, deixe para lá.

186

Anton cravou o olhar no outro, invadido por um sentimento que se espraiava por todo o seu ser. Cobriu o rosto com as mãos e começou a soluçar. Estava morrendo. Foi naquele momento que ela morreu para ele, a mesma de havia 21 anos, ressurgindo ao mesmo tempo com tudo o que havia significado na sua vida; durante 21 anos, oculta nas trevas, sem que ele jamais voltasse realmente a pensar nela, pois, se fosse esse o caso, já teria havia muito se indagado se ela estaria viva ou morta. Havia a procurado agorinha mesmo: na igreja e em seguida no café. Só agora é que se dava conta disso. Tinha sido aliás esse o motivo de ele ter ido ao enterro em questão, no qual ele era um estranho no ninho.

Sentiu a mão de Takes sobre o ombro.

— Mas o que é isso, rapaz?

Descobriu o rosto. Seus olhos estavam secos.

— Como foi que ela morreu? — perguntou.

— Foi executada nas dunas três semanas antes da Libertação. Está enterrada no Cemitério dos Heróis de Guerra. Mas por que é que você dá tanta importância ao fato?

— Porque eu a conheço — disse Anton baixinho. — Por ter falado com ela. Eles me puseram na cela onde ela estava.

Takes fitou-o, incrédulo.

— E como você sabe que era ela? Qual era o seu nome? Aposto que não disse o nome.

— Não disse, mas eu tenho certeza de que era ela.

— Por acaso chegou a dizer que tinha estado envolvida no atentado?

Anton balançou a cabeça.

— Também não, mas eu tenho certeza absoluta de que era ela.

— Mas como, você pode me dizer? Como? — perguntou Takes, colérico. — Como ela era?

— Não sei, porque nós estávamos no mais completo breu.

Takes refletiu por alguns instantes.

— Você a reconheceria numa fotografia?

— Eu não a vi, Takes. Mas... gostaria de ver uma foto dela.

— O que foi que ela disse então? Raios, de alguma coisa você deve saber!

Anton ergueu os braços.

— Antes soubesse. Já faz tanto tempo... Ela estava ferida.

— Onde?

— Não sei.

Os olhos de Takes ficaram rasos de lágrimas.

— Só pode ter sido ela — disse. — Já que não disse quem era... Ploeg ainda disparou um tiro que a atingiu, logo antes de dobrarmos a esquina.

Ao perceber as lágrimas de Takes, não se conteve e começou a chorar também.

— Qual era o nome dela? — perguntou.

— Truus. Truus Coster.

As pessoas que andavam ainda pelo cemitério olhavam de esguelha agora exclusivamente na direção deles. Talvez estivessem espantados por ver dois homens adultos se deixarem invadir tão profundamente pela tristeza em relação à perda de um amigo querido. Quem sabe, poderia muito bem ser que se tratasse também de puro fingimento...

— Ah! Aí vêm as doidas!

Ouviu a voz da sogra. Atravessava o portão com Saskia e Sandra no seu encalço: duas figuras negras andando pela senda de cascalhos alvos cegantes, acompanhadas por uma criança de branco. Sandra gritou: "Papai!", deixou cair a boneca e veio correndo na sua direção. Anton levantou-se e, inclinando-se, acolheu-a entre os braços. Viu nos olhos esbugalhados de Saskia que ela estivera preocupada. Com um aceno tranqüilizador, deixou claro que estava tudo bem. A mãe, porém, apoiando-se na bengala de um negro fulgente com o castão de prata, não se deixou convencer tão facilmente.

— Ei, vocês dois! Estão aí choramingando por quê? — perguntou, indignada, ao que Sandra o encarou, virando a cabeça com um movimento brusco. A senhora De Graaff torceu a cara, enojada. — Vocês me enlouquecem! Será que essa ladainha toda sobre a maldita guerra não tem fim nunca? Você está tentando enlouquecer o meu genro, Gijs? Sim, é claro que está? — Soltou uma gargalhada esquisita e zombeteira que fez com que suas bochechas tremessem feito gelatina. — Não têm nada de estarem aqui. Mais parecem dois necrófilos apanhados em flagrante. Ainda mais em se tratando de um cemitério! Vamos, chega! Vamos embora!

Deu meia volta e saiu andando, não sem antes apontar com a bengala para a boneca largada no chão, mais que certa de que o seu desejo era uma ordem. E assim foi.

— Só vendo para crer — disse Takes, soltando por sua vez um riso estranho, que deixava transparecer que não era a primeira vez que andava às voltas com a senhora De Graaff.

Quando Anton olhou para ele, este disse: — Ordens da Sua Majestade Wilhelmina.

Enquanto Sandra contava que tinha estado na casa do senhor falecido e que tinham lhe dado dois copos de *lalanjada*, foram caminhando em direção à praça. Até o café já estava começando a esvaziar. Diante da porta estava estacionado o carro com o galhardete, o motorista parado ao lado da porta traseira. Olhos esquadrinhadores voltaram-se para Anton, mas ninguém interveio. Sandra acompanhou a mãe para dentro do café à procura de De Graaff. Saskia, com a boneca em mãos, disse que estava mais que na hora de a menina comer e que tinha sugerido à mãe irem todos juntos a um restaurante em algum lugar fora do vilarejo.

— Não se mexa — disse Takes.

Anton ficou parado onde estava e sentiu que Takes escrevia algo usando suas costas como apoio. Enquanto isso, Saskia observava-o com o mesmo olhar de logo antes, ao que ele lhe deu uma piscadela como quem diz que está tudo em ordem. Takes arrancou uma folha de sua agenda, dobrou-a e a meteu no bolso do paletó de Anton. Calado, estendeu-lhe a mão, acenou em direção a Saskia e entrou no café.

Jaap tentava dar partida em sua motocicleta na beira da calçada. Quando finalmente conseguiu, saíram o ministro e De Graaff. O motorista tirou o quepe, abrindo a porta. Mas o ministro se dirigiu primeiro para onde estava Jaap, dando-lhe um aperto de mãos.

— Até mais, Jaap.

— Até a próxima — respondeu Jaap.

4

SANDRA QUIS, como não podia deixar de ser, seguir no carro com os avós. O carro deles ia atrás do de Anton, cortando caminho por atalhos para chegar ao restaurante que este indicara. Era a chance de contar a Saskia os pormenores do que se havia passado, mas preferiu não fazê-lo. Conduzia calado — e Saskia tinha aprendido em casa que também deveria ficar calada em situações em que o assunto "guerra" vinha à tona sempre que se deparasse com pessoas que a haviam vivido de perto. A única coisa que perguntou foi se havia acontecido alguma cena de reconciliação, ao que Anton retrucou: "Algo do tipo", ainda que não fosse verdade. Pôs-se a guiar, atento, com a sensação de quem sai de um banho quente demasiado demorado. Tentava pensar na conversa que havia tido, mas parecia não saber ainda ao certo como abordar a questão; na verdade, era como se ainda não houvesse nada sobre o que refletir. Quando se lembrou do papel que Takes havia metido no seu bolso, apanhou-o, desdobrando-o com os dedos de uma só mão. O que leu foi um endereço, seguido por um número de telefone.

— Você vai procurá-lo? — perguntou Saskia.

Enfiou-o de volta no bolso e alisou os cabelos para o lado.

— Acho que não — disse.

— Mas o papel você não vai jogar fora.

— É, não vou.

O restaurante, em que chegaram ao cabo de aproximadamente dez minutos, era de um chique solidamente provinciano. O interior, outrora uma chácara, agora remodelada sob um teto campanulado, estava mal-iluminado e vazio; os convivas comiam numa pérgula, assistidos por garçons de casaca.

— Eu quero batata frita! — gritou Sandra, ao sair do carro em carreira desabalada.

— Batata frita? — repetiu a senhora De Graaff, torcendo mais uma vez o rosto em sinal de nojo. — Que denominação mais barata!... — Dirigindo-se a Saskia: — Será que você não poderia ensinar à menina que o nome correto é *pommes frites?*

— Deixe a pirralha comer batata frita — interveio De Graaff —, já que ela não quer *pommes frites*.

— Eu quero batata frita.

— Fique tranqüila, você vai comer as suas batatas fritas — disse De Graaff, espalmando a mão sobre a cabeça da neta em forma de concha. — Com ovos mexidos. Ou será que você prefere *scrambled eggs?*

— Não, ovos mexidos.

— Papai, você não acha que já deu? — perguntou Saskia.

De Graaff foi sentar-se à cabeceira de uma mesa, apoiando as mãos sobre a beirada com os braços esticados. Quando o garçom lhe estendeu o cardápio, afastou-o para o lado com as costas da mão.

— Para aquele sujeito ali, peixe. Para a donzela, batatas fritas com ovos mexidos. Um Chablis num balde de gelo, tão frio que a garrafa esteja até embaçada. Vendo o senhor sufocar nesse uniforme, tenho certeza de que vou inclusive desfrutar melhor do vinho. — Esperou até que sua esposa contivesse um acesso de riso para desdobrar o guardanapo sobre o colo. — Vocês conhecem aquela anedota sobre o Dickens? Ele costumava convidar os amigos para a ceia de Natal. Atiçava-se o fogo na lareira, acendiam-se as velas e, quando os convidados se preparavam para o ganso servido, ouvia-se no lado de fora um maltrapilho solitário batendo os pés no chão e se mexendo para se aquecer, gritando seguidamente "Ai, que frio!". O maltrapilho era contratado por ele para acentuar o contraste.

Rindo, olhou na direção de Anton, que estava do outro lado da mesa. Toda aquela animação tinha como objetivo levantar a moral do genro. Mas, ao deparar-se com o olhar frio de Anton, o sorriso morreu-lhe nos lábios. Colocou o guardanapo ao lado do prato, meneou a cabeça e levantou-se. Anton seguiu-lhe o exemplo, acompanhando-o. Quando Sandra fez menção de levantar-se também, foi detida pela avó, que disse:

— Você fique aí quietinha!

Dirigiram-se a um fosso que fazia fronteira com a pradaria, coberto de vitórias-régias, onde pararam.

— Como você está, Anton?

— Estou indo, sogro.

— O cretino do Gijs! Que gafe mais crassa! Ele foi torturado durante a guerra e não abriu a boca uma só vez, ao passo que agora ele solta a língua com a maior facilidade do mundo.

E não é absurdo que vocês tenham se sentado justo um ao lado do outro?

— De uma certa maneira, também não foi a primeira vez que nossos destinos se cruzaram.

De Graaff fitou-o com um ponto de interrogação no olhar.

— Ah, sei. Sem falar nisso — disse, quando entendeu de que se tratava.

— E justamente por isso é que tudo agora se encaixa. Ou melhor, uma coisa neutraliza a outra.

— Uma coisa neutraliza a outra? — repetiu De Graaff, anuindo.— Sei — disse, gesticulando. — Bem, você fala usando charadas, mas, pelo que eu entendi, é um jeito seu de processar os fatos.

Anton riu.

— Nem eu sei direito o que quero dizer.

— Se você não sabe, quem mais saberá? Mas o que importa é que você seja mestre da situação. Pode até ser que o que aconteceu hoje à tarde tenha sido uma feliz coincidência. Nós temos contemporizado os problemas, mas agora está na hora de encarar os fatos. Ouço isso em todo lugar. Parece que o tempo de incubação da nossa patologia é de vinte anos. E o que vem acontecendo em Amsterdã, na minha opinião, tem a ver com isso.

— O senhor, ao contrário, não dá mostras de perturbação em relação ao que quer que seja.

— Pois é... — disse De Graaff, tentando, com o bico do sapato negro, desprender uma pedra presa à terra pela grama e pelas ervas-daninhas. — Pois é... — Malograda a tentativa, levou o olhar a Anton e assentiu. — Voltamos para a mesa? Acho que é a melhor coisa a se fazer no momento.

Depois de os De Graaff terem partido em direção a Gelderland, Saskia e Anton foram um após o outro até o banheiro trocar de roupa, vestindo algo mais leve. Efetuada a metamorfose, pegaram o carro e foram a Wijk-aan-Zee.

No ponto em que terminava a estrada estreita, desembocando nas dunas, onde se viam ainda aqui e acolá fortificações da antiga Muralha do Atlântico, depararam-se com um mar plano e manso, que se estendia até a linha do horizonte. Por se tratar de um dia escolar, praticamente só se viam mulheres com crianças pequenas na praia. Descalços, caminharam sobre a areia quente, seguindo pelos vestígios da linha deixada pela maré-alta que voltara a retrair-se, traçada por conchas secas e cortantes, até chegarem no fim da baía. Só ali é que começaram a sentir-se refrescados.

Saskia e Sandra atiraram as roupas para longe e correram para entrar na piscina natural com água morna diante da primeira pequena duna de areia, enquanto Anton ia primeiro instalando-se, desdobrando toalhas de praia, sob as quais meteu um romance policial, dobrando as roupas, pondo de lado balde e pá, prontos para o uso, e enfiando seu relógio de pulso na bolsa de Saskia.

Só na laguna atrás do primeiro monte de areia seguinte, que não dava pé, é que a água estava bastante fria, de um frio estranho e desagradável que não o refrescava e que parecia emanar das profundezas mortais e gélidas que sentia sorver-lhe a alma, dentro de si. Não parou, porém, de nadar, traçando círculos na água. Apesar de não estar nem a uma distância de duzentos metros da praia, era como se não mais pertencesse à terra firme. A beira-mar estava deserta e silenciosa, estendendo-se para ambos os lados — um outro mundo, diferente daquele em que estava agora. Via as dunas, um farol e edifícios baixos com antenas altas. Sentiu-se de repente cansado e só. Começou a tiritar, batendo os dentes, e voltou nadando o mais rápido que pôde, como se fugindo de algo que o ameaçava pelas costas, no horizonte. A água ia tornando-se gradualmente mais quente, e, assim que sentiu que dava pé, começou a andar. No ponto em que estavam Saskia e Sandra, a água estava tão quente que parecia estarem numa banheira. Deixou-se cair de costas sobre a areia dura e granulada, estendeu os braços de cada lado e suspirou profundamente.

— A água mais além está bastante fria — disse.

De volta na praia, puxou a toalha alguns metros para trás, sobre a areia branca escaldante. Saskia veio sentar-se ao seu lado, e, juntos, puseram-se a observar Sandra, que, por sua vez e a uma distância prudente, contemplava uma menina da sua idade, às voltas com a construção de um castelo de areia. Logo em seguida, pôs-se a ajudar a menina, que fingia nada perceber.

— Como é que você está se sentindo? — perguntou Saskia.

Enlaçou-a com um dos braços.

— Bem.

— Deixe esse assunto de lado.

— Já deixei — disse, virando de barriga para baixo. — O sol me faz bem. — Escondeu o rosto, cobrindo-o com o braço fletido, e fechou os olhos. Sentiu, arrepiando-se, um gotejamento a percorrer-lhe as costas e os flancos, e em seguida as mãos de Sandra que o untavam com protetor solar.

Quando, logo depois, ergueu bruscamente a cabeça, deu-se conta de que deveria ter cochilado. Sentou-se de novo e olhou para Saskia, que estava de joelhos passando protetor solar agora em Sandra, sem que esta se desse conta. O calor tinha alcançado o clímax. Algumas pessoas estavam jogando bola na água, enquanto dois jovens tocavam violão sob uma tenda armada com lonas. Algumas crianças entravam e saíam da água, obstinadas, esvaziando seus baldinhos com água em buracos cavados na areia, firmemente convencidas de que a água permaneceria ali dentro. Anton apanhou o livro e tentou concentrar-se na leitura, mas, até mesmo na sombra que sua cabeça projetava sobre o livro, as folhas permaneciam de um branco demasiado ofuscante para que pudesse ler, já que estava sem óculos de sol.

Sandra começou a resmungar, até que Saskia entrou mais uma vez na água com ela. Quando saíram, foram caminhando até um grupinho de rapazes um pouco adiante; mas, logo depois, Sandra voltou correndo na sua direção, chorando. Os meninos estavam fazendo, a golpes de pá, picadinho de uma medusa do tamanho de uma frigideira, e a medusa não podia revidar. Resoluta — um traço que tinha herdado da mãe —, começou a juntar os seus pertences.

— Vou até a aldeia fazer umas compras com a menina, e aí nós podemos ir. Sandra está morta de cansaço. Primeiro foram a igreja e o enterro, e depois a visita à casa do falecido... — De cócoras, enxugou a filha tão energicamente que a menina começou a tremer em suas perninhas finas.

— Nesse caso, vamos todos juntos.

— Não, fique aí esperando, senão vai demorar mais ainda. Nós vamos beber alguma coisa e depois voltamos para buscar você.

Seguiu as duas com o olhar, para acenar-lhes novamente, mas elas não se voltaram mais, escalando com dificuldade a pequena duna de areia. Ao desaparecerem de vista, deitou-se de costas, com a pele lustrosa de suor, e cerrou os olhos...

Os ruídos da azáfama na praia foram aos poucos esmorecendo, como se sorvidos por uma esfera do tamanho da abóbada celeste, em cujo centro ele nada mais era que um pequeno ponto, deitado como estava, ou talvez até mesmo flutuando em direção a um vazio cor-de-rosa que o ia furtando deste mundo. Começou a sentir uma pulsação abaixo de si, algo subterrâneo, ainda que não sentisse estar deitado sobre solo algum: uma pulsação que chegava a lembrar o movimento de bordoadas, como se provinda do próprio espaço. Começou a escurecer — um anuviamento que fazia pensar numa gota de tinta caindo num copo de água. Uma fusão a espalhar-se sobre a superfície sem se fundir, um movimento plasmático, uma anamorfose, a imagem vaga de uma mão que parece por uma fração de segundo converter-se no rosto de um professor da velha escola, com uma barbicha e um monóculo, e em seguida num elefante de circo todo adereçado sobre um vagão plano. A pulsação converte-se num trepidamento ruidoso, como o de um trem ao passar por uma estação ferroviária de manobras repleta de trilhos desviatórios, dissipando-se, furtando-se à vista em meio a acordes melódicos, numa tulha de grãos esvoaçantes. Tudo escurece na noite que se precipita em gotas pluviosas. Do elmo emplumado de uma armadura aparece ainda um lampejo bruxuleante — até que tudo se cristaliza em perenidade. Reaparece um foco de luz. Uma porta gigante de cristal cor-de-rosa, não iluminada pela luz, mas despejando lume ela própria. Mais acima, dois anjos com caudas de folhas lobuladas, igualmente de cristal. O acesso à porta está obstruído por barras de ferro pintadas de rosa, nela fundidas ou engastadas. Ele percebe que tudo se manteve intacto durante todos aqueles anos. Está em casa, na Sem preocupação. Não obstante a vedação, entra pela porta, mas encontra os quartos vazios. O interior está remodelado de tal maneira que não reconhece mais nada, com uma profusão de imagens, esculturas e ornamentos. Reina um silêncio subaquático. Penosamente, como se algo o detivesse, caminha pelos aposentos, que se converteram todos em corredores. De repente, com um alívio de reconhecimento, vê a parte traseira do pequeno estúdio do pai. Mas, no lugar em que outrora estivera a parede inclinada, vê um anexo de vidro, como uma estufa enorme ou um jardim de inverno que abriga um pequeno chafariz e a fina fachada alva de um templo grego...

Estava deitado só de cuecas no sofá, as portas da varanda escancaradas para a noite quente de verão. Como única luz, a claridade do lusco-fusco tardio e dos postes de iluminação da rua. Só agora se dava conta de quão queimado estava, com o rosto, o peito e a parte anterior das pernas tostados de sol. Ainda que isso não costumasse acontecer tão facilmente com a tez relativamente escura que tinha, sua pele apresentava manchas tão vermelhas que pareciam marcas de espancamento. Percebeu que deveria ter dormido pelo menos uma hora e meia, até que Sandra o acordasse com sacudidelas. Durante o sono, a circulação sangüínea se desacelera, ao passo que quando se está no sol acontece justamente o contrário, para que o corpo elimine o excesso de calor, e é então que se está sujeito à insolação. Anton estivera estourando de dor-de-cabeça quando acordou, mas, no banco traseiro do carro, na sombra benfazeja, a dor desaparecera quase que totalmente. O vinho que havia tomado durante a refeição provavelmente também contribuíra para agravar o mal-estar.

Ao longe, ouvia o bulício ininterrupto do tráfego, mas ali na sua rua só se ouviam as vozes dos vizinhos, sentados nas suas varandas ou nas calçadas. A algumas casas dali, uma criança tocava flauta doce. Como Sandra não conseguisse pegar no sono, Saskia pô-la na cama de casal, deitando-se do seu lado por alguns minutos, ao que a menina logo adormeceu.

Anton, cansado, olhava para o vazio diante de si. Pensava em Takes e em como tudo aparentemente acabava cedo ou tarde vindo à tona, para ser processado e arquivado. Quanto tempo havia que estivera na casa dos Beumer? Por volta de quinze anos — mais anos do que ele próprio tinha em 1945. O senhor Beumer, sem dúvida alguma, já havia muito tempo que estava morto e enterrado, e a esposa provavelmente também. Não mais pisara em Haarlem. E Fake? Só Deus saberia por onde andava, o que pouco lhe importava; havia-se tornado possivelmente diretor da tal firma em Den Helder. Com Takes as coisas eram diferentes. Tinham chorado juntos. Tinha sido a primeira vez que chorara pelo que tinha acontecido — não pelos pais e por Peter, mas sim pela morte de uma moça que ele nunca tinha visto. Truus... Qual era seu sobrenome mesmo? Endireitou-se no sofá e tentou lembrar-se, mas sem sucesso. Fuzilada nas dunas. Sangue na areia.

Cerrou os olhos para evocar a escuridão da cela. Seus dedos, que lhe afagavam mansamente o rosto... Espalmou as mãos diante do rosto e escancarou os olhos para enxergar por entre as grades dos dedos. Respirou fundo e alisou os cabelos para trás com ambas as mãos. Tinha de deter-se: aquilo era perigoso. Não andava nada bem. Era melhor que fosse dormir, mas, em vez disso, cruzou os braços e pôs-se a fixar o olhar no vazio novamente.

Takes tinha uma fotografia dela. Seria aconselhável ir procurá-lo para tentar identificar a moça? Tinha sido sua namorada, provavelmente seu grande amor, e era mais do que justificável da sua parte querer ouvir de Anton uma última palavra a seu respeito. Mas ele não conseguia lembrar-se de nada do que ela havia dito. Só se lembrava de que ela falara muito, tocando-lhe o rosto. A única coisa que conseguiria alcançar com uma visita a Takes seria que ela saísse para ele, Anton, da sua onipotente e invisível presença, para adquirir ou ser reduzida a um rosto definido. Era isso o que ele queria? Será que não diminuiria com o gesto as dimensões do que ela representava para ele, do que lhe pertencia? A questão não era descobrir se seu rosto era bonito ou feio, atraente ou não, ou o que quer que fosse, mas apenas que era como era e fim, já que ele até então não tinha a menor idéia de sua aparência — nada além de uma vaga noção, tal como a têm do seu "anjo-da-guarda" crianças de pais católicos.

Foi então que se deu o seguinte: com um gesto que fazia pensar na maneira ligeira com que um trapezista salta da rede de segurança, aterrissando com ambos os pés no chão após deixar-se cair de uma altura muito elevada, pôs-se de pé num salto, saindo de sua posição inerte, ajoelhando-se para observar a fotografia que estivera contemplando durante todo aquele tempo sem dar-se conta disso. Emoldurada, lá estava ela numa das prateleiras da estante de mogno banhada em cobre junto de sua coleção de sextantes. Na penumbra cerrada, mal se distinguia a imagem, mas, ainda que não enxergasse, sabia de quem era a fotografia: de Saskia — com um vestido negro até os tornozelos, com a barriga inchada pela gravidez, alguns dias antes de dar à luz Sandra. Não era verdade que não tinha a menor idéia sobre a aparência da mulher que descobriu chamar-se Truus! Desde o início, a imagem que tinha dela era nada mais nada menos que a imagem de Saskia! Tinha sido ela que vira em Saskia, ao primeiro olhar, aquela tarde no *Stone of Scone*. Saskia era a reprodução viva da idéia que fazia daquela mulher, uma imagem que devia ter trazido consigo sem se dar conta disso desde os seus 12 anos e que só agora se revelava — não como o reconhecimento de uma visão, mas de um amor sem intermediações, da certeza incondicional que

202

ela deveria permanecer dentro dele e que algum dia carregariam um filho seu!

Irrequieto, pôs-se a caminhar de um lado ao outro do aposento. Mas que pensamentos eram aqueles? Poderiam tão bem ser verdadeiros ou não; mas, ainda que o fossem, não constituiriam dano à pessoa de Saskia? Afinal, ela era antes de tudo quem era: Saskia. Que relação poderia jamais ter com uma guerrilheira da Resistência, fuzilada nas dunas e havia muito esquecida? Se ele não lhe concedia ser quem era, e se lhe afigurava como outra, não estaria então prestes a destruir o seu casamento? Nesse caso, Saskia não teria chance alguma, já que não poderia ser quem não era, de maneira que ele estaria em vias de assassiná-la, de um certo modo.

Por outro lado, porém, se os pensamentos que lhe ocorriam tivessem fundamento, se não tivesse encontrado aquela mulher nos cárceres da delegacia, não estaria agora com Saskia. O que equivale a dizer que as duas mulheres eram indissociáveis uma da outra. Ou seja, mediava a sua imaginação, sem dúvida alguma ligando uma à outra. Saskia provavelmente nem se parecia com Truus, dado que ele não sabia sequer como esta última era. Caso contrário, Takes não deixaria de surpreender-se ao deparar-se com Saskia — ele não a olhara duas vezes. Saskia parecia-se exclusivamente com a imagem de Truus que ele, Anton, evocara em si. Mas de onde provinha essa primeira imagem? Por que justamente essa imagem, e não uma outra qualquer? Talvez se derivasse de uma fonte muito mais remota, talvez fosse emprestada à imagem que tivera da mãe — à Freud —, ainda no berço.

203

Dirigiu-se à varanda, onde ficou parado, olhando para a rua, sem nada ver. Quando lhe anunciavam no hospital a vinda no dia seguinte de um novo colega cujo nome era tal ou tal, vinha-lhe na mesma hora uma imagem da pessoa. Uma imagem que nunca correspondia à pessoa real, e ele esquecia-a tão logo visse o colega em questão, mas: de onde provinha a tal imagem? O mesmo lhe acontecia com artistas e escritores famosos: ao deparar-se pela primeira vez com retratos seus, uma surpresa sucedia-se à outra, o que evidenciava que ele havia formado involuntariamente uma imagem preconcebida de sua aparência. Acontecia até mesmo de perder o interesse pela obra após ver a foto do artista. Era o que se tinha dado com Joyce — não pela sua feiúra, pois Sartre era mais feio ainda e seu retrato justamente só fizera aumentar ainda mais o seu interesse. A noção preconcebida, aparentemente, às vezes parecia mais apropriada que a realidade.

Com outras palavras: nada havia de errado em Saskia se parecer com a imagem que havia formado de Truus. Truus havia evocado nele, sob aquelas circunstâncias, uma imagem à qual Saskia aparentemente correspondia; nada mais justo, pois a tal imagem não era de Truus, mas sim dele mesmo, e descobrir de onde provinha era um mistério de somenos importância. Por sinal, a questão poderia ver-se do ângulo contrário. Saskia havia acertado em cheio no seu coração com o primeiro olhar que lhe lançara, e talvez fosse por isso que imaginasse a posteriori que Truus se parecia com ela. Mas, nesse caso, estava claro que o lado injustiçado era Truus, o que implicava uma obrigação por parte dele não somente em saber como se chamava, mas também como era fisicamente ela própria: Truus Coster.

Já estava um pouco mais fresco. Ao longe ecoavam sirenes de viaturas de polícia; algo pusera a cidade novamente em polvorosa, o que já vinha acontecendo havia um ano. Eram 22h30, e ele decidiu telefonar a Takes na mesma hora. Subiu para o quarto. Encontrou as cortinas ali também ainda abertas. Os cobertores tinham sido atirados para o pé da cama, e Sandra dormia de boca aberta sob os lençóis; ao seu lado dormia Saskia, seminua e de bruços, enlaçando a menina com um dos braços. Anton deixou-se estar ali, olhando ao redor em meio ao silêncio carregado de calor e letargia. Tinha a impressão de ter acabado de passar roçando por algo fatal que se lhe afigurava então como uma perturbação funesta — um turbilhão alucinatório como resultado de uma insolação. O melhor a fazer era esquecer e ir domir.

Em vez disso, porém, foi apanhar seu casaco, que Saskia havia pendurado na cadeira, de cujo bolso retirou entre o indicador e o médio o papelete — ainda com a consciência vaga de que sua ação não prometia nada de bom.

5

— *ANYTIME* — disse Takes, quando Anton perguntou qual seria a melhor hora para passar em sua casa. — Se você quiser, pode passar agora mesmo. — Ao ouvir de Anton que estava com um pouco de dor-de-cabeça, disse: — Quem não está?. — Anton trabalhava no dia seguinte até as 16 horas: marcaram um encontro às 16h30.

O calor não cedia. Anton teve dificuldade em concentrar-se no trabalho, alegrando-se quando pôde finalmente sair, caminhando até a rua Nieuwe Zijds Voorburgwal. O rosto e o peito queimados continuavam ardendo. Saskia o havia ainda untado com bastante creme pela manhã; ele tinha estado no meio-tempo pensando se deveria ou não contar-lhe sobre o encontro, mas preferiu não fazê-lo. Chegando no cruzamento do Spui, deparou-se com uma coluna de viaturas azuis da polícia. Pairava sobre a cidade uma atmosfera de tensão, algo a que já se tinha acostumado nos últimos tempos. O prefeito e o ministro que resolvessem a questão.

Takes morava numa diagonal logo atrás do Palácio Real da praça Dam, numa casa estreita e humilde cujo acesso se franqueava agora passando por meio de um sem-número de caminhões de entrega. O friso da fachada apresentava uma pedra que remontava a tempos mais prósperos, sobre a qual se via em baixo-relevo uma espécie de animal mitológico com um peixe no bico. Mais abaixo se lia a seguinte inscrição:

A LONTRA

Após galgar os degraus, Anton deteve-se sobre o patamar, demorando até encontrar a chapa com o nome de Takes, em meio a tantas outras com nomes de toda a espécie de escritórios, microempresas e apartamentos: o nome dele estava escrito a lápis num papel preso com uma tachinha sob o botão de uma campainha, com instruções para pressionar três vezes.

Quando Takes abriu a porta, Anton percebeu de imediato que ele havia bebido. Seus olhos estavam rasos de lágrimas e o rosto ainda mais cheio de nódoas que no dia anterior; a barba por fazer e uma sombra cinzenta que se estendia desde o maxilar até o peito, que a camisa desabotoada desnudava. Anton seguiu-o por um corredor alto e estreito de paredes com a pintura a descascar, bicicletas, caixas, baldes, tábuas e um barco inflável dobrado, esvaziado pela metade. Por detrás das portas, ouvia-se o tiquetaquear de máquinas datilográficas e o som de um rádio ligado; sobre os degraus de uma antiga escada de carvalho que desembocava no corredor, contorcida num estranho movimento espiralado, estava sentado um senhor idoso vestindo a parte de cima de um pijama sobre as calças, às voltas com um remo desmontável em que mexia sem cessar.

— Você leu o jornal? — perguntou Takes, sem voltar-se.

— Ainda não.

Passando por uma porta no final do corredor, na parte de trás da casa, chegaram a um aposento exíguo, que fazia as vezes de quarto de estudos, dormitório e cozinha. Via-se uma cama por fazer, além de uma espécie de escrivaninha, coberta por uma pilha de papéis, cartas, extratos bancários e jornais e revistas abertos, entre os quais havia uma xícara de café, um cinzeiro transbordando, um pote aberto de geléia e até mesmo um sapato. Anton horrorizou-se diante da visão de uma coleção tão disparatada de objetos; em casa, irritava-o profundamente se Saskia deixasse até mesmo por alguns instantes que fosse um pente ou uma luva sobre sua escrivaninha. Vasilhas, panelas, pratos por lavar e malas, como se estivesse prestes a sair de viagem. Acima da pia galvanizada havia uma janela aberta que dava para um pátio interior desmazelado, de onde também ecoava música. Takes apanhou da cama um jornal aberto, dobrando-o seguidamente até que só ficasse à vista um único artigo, o da primeira página.

— Acho que isso aqui vai interessar você — disse, ao que Anton leu:

WILLY LAGES
— *gravemente enfermo* —
SAI DO CÁRCERE

Podia não saber muito, mas que Lages era o cabeça da SS ou da Gestapo na Holanda ele sabia, em cuja função tinha sido o responsável por milhares de execuções e pela deportação de cem mil judeus; após a guerra, tinha sido condenado à morte, mas fora anistiado já havia alguns anos, uma decisão que provocara manifestações em massa, ainda que não tomasse parte nisso.

— E então, o que acha? — perguntou Takes. — Porque o coitadinho está enfermo, *unser lieber kleiner* Willy.[58] Marque minhas palavras: ele vai se recuperar na Alemanha com uma rapidez inacreditável, apesar de ter feito um outro tanto de pessoas adoecer justamente por sua causa. Mas isso é o de menos. Esse cavalheirismo humano todo dando mostras de amor ao próximo se dá às nossas custas! O criminoso de guerra está enfermo, *ach gut*,[59] pobrezinho! Libertemos logo o fascista, para mostrar que nós somos diferentes. Nossas mãos estão limpas de qualquer pecado. Se suas vítimas agora adoecerem, dirão: "Mas que gente mais rancorosa, esses antifascistas! Não são um pingo melhores que os próprios fascistas!" É isso o que vão dizer, ouça o que eu estou lhe dizendo! E quem serão os maiores partidários da libertação? Todos aqueles que também mantiveram limpas as suas mãos durante a guerra, encabeçados pelos católicos, como não podia deixar de ser. Não foi a troco de nada que o tal se converteu ao catolicismo no cárcere. Se for para ele ir parar no céu, juro que prefiro ir para o inferno... —

---

[58] O nosso querido Willizinho. (*N. do T.*)
[59] Que seja... (*N. do T.*)

Takes olhou para Anton e tomou-lhe o jornal das mãos. — Pelo que percebi, você prefere se resignar, é ou não é? Prefiro crer que esse vermelho de pimentão no seu rosto é de vergonha. Seus pais e seu irmão também tiveram o fim que tiveram a mando desse cavalheiro.

— Mas não a mando desse farrapo que ele é agora.

— Farrapo? — Takes tirou o cigarro da boca, que manteve aberta por alguns instantes para deixar escapar a fumaça, lentamente. — Traga-o até mim, que eu me encarrego de lhe cortar o pescoço. Com um canivete, se for preciso. Farrapo, você diz... Como se se tratasse só de um corpo. — Atirou o jornal para cima da escrivaninha, fez rolar com um pontapé uma garrafa vazia para debaixo da cama, para fitá-lo então, inadvertidamente, com um sorriso forçado. — Fazer o quê? Você é pelo seu ofício um assistente da humanidade sofredora, certo?

— Como é que você sabe disso? — perguntou Anton, espantado.

— Sei porque telefonei hoje de tarde para o patife do seu sogro. A gente sempre tem de saber com que tipo de gente está lidando, concorda?

Enquanto Takes continuava a fitá-lo, Anton balançou a cabeça, esboçando lentamente um sorriso.

— A guerra ainda não acabou, não é, Takes?

— Certamente que não — disse Takes, cravando os olhos no interlocutor. — Certamente que não.

Anton sentia-se pouco à vontade enquanto alvo do olhar penetrante daquele seu olho esquerdo. Será que eles iriam agora jogar aquele joguinho de quem consegue ficar mais tempo olhando para o outro sem piscar? Abaixou o olhar.

— Mas, e você? — perguntou, olhando ao redor de si. — Eu fui tão idiota que nem me ocorreu telefonar a ninguém. Você trabalha em quê?

— Você tem a honra de estar diante de um talentoso matemático.

Anton não conteve uma gargalhada.

— Sua escrivaninha está bagunçada demais para um matemático.

— Essa bagunça toda foi se amontoando por causa da guerra. Vivo da Fundação 1940-1945, criada pelo senhor A. Hitler, que me libertou da matemática. Se não fosse por ele, hoje eu ainda estaria diariamente diante de uma classe de alunos. — Apanhou do console da lareira uma garrafa de uísque, de que serviu a Anton. — Brindemos à piedade para com os desapiedados! — disse então, elevando o copo.

— À nossa!

Anton não achava que aquele uísque morno fosse lhe cair bem, mas nem lhe passava pela cabeça recusá-lo. Takes mostrava-se mais cínico que no dia anterior. Possivelmente pela notícia no jornal, ou pela bebida, ou talvez propositadamente. Não lhe oferecera sentar-se numa cadeira, o que Anton achou simpático por alguma razão desconhecida. Por que é que sempre se deve sentar-se? O próprio Clemenceau tinha sido enterrado de pé, de acordo com seu desejo. Com o copo em mãos, lá estavam eles, de pé, um perante o outro, como se num coquetel.

— Aliás, eu mesmo cheguei a trabalhar por um tempo no ramo médico — disse Takes.

— Ah, é? Quer dizer que somos colegas de profissão?

— Pode pôr a questão dessa maneira.

— Fale mais — disse Anton, preparando-se para ouvir mais uma barbaridade.

— Foi num certo instituto anatômico, num lugar x na Holanda, digamos assim. O diretor tinha posto o instituto à nossa disposição em prol de uma boa causa. Realizavam-se processos, proferiam-se veredictos de pena de morte e afins, levados a cabo no mesmo local.

— Pouco se sabe a respeito.

— Melhor assim. Nunca se sabe se não será necessário de novo. Tratava-se antes de uma causa interna, delatores entre os próprios membros da Resistência, infiltrantes e traidores do gênero. Recebiam no porão uma injeção de fenol diretamente no coração, com uma seringa de agulha longa. Na seqüência, eram cortados em pedacinhos sobre bancadas de granito por outros heróis de uniforme branco. Havia também um reservatório com formol em que boiava uma enorme quantidade de orelhas, mãos, narizes e orgãos, de maneira que muito dificilmente se redescobriria a identidade dos executados reunindo as partes. Destinavam-se ao ensino, entende? — Com um olhar de desafio, pôs-se a fitar Anton. — Eu sei: não presto mesmo.

— Mas se foi em prol de uma boa causa... — disse Anton.

— Os alemães temiam o tal do instituto, preferiam passar longe... Achavam o lugar uma casa assombrada.

— Mas para você não era.

— Lá embaixo tinha também fileiras de armários de aço com gavetas corrediças, quatro ou cinco por armário e em cada um uma gaveta com um corpo. Cheguei a passar uma noite numa delas, certa vez em que tive de desaparecer por um tempinho.

— E como foi? Dormiu bem?

— Como um anjinho.

— Posso perguntar uma coisa, Takes?

— Diga lá, rapaz! — disse, com um sorriso amigável.

— Aonde você quer chegar? Quer me iniciar em algum mistério? Eu lhe garanto que não precisa. Eu também já tive a minha dose, e ninguém sabe disso melhor do que você.

Takes olhou na sua direção e manteve o olhar fixo, enquanto tomava outro gole do uísque.

— Eu quero que você também saiba com que tipo de gente está lidando. — Com o olhar ainda cravado nele por alguns instantes, pegou então a garrafa. — Venha comigo, mas deixe a porta aberta para eu ouvir se o telefone tocar.

Seguiu Takes por uma escada que ia dar no porão, onde se depararam com outro corredor. Takes abriu com uma chave uma porta que franqueava acesso a um aposento rebaixado, cujo uso Anton não conseguiu identificar de primeira. Estava abafadíssimo. Pelas claraboias mais ao alto, entrava uma luz tênue, cuja intensidade Takes complementara com o brilho opaco de uma sequência de lâmpadas fluorescentes, das quais uma tremeluzia, impotente, despejando descargas elétricas violáceas em ambas as extremidades. Azulejos brancos danificados

214

indicavam que o aposento havia sido outrora a cozinha de uma casa; ao longo do teto baixo corriam tubulações de aquecimento, além de toda a espécie de encanamentos. No meio do aposento, encontrava-se uma mesa de madeira, também esta com um cinzeiro transbordando; encostado à parede comprida, um sofá de veludo bordô desbotado. Além disso, só havia um roupeiro antiquado com um espelho na porta e uma bicicleta velha.

O todo tinha um aspecto de *bunker*, de um quartel-general subterrâneo — sobretudo pelo mapa amarelado, rasgado em diversos pontos, que tinha sido colado à parede oposta à do sofá, com fita adesiva. Com o copo na mão, Anton dirigiu-se até ele. "Topografia da Alemanha", lia-se no canto inferior direito. O mapa estava coberto de linhas de maré, traçadas em vermelho e azul, indicações de ofensivas provindas da Rússia e da França rumo a Berlim — o ponto de intersecção. Os únicos pontos isentos de traços coloridos eram o centro-norte da Alemanha e o oeste da Holanda. O olhar de Anton demorou-se sobre um ponto no mar. Sobre o azul descolorido, viam-se os contornos pálidos, de um vermelho-claro, do que deveriam ser lábios: um beijo, impresso no mapa por uma boca com batom. Voltou-se. De pernas cruzadas, sentado no sofá, lá estava Takes a observá-lo.

— E é isso — disse.

Seria essa a razão de o mapa estar pendurado ali: não por uma nostalgia mórbida em relação à guerra, mas sim pela marca do beijo dela impresso nele? Seria o subterrâneo um memorial? No entanto, era possível que não existisse para Takes diferença entre a guerra e ela. A guerra talvez se tivesse tornado sua amante, razão pela qual ele não poderia deixar de ser-lhe fiel. Mesmo quando discursava sobre seus horrores, era possível que estivesse falando sobre Truus Coster e sobre a época em que fora feliz.

Inclinando a cabeça involuntariamente, apesar de ainda poder endireitar-se sem que desse com a cabeça no teto, Anton caminhou para o sofá. Sentou-se ao lado de Takes e pôs-se a contemplar a marca do beijo que emergia do mar do Norte. Era como se o resto do seu rosto estivesse submerso. (Já desde os seus 11 ou 12 anos fantasiava poder ver as pessoas caminhando em Haarlem, se dispusesse o mapa da Holanda sob as lentes de um microscópio — se o fizesse no jardim, acreditava poder ver a si mesmo, inclinado sobre o microscópio...) *The fair Ophelia*. Era ali que seus lábios haviam tocado o papel. Talvez num momento em que estivessem atualizando as linhas do mapa com os dados fornecidos pela Rádio de Londres, enquanto discutiam sobre o que fariam depois da Libertação... Ouvia ao seu lado os brônquios estertorantes de Takes, que se serviu de mais uísque, com um cigarro na boca, e não disse palavra. Anton jamais se sentira tão ligado a um outro homem, o que talvez também valesse para Takes. Ouvia do lado de fora um vago repicar de sinos. Olhou para a bicicleta. Tratava-se de uma bicicleta masculina com barra de quadro e um selim como pouco se usava ver nos dias de hoje: "Sela Terry", como era chamada outrora...

Viu então a fotografia.

Tinha o formato de um cartão-postal e estava presa com a borda inferior atrás de um cabo elétrico, não longe do mapa. Seu coração começou a bater forte no peito. Imóvel, pôs-se a contemplar o rosto que o estivera observando de longe durante 21 anos. Passados alguns segundos, dirigiu a Takes um olhar fugaz — fitou antes a fumaça que o outro soltava pela boca —, levantou-se e foi até lá.

Saskia. Era Saskia que olhava para ele. Evidente que não era Saskia — nem mesmo se parecia com ela —, mas a expressão nos seus olhos era a mesma, tal como a vira quando a conhecera na abadia de Westminster. Uma moça simpática, ainda que não chamasse muito a atenção, por volta dos 23 anos.

O sorriso dela entortava-lhe a boca algo para o lado direito do rosto, o que lhe emprestava um ar um tanto sofisticado, contrastando com o vestido severo, abotoado até a altura do pescoço, com um motivo na parte dianteira e a borda de uma manga balão. Tinha os cabelos volumosos e ondulados que lhe chegavam aos ombros, loiro-escuros, provavelmente, o que não se podia ver, já que se tratava de um retrato em preto-e-branco. Nas bordas, a fotografia estava superexposta, de maneira que, contra o fundo escuro, chispas de luz renitentes encaracolavam-se, dançando em torno da sua cabeça.

Takes viera postar-se ao seu lado.

— É ela?

— Só pode ser, só pode ser... — disse Anton, sem despregar os olhos da fotografia.

Finalmente, ela havia surgido das trevas — com o olhar de Saskia. Lembrou-se de suas elucubrações da noite anterior, mas estava sobreexcitado para perceber de imediato em que consistia a semelhança. Aliás, Takes nem lhe deu a oportunidade para tanto. Como se tivesse reunido todas as suas forças até então para conter-se, apanhou Anton de chofre pelos ombros, sacudindo-o ao exemplo da professora que desperta um aluno dorminhoco.

— Ande logo! Diga-me o que mais foi que ela disse!

— Não me lembro.

— Ela falou sobre mim?

— Eu já disse que não me lembro, Takes!

— Então tente se lembrar, diabos! — Gritou com tal força que teve na mesma hora um ataque de tosse, o que fez com que fosse para um canto, onde ficou, inclinado para a frente com as mãos apoiadas nos joelhos, a ponto de vomitar. Quando se endireitou, ofegante, Anton disse:

— Fugiu-me completamente, Takes. Eu gostaria de poder lhe ajudar, mas a única coisa de que eu me lembro é de ela ter tocado o meu rosto. Mais tarde, vi manchas de sangue na cara, de onde concluo que ela estivesse ferida. Será que você não entende que eu só tinha 12 anos? Não me lembro nem sequer de como era a voz do meu próprio pai. Nossa casa tinha acabado de ser incendiada, meus pais e meu irmão tinham desaparecido, eu estava em estado de choque, faminto, preso numa cela escura em uma delegacia de polícia.

— Uma delegacia de polícia? — disse Takes, olhando-o, boquiaberto. — Que delegacia de polícia?

— A delegacia de Heemstede.

Takes balançou os braços, num gesto de desespero.

— Quer dizer que era ali que ela estava?... Meu Deus, nós poderíamos tê-la tirado de lá! Eu achava que estivesse em Haarlem, na prisão...

Anton percebeu que, na mesma hora, ainda veio à cabeça do outro o esboço de um plano temporão de um ataque à delegacia de polícia de Heemstede. Desviou dele o olhar e pôsse a caminhar, exasperado, de um lado para o outro. As palavras de Truus tinham-lhe fugido de vez, desaparecido para todo o sempre. Sabia que se praticavam então experimentos sobre a memória com LSD na universidade. É claro que estavam armazenadas em algum lugar do seu cérebro; sabia que voluntários sérios eram muito bem-vindos como cobaia, o que talvez resultasse em algo. Se o dissesse a Takes, sabia que este seria louco o suficiente para exigir dele que se submetesse aos experimentos. Mas o próprio Takes não queria fazê-lo. Não tinha o menor desejo de desenterrar o passado com ajuda química, além do que corria o risco de que nada daquilo viesse à tona, mas sim outros fatos, algo de inesperado que o faria perder o prumo.

— Só me lembro — disse — de ela ter me contado uma história longuíssima sobre um determinado assunto.

— Que assunto?

— Não me lembro.

— Meu Deus! — exclamou Takes, esvaziando o copo de um trago e arremessando-o sobre a mesa como um taberneiro num filme de faroeste. — Não me lembro, não me lembro...

Anton parou onde estava.

— Aposto — disse ele — que você gostaria de me amarrar numa cadeira e me ofuscar a visão, balançando uma luz forte diante do meu rosto, para arrancar toda a verdade de mim. Acertei?

Takes lançou um olhar ao chão.

— OK — disse então, gesticulando —, OK...

Anton já não precisava mais olhar para a foto para saber como era Truus Coster: seu rosto tinha-se fixado, indelével, em suas retinas.

— Vocês foram casados? — perguntou.

Takes serviu-se mais uma vez e veio com a garrafa para onde estava Anton.

— Eu fui casado, sim, mas não com Truus. Tinha uma mulher e dois filhos, da idade que você tinha na época, talvez um pouco mais novos. Mas quem eu amava era ela, apesar de ela não me amar. Eu quis até mesmo deixar a minha família para ficar com ela, mas a idéia só a fez rir. Achava que eu estava fingindo toda vez que eu lhe dizia que a amava. Mas era assim que eu pensava. Afinal de contas, nós tínhamos vivido tanta coisa juntos! Seja como for, agora eu estou divorciado.

Começou a andar de um lado para o outro, enfurecido. O cós das suas calças estava baixo demais, a parte traseira das pernas das calças toda esfarrapada, o que fez Anton pensar: "De maneira que era isso o que sobrava da Resistência: um homem semibêbado, desleixado e infeliz numa cova subterrânea, de onde ele possivelmente só saía para enterrar os seus amigos, ao passo que os criminosos de guerra eram soltos e esquecidos, à margem dos presentes acontecimentos...".

— Uma história longuíssima, diz você... — continuou Takes. — Contar histórias longas era o seu forte. Quanta conversa jogada fora! Nós ficávamos batendo papo horas a fio. O assunto em pauta em geral era a moral. Às vezes falávamos sobre como seria depois da Libertação, mas sobre esse tema ela preferia se calar. Certa vez me disse que, quando pensava no pós-guerra, era como se estivesse olhando para dentro de um grande buraco negro. Mas, quando nós discorríamos sobre a moral, ela falava de cátedra. Houve uma vez em que eu lhe perguntei: "Se um dia um membro do SS fizesse você escolher entre o fuzilamento do seu pai ou da sua mãe, especificando que, se você se calasse, mataria a ambos, o que diria então?" Eu tinha ouvido algo do gênero — disse ele, atirando o toco do cigarro para dentro do cinzeiro. — Ela me perguntou o que eu diria numa tal situação. Respondi que contaria os botões do casaco do uniforme dele, dizendo: "Papai, mamãe, papai, mamãe...". À desumanidade só se pode responder com um absurdo. Mas ela afirmou que não diria nada. Segundo ela, uma pessoa que propõe algo assim jamais mantém a palavra. De maneira que era possível que não matasse nem a um, nem a outro. Mas, se você dissesse: "Meu pai", era igualmente possível que o matasse de fato, para dizer em seguida que você assim tinha querido. E, segundo ela, era de certa maneira o que aconteceria. Bastante perspicaz! E correto, corretíssimo. Passávamos noites em claro falando sobre o nosso trabalho. Imagine só: nós dois sentados, conversando, ambos condenados à morte...

— Condenados à morte? — perguntou Anton.

Takes não conteve uma gargalhada.

— É claro. Você por acaso não? Certa vez — prosseguiu —, ela teve de voltar para casa no meio da noite, muito depois do toque de recolher. Perdeu-se então na escuridão e ficou sentada na rua até o dia raiar.

Anton inclinou um pouco a cabeça para trás, como se ouvisse ao longe um som conhecido, um sinal tênue que logo esmoreceu.

— Sentada na rua até o dia raiar? É como se eu tivesse sonhado com algo do tipo...

— Ela tinha se atrapalhado toda. Você também deve se lembrar do escuro que fazia às vezes naquela época.

— Eu me lembro, sim — disse Anton. — Teve uma época em que eu quis até mesmo virar astrônomo.

Takes assentiu, mas mal parecia ouvir o que Anton dizia.

— Ela refletia sobre tudo. Era dez anos mais nova que eu, mas refletia muito mais do que eu sobre as coisas. Ao lado dela, eu era um ignorante, uma espécie de matemático idiota. Certa vez eu propus raptarmos os filhos de Seyss-Inquart,[60] pedindo em troca deles a libertação de algumas centenas dos nossos. Ela me perguntou como é que eu poderia sequer pensar numa coisa dessas? O que é que as crianças tinham a ver com o assunto? Pois é, o que é que as crianças tinham a ver com o assunto? Nada, nadinha mesmo, claro. Tão pouco quanto as crianças

---

[60]Seyss-Inquart (1892-1946), político austro-alemão do Conselho de Estado, cuja função era a de intermediário entre o governo e a oposição nacional (os nacional-socialistas), logo antes da Segunda Guerra Mundial, e depois o de representante de Hitler nas áreas tomadas pelo Reich. (*N. do T.*)

judias, executadas em massa. Ou seja, nada, nada. Mas justamente por isso. Tem-se de atingir o inimigo no seu tendão-de-aquiles. Se isso significasse usar os filhos dele — e significava, é claro —, então só nos restava atingi-lo através dos filhos. Aí você me pergunta: o que teríamos feito com as crianças se as negociações não vingassem? Pois é, teriam de pagar elas o preço. Uma morte indolor. No instituto anatômico... — Lançou a Anton um olhar de esguelha fugaz e disse: — Desculpe. Eu sei que não valho nem um centavo.

— Já é a segunda vez que diz isso.

— Ah, é mesmo? — exclamou Takes, com uma surpresa propositadamente mal-fingida. — Não me diga! Muito bem, vamos acabar com essa história, digamos que eu não valha nem um décimo de centavo, concorda? Seja como for, deixamos o plano de lado. O meu lema é "Fascismo contra fascista", porque é só assim que eles entendem. Gostaria de utilizar essa frase como divisa de brasão de armas, só que em latim. Você deve saber como se diz, senhor Intelectual.

— "Fascismo contra fascista"...— repetiu Anton. — Impossível. *Fasces* significa em latim "feixes de varas". "Feixes de varas contra feixes de varas"? Não presta.

— Para você ver! — disse Takes. — Mais uma vez Truus estava com a razão. A ela também não agradou. Ela achava que eu deveria ter cuidado para não me transformar num deles, porque aí sim é que eles me venceriam. É, Steenwijk, ela era uma filósofa, mas uma filósofa armada.

Disse-o no momento em que passava pelo armário de roupas. Inclinou-se, puxou uma gaveta, colocou sobre a mesa uma pistola enorme e continuou andando, com a maior naturalidade do mundo.

Assustado, Anton contemplou o instrumento cor-de-carvão que aparecera ali do nada. Emanava dele algo de tão ameaçador, que se tinha a impressão de que chamuscaria a mesa sob si. Anton ergueu os olhos.

— Essa é a pistola dela?

— Essa mesmo.

O objeto, imóvel como estava sobre a superfície da mesa, mais parecia uma relíquia de alguma outra cultura, desenterrada numa escavação para voltar a ver a luz do dia.

— Foi com ela que Truus atirou no Ploeg?

— Não só atirou, como acertou em cheio! — disse Takes, parando onde estava e apontando com o indicador na direção de Anton. Ficou olhando por alguns momentos para a pistola, e Anton percebeu pela sua expressão que estava gradualmente vendo algo sob uma nova visão. — Eu estava naquela noite às voltas com um monte de inutilidades — disse, mais para si mesmo que para Anton. — Nós tínhamos ido de bicicleta para o cais lá da rua de vocês, de mãos dadas, tanto quanto permitiam as circunstâncias. Devagar, para parecer um casal de pombinhos apaixonados. Ou melhor... da minha parte, era isso que eu pensava mesmo. Deixamos que ele nos ultrapassasse, e ele ainda nos lançou um olhar de lado. "Bom dia para você também", disse Truus, bem-humorada, ao que ele retribuiu com um sorrisinho. Depois disso, fui seguindo na frente. Estava determinado a exterminar o sujeito de imediato, mas o chão estava escorregadio pela geada. Tentei tirar a minha pistola do bolso com uma mão, enquanto com a outra segurava o guidom, e comecei a derrapar ligeiramente. Atirei nas costas dele e em seguida no ombro e na barriga, mas logo vi que não estava acertando o alvo. Quando ele caiu no chão, tentei atirar mais uma vez, mas o gatilho tinha emperrado. Continuei guiando rápido para deixar Truus passar. Quando me voltei, vi Truus se equilibrando com o bico do sapato na calçada, mirando cuidadosamente para um ponto bem no meio das omoplatas dele. Ploeg estava todo encolhido, escondendo a cabeça entre os braços. Ela disparou duas vezes, enfiou a pistola no bolso e seguiu, ligeira, de bicicleta. Via-se que ela estava convencida de que o outro estava morto, mas eu percebi quando ele se soergueu. Dei um grito para preveni-la, ela começou a correr, e foi quando ele atirou. E pior, atirou e acertou. Na parte inferior da coluna.

Era como se a pistola sobre a mesa fosse um lastro que puxasse Anton para as profundezas do passado. Tão nitidamente se lembrava da última noite em casa, tão completamente se tinha esquecido do que se passara mais tarde na cela. Os disparos, em seguida o cais deserto com o corpo de Ploeg. Era evidente que ele sempre soubera que antes deveriam ter passado por lá outras pessoas, mas de uma maneira ou outra, apenas baseando-se em fatores lógicos; só agora é que a cena se concretizava. De maneira que o grito que ele tinha ouvido não fora de Ploeg, mas sim de Takes. Teria jurado que se tratava de um grito de agonia.

O cinzeiro ao lado da pistola começou a esfumear.

— E então?

— E então, e então, e então... — disse Takes, ensaiando os passos de uma dança bizarra. — E então surgiu um elefante com uma tromba imensa, que assoprou com força, apagando os traços da nossa história. Ela não tinha mais como andar. Eu consegui ainda içá-la para a garupa da minha bicicleta, e nos escondemos atrás de um arbusto. Mas, quando chegaram os alemães, uma mulher à janela começou a gritar, dedurando o nosso esconderijo. Truus me deu a pistola e um beijo, e ponto final. Mais alguns tiros, e eu tratei de me mandar dali. Depois disso, antes de a guerra acabar, eu ainda tentei acertar as contas com a tal mulherzinha por iniciativa própria, mas sem resultado. Deve andar por aí, a personificação da vovozinha querida. — Apanhou a pistola da mesa e a pesou na palma da mão como o faria um antiquário com uma jóia preciosa. — Queria tê-la abordado com isso aqui... "Boa noite, minha senhora, como vai? Em casa tudo certinho? E as crianças?" — Pôs o dedo no gatilho e contemplou a arma de todos os ângulos. — Ainda se pode atirar com ela, sabia? Depois da guerra, seu sogro e os amigos dele quiseram me fazer entregar a arma. Atualmente eu estou em situação de ilegalidade. Só poderia ter a posse da arma como suvenir, mas teria de chumbar o cano com ferro fundido, o que optei por não fazer. Sabe-se lá se não será necessário dar mais um disparo um dia desses — disse, fixando o olhar em Anton. — Uma única e derradeira vez. — Soltou a arma e apontou o dedo para o ar, como se à escuta. — Está ouvindo? Ela está choramingando. Nenhuma mãe jamais mimou tanto o filho como Truus fazia com esse objeto que você está vendo... — Pelo que tudo indicava, seus olhos

ficariam rasos de lágrimas, o que, porém, não aconteceu. —
Sabe — disse, pulando do pato para o ganso —, certa vez eu
vi um filme sobre um homem cuja filhinha foi estuprada e
morta por um sujeito. O sujeito foi condenado a dezoito anos
de prisão, mas o pai jurou que o assassinaria no dia em que ele
fosse solto. Aproximadamente oito anos depois, o sujeito sai
de cana. Sabe como é, encurtamento de pena, bom compor-
tamento, anistia. O pai da menina o espera no portão de saída
da prisão com um revólver no bolso, e, durante aquele mesmo
dia, são vistos juntos caminhando e conversando. O homem,
no final das contas, não o mata, porque compreende que o
sujeito não passa de um pobre coitado, vítima das circunstâncias. — O telefone começou a tocar no andar de cima. Andando devagar para a porta, Takes ainda conclui a história. —
A última cena. O pai pára, e vê-se o outro se afastando com a
mala por um sendeiro no bosque. Aparece então nas suas costas um pontinho branco que vai crescendo num close, formando as palavras *THE END*. Foi nesse momento que eu soube
de uma coisa com certeza absoluta: que o homem, nessa hora
e apesar de toda a sua compreensão, deveria ter sacado a arma e
atirado nas costas do sujeito. Isso porque a menina não tinha
sido morta pelas circunstâncias, mas pelo sujeito em questão.
Não fazê-lo equivale, em realidade, a afirmar que todas as pessoas que passaram por privações na vida são estupradores e as-
sassinos em potencial. Já volto.

O subterrâneo mergulhou no silêncio; a violência que Takes
evocara, porém, ficou pairando no ar como um eco inaudível.
Um leve estralejar do cilindro quebrado da lâmpada fluorescente.

Dando as costas para a pistola, Anton foi sentar-se na beirada da mesa para examinar os lábios sobre o mar do Norte. Quis prensar a boca sobre aqueles lábios, mas não se atreveu. A fotografia. O rosto olhava-o, sorrindo. Onde quer que Anton estivesse, ela acompanhava-o com o olhar fixo; poderia olhar para centenas de pessoas ao mesmo tempo; sempre olharia para todos como o fizera no momento em que fora fotografada, e jamais envelheceria. Nem tampouco veria. Fora assim, com o olhar de Saskia, que ela o tinha fitado na escuridão, um olhar que via, trespassava e roçava, para focar-se mais além. Ferida, mal tendo acabado de liqüidar um assassino, às vésperas de sabe-se lá que torturas e da sua execução nas dunas. Pousou as mãos sobre o rosto, no ponto em que ela o havia tocado, e cerrou os olhos. Este mundo é um inferno, pensou, um inferno. Até mesmo se amanhã o reino dos céus viesse a fazer morada na terra, esta jamais poderia vir a se tornar Paraíso, tendo-se em conta tudo o que acontecera no passado. O estrago tinha sido irremediável. A vida no universo era um fracasso, um grande fiasco, e teria sido melhor que nunca tivesse surgido. Só quando deixasse de existir, desfazendo-se com todas as lembranças dos gritos de agonia, é que o mundo reencontraria a sua ordem.

Sentiu de repente um fedor nauseante e abriu os olhos. Uma coluna azul de fumaça erguia-se a pique do cinzeiro. Despejou o que lhe sobrara de uísque sobre aquele compacto de cinzas incandescentes, o que só fez aumentar o fedor. Vislumbrou no canto, acima de uma pia baixa e quadrada, uma torneira de água corrente, mas, ao apanhar o cinzeiro, sentiu os dedos queimarem. Com o copo em mãos, foi até a torneira, deixando em primeira instância correr água sobre os seus dedos; logo depois, esvaziou o copo sobre o cinzeiro, no qual surgiu um mingau de cinzas negro e pegajoso. A fumaça ondulante foi dar contra o teto baixo. Após uma tentativa frustrada de desemperrar as janelas corrediças, decidiu sair do subterrâneo. No corredor, lembrou-se da pistola sobre a mesa. Encontrando a chave na fechadura, trancou a porta atrás de si e subiu a escada.

Takes estava no quarto, à janela, olhando para fora. O telefone estava no gancho. Do lado de fora, ouviam-se gritos de algazarra e uivos de sirene.

— Aqui está a chave — disse Anton. — Está fedendo lá embaixo. Os tocos de cigarro ainda não tinham se apagado.

Takes não se voltou.

— Você se lembra do homem que estava ontem sentado ao meu lado no café? — perguntou.

— É claro — disse Anton. — Era eu!

— O homem do meu outro lado, com quem eu estava conversando.

— Vagamente.

— Pois é, cometeu suicídio.

Anton sentiu que tinha chegado ao fim de suas resistências.

— Por quê? — perguntou, sussurrante, ainda que não tivesse intenção de sussurrar.

— Manteve a palavra — disse Takes, mal se endereçando a ele. — Quando Lages recebeu perdão em 52, disse: "Em breve vão libertar o sujeito de vez, mas, quando isso acontecer, estouro meus miolos". E nós troçando, dizendo que ele chegaria à idade de Matusalém...

Anton ainda ficou por um tempo a olhar para as suas costas. Em seguida, deu meia-volta e retirou-se do quarto. O velho só com a parte de cima do pijama tinha desaparecido. Atrás de uma porta, uma voz melosa cantava no rádio:

Red roses for a blue lady...

O ÚLTIMO EPISÓDIO
1981

1

E ENTÃO... E ENTÃO... E ENTÃO... O tempo passa. "Isso pelo menos já ficou para trás", dizemos, "mas que surpresas a vida ainda nos reserva?". Da maneira que formulamos, estamos com o olhar voltado para o futuro e as costas para o passado, e é assim que a maior parte das pessoas enxerga a coisa. O futuro está adiante, o passado ficou para trás. Para pessoas de caráter dinâmico, o presente é, ora, um navio em mar revolto cuja proa singra as ondas do futuro; as pessoas de índole mais passiva vêem-no mais como uma jangada que flutua, serena, ao sabor da correnteza de um rio. As duas imagens implicam, claro, um estranhamento, já que, se tempo é movimento, o mesmo movimento deveria conduzir a um segundo tempo, de modo que se formasse uma infinidade de tempos: um quadro que desagrada às mentes pensantes; as representações do sentimento, porém, não se deixam influenciar tanto pela Razão, o que é mais que sabido. Aliás, quem tem o futuro diante e o passado atrás de si, ainda apresenta uma outra atitude incompreensível. Sua postura implica que, para ele, os acontecimentos já estejam de alguma maneira presentes no futuro, até chegar o momento em que alcançam finalmente o presente para virem a repousar no passado.

Mas no futuro não há nada. Ele é vazio. Pode-se morrer de um momento para o outro, de maneira que a pessoa em questão teria estado com o rosto voltado para o nada, ao passo que teria podido enxergar o que estivera justamente às suas costas: o passado, tal como a sua memória o havia conservado.

É por isso que os gregos, ao falarem do futuro, dizem: Por quantas coisas já não passamos nós? — nessa acepção, Anton Steenwijk era um grego. Também ele dava as costas para o futuro, tendo diante de si o passado. Ao refletir sobre o tempo, tal como fazia por vezes, não via os acontecimentos provirem do futuro, atravessando o presente para alcançarem o passado, mas sim desdobrando-se do passado, para constituírem-se em presente, rumo a um futuro incerto. Em meio a tais elucubrações, lembrava-se de um determinado experimento que levara a cabo no sótão da casa do tio: o experimento da vida artificial! Numa solução concentrada de silicato de potássio (um líquido viscoso em que a sua mãe conservava os ovos no início da guerra), deixara cair uns tantos cristais de sulfato de cobre — os mesmos cristais, de um azul inolvidável, que ele voltara a ver em Pádua num dos afrescos de Giotto —, ao que estes começaram a inturgescer-se, torcendo-se como vermes, crescendo osmoticamente, inchando-se cada vez mais e avançando em ramificações azuladas cada vez mais longas em meio à palidez exânime do concentrado.

Estivera em Pádua em viagem de núpcias com sua segunda esposa, Liesbeth. Fora em 1968, um ano após divorciar-se de

Saskia. Liesbeth estudava História da Arte e trabalhava meio-período na administração de um hospital hipermoderno em que ele estava então trabalhando — onde não havia o que prestasse, desconsiderando-se o seu salário mais elevado. O pai dela tinha-se casado logo antes da guerra, tendo partido para as Índias Holandesas na condição de jovem funcionário do governo, onde os japoneses o puseram de imediato num campo de concentração; havia trabalhado nas obras ferroviárias da Birmânia, mas, tal como Anton, não falava de suas experiências de guerra. Liesbeth nascera logo após o repatriamento do pai e não tinha mais qualquer relação com aquele passado. Seus olhos eram azuis e os cabelos, castanhos, puxavam para o negro; apesar de jamais ter estado na Indonésia e de não haver qualquer traço de sangue indonésio na genealogia da família, não deixava de apresentar laivos de um exótico oriental nos traços do rosto e na sua postura. Anton indagava-se se não haveria um fundo de verdade nas palavras de Lysenko, que afirmava que traços adquiridos podem tornar-se hereditários.

Um ano após o casamento nasceu o filho, que chamaram de Peter. Já que Saskia e Sandra ficaram morando na mesma casa, Anton comprou uma casa com jardim ao sul de Amsterdã. Quando pegava o filho no colo, às vezes se dava conta de que o período de tempo que separava o menino da Segunda Guerra Mundial era bem mais extenso do que o período que o separava a si próprio da Primeira Guerra — e, o que significara para ele a Primeira Guerra Mundial? Menos que as guerras do Peloponeso. Sabia que o mesmo valia para Sandra, mas isso jamais lhe ocorrera antes.

Desde então, começou a passar todas as férias na Toscana, numa casa antiga e ampla, nos limites de um vilarejo nos arredores de Siena, que comprara por um ótimo preço e que mandara reformar por uma empreiteira local. A parte dos fundos tinha sido entalhada na encosta de um outeiro, e, num certo cômodo, o rochedo ainda estava descoberto: a pedra interrompia a uniformidade do estuque numa faixa castanho-amarelada, oblíqua e ranhurada. Agradava-lhe pousar as mãos nesse ponto, o que lhe dava a sensação de deter no aposento a totalidade da Terra. Também nas férias natalinas costumavam ir para lá com a caminhonete enorme da família; a partir de então, por sinal, passou a viver somente na expectativa das férias seguintes. Sentado na varanda, à sombra da oliveira, tinha diante de si um panorama de colinas verdes com vinhedos, ciprestes e espirradeiras. Aqui e acolá, despontava um torreão quadrado com ameias — uma paisagem de contos-de-fada que não era apenas o que era, mas se afigurava num momento como um pano de fundo da Renascença, para, no momento seguinte, converter-se num cenário da Antiguidade romana, que, fosse como fosse, estava longe, muito longe de Haarlem, longe do Inverno da Fome de 1945. Mal havia completado quarenta anos, já estava brincando com a idéia de instalar-se ali assim que Peter tivesse idade de ir morar sozinho, por conta própria.

Chegou o dia em que se deu conta de que já tinha quatro casas em sua posse. Vista a necessidade de, ainda que provisoriamente, sair da cidade nos fins de semana, comprou uma chácara em Gelderland, escolhida para ele por De Graaff. É claro que Anton havia posto a chácara à disposição de Saskia e

236

Sandra, assim como a casa na Toscana, caso as suas férias permitissem. Saskia tinha-se casado com um oboísta, alguns anos mais novo que ela, de renome internacional e sempre bem-humorado, que trazia ele também um filho do primeiro casamento e que certo dia também faria a sua coleção de casas. (A senhora De Graaff não gostava que aludissem ao tal casamento; mas Saskia, desde pequena, diferenciava-se das amigas — moças de saias plissadas, sapatos baixos, lenços de seda enrolados no pescoço e colares de pérolas —, que se preocupavam somente com a vida social, e muito pouco além disso.) Aconteceu algumas vezes de irem passar, os quatro, as férias na Itália, levando consigo as três crianças. Liesbeth ficava enciumada nos momentos em que se evidenciava o bom relacionamento que Anton e Saskia ainda mantinham um com o outro, ao passo que o marido de Saskia só fazia rir: bem sabia que o mesmo bom relacionamento fora um dos fatores que contribuíra para o divórcio. Havia muita coisa que Liesbeth, a mais nova dos quatro, não entendia muito bem, mas, de uma maneira ou de outra, ao mesmo tempo era ela a personalidade dominante do grupo. Vez ou outra era tratada de "mamãe", o que agradava a Anton.

As crises de enxaqueca pareciam diminuir com o passar dos anos, mas, por volta dos quarenta, foi acometido durante um ano inteiro por um outro mal: sentia-se cansado e deprimido, com distúrbios de sono acompanhados de pesadelos, e, ao despertar pela manhã, era assaltado por preocupações e más premonições — parecia-lhe que tudo era vão: as quatro casas, o seu casamento com Saskia, que o abandonara, e assim por diante. A exemplo do redemoinho sem fim em que vai parar uma folha que se desprende da árvore no outono, sentia dentro de si um desespero centrifugando-se em sorvedouro, tal como sentira até então somente quando a vida de um paciente sob seus cuidados lhe escapava por entre os dedos: de uma hora para outra, o homem convertia-se em detrito humano. Endireitava-se ele, endireitavam-se os assistentes, calados, os aparelhos eram desligados. Com uma das mãos retirava a máscara que lhe cobria a boca, enquanto com a outra tirava a touca, e saía da sala de operações, arrastando os pés, com a cabeça algo inclinada de lado.

Até que, certo dia de um calor escaldante, teve na Itália uma crise propriamente dita, que se revelou ser o ápice, mas igualmente o término, de tantos meses de desassossego.

Uma vez que o açougueiro do vilarejo comercializava somente carne de vitela, Liesbeth tinha ido com Peter de manhã a Siena. Em geral era ele quem fazia as compras na cidade, nem que fosse somente pelo prazer de vagar pelas esplanadas de Il Campo — a incomparável praça em forma de concha de muitos séculos antes, que assinalava que tampouco na arquitetura existe o que se chama de progresso; na manhã em questão, porém, não estava se sentindo bem e decidira ficar em casa. Estivera lendo, até que se surpreendeu com o silêncio ao seu redor. Seus olhos pousaram sobre um isqueiro de mesa branco com a forma de um dado, que os pais de Liesbeth lhe haviam dado outrora de presente. Pôs-se a andar, desassossegado, pelos aposentos irregulares e caiados da casa; subiu e desceu a escada em espiral com os degraus desiguais, sentando-se no meio-tempo algumas vezes, mas, sentindo-se pior ainda, levantara-se na mesma hora.

Mas, pior como? Nada estava lhe doendo, não estava com febre, tudo estava e, ao mesmo tempo, não estava em ordem. Queria que Liesbeth voltasse com o filho — tinham de voltar imediatamente. Estava acontecendo algo com ele que lhe escapava à percepção; agitado, foi até a beirada do terraço, mas a estrada rural desaparecia, deserta, nas profundezas do vale, por detrás da colina com os moinhos desmoronados. Entrou em casa, voltou a sair pela porta da frente e galgou os degraus íngremes para alcançar a rua, que se encontrava à altura do telhado da casa. Era possível que ainda estivessem passeando preguiçosamente por ali antes de entrar em casa, mas o carro não estava no estacionamento. A praça, desprovida de árvores e demasiado grande para as dimensões do vilarejo, parecia ter sido escaldada com água fervente. Só se viam um senhor e uma senhora de idade vestidos de preto; na sombra cerrada da igreja estavam sentados alguns homens idosos, mas o senhor e a senhora de preto andavam em pleno sol: duas silhuetas carbonizadas na luz cegante.

E então, parado ali como estava, viu assomar diante de si uma montanha de cor parda, que se arrojou sobre ele como as ondas de um maremoto. Saltou dos degraus, fechou a porta da frente atrás de si e pôs-se a olhar ao redor, trêmulo. A alvura gritante das paredes caiadas, imóveis, veio dar contra o seu rosto; a curvatura tortuosa da escada, as vigas de madeira tosca, tudo se lhe afigurava perigoso, de um perigo que retorcia algo dentro do seu cérebro; o rochedo irrompia do revestimento de cal, quebrando-lhe a cabeça. Protegendo o peito com ambas as mãos, dirigiu-se à varanda: ciprestes, ciprestes lançando chamas escuras em toda a extensão das colinas. Percebeu que batia os dentes, como uma criança ao sair do mar, mas não conseguia conter-se. Estava acontecendo algo com o mundo, e não com ele; as cigarras estridulavam; entrou novamente em casa, ofegante; o vermelho das lajes. Acima da lareira, seu antigo espelho com os *putti*; os olhos negros do dado. Sabia que deveria controlar-se, tratando de não hiperventilar para manter-se senhor da situação. Foi sentar-se numa cadeira de espaldar reto à mesa — uma dessas cadeiras italianas um tanto pequenas com recosto de palhas trançadas —, espalmou com as mãos nariz e boca, cerrou os olhos e tentou relaxar.

Foi assim que Liesbeth o encontrou mais tarde, imóvel, ainda que trêmulo, como um quadro durante um abalo sísmico. Quando viu a expressão de seus olhos, Liesbeth não perguntou se seria melhor chamar um médico: fê-lo no ato. Anton olhou para Peter e esboçou um sorriso. Em seguida para a sacola de compras, que a esposa tinha posto sobre a mesa. Acima das outras compras havia um pacotinho: o papel desprendeu-se do barbante, desdobrando-se e revelando um patacão de carne sangrenta.

O médico chegou na mesma hora e, agindo com a maior naturalidade do mundo, deixando transparecer que não se impressionava minimamente com o fato de alguém se aterrorizar com algo daquela espécie, aplicou-lhe uma injeção, após a qual dormiu 15 horas a fio, despertando, repousado, só na

240

manhã seguinte. O médico ainda tinha deixado uma receita de Valium, que ele deveria ingerir quando sentisse que a coisa estava chegando novamente àquele ponto, mas Anton rasgou a receita assim que a viu. Não somente porque poderia ele próprio escrever receitas quando bem entendesse, mas também por saber que, se começasse a tomar remédios agora, não pararia mais pelo resto da vida.

As crises ainda reincidiram algumas vezes desde então, cada vez mais moderadas, até que por fim cessaram — como se intimidadas pelo fato de ele ter rasgado a receita, ato com que deixara claro quem mandava ali.

Só não foram poupados a casa e o panorama que se descortinava da varanda. Após a tarde fatídica, perderam algo de sua perfeição, como um rosto desfigurado por uma cicatriz.

O tempo ia passando. Seus cabelos iam-se tornando prematuramente grisalhos, mas não ficou calvo como o pai. Ao passo que, ao seu redor, proletarizava-se o aspecto exterior das pessoas na mesma medida em que o próprio proletariado ia desaparecendo, continuava usando paletós ingleses e camisas-xadrez com gravata. Ia chegando numa idade em que percebia conhecer pessoas idosas já dos tempos em que estas tinham a idade dele agora. Essa descoberta tinha-lhe causado um espanto tal que começou a ver tanto aos idosos como aos novos, além dele próprio, com outros olhos. Chegou o dia em que se deu conta de ter alcançado uma idade que o pai jamais atingira, fato que a seus olhos equivalia a uma infração sujeita a palavras de descompostura: *Quod licet Iovi, non licet bovi!*[61] Sempre evitara servir-se de ditados tais como "Assuntos encerrados não têm volta", "O ótimo é inimigo do bom", ou ainda "Desejo cumprido, prazer perdido" — mas atingira uma idade em que tais provérbios expressavam as coisas tais como elas realmente eram. Chegara à conclusão de que não se tratava apenas de clichês constrangedores, mas da expressão de experiências de vida condensadas de gerações a fio — em sua maior parte nada encorajadoras, admitia. Não continham a sapiência dos revolucionários, já que estes não são sábios, o que pouco lhe importava, dado que jamais pertencera ao seu grupo. Graças à Providência.

Após o falecimento da tia, mandou emoldurar o seu retrato, que dispôs sobre a escrivaninha ao lado do retrato do tio: não a escrivaninha de uma de suas casas, mas a do seu consultório no hospital. Na segunda metade da década de 1970, faleceu também De Graaff. Havia um número bem menor de comparecentes na cerimônia de cremação que no funeral de dez anos antes. Entre eles estava Henk, com um bigode no meio-tempo grisalho, e Jaap, com o topete completamente embranquecido. O ministro e o prefeito, porém, já estavam eles também mortos. Takes — que ele jamais voltara a ver — tampouco estava presente; ao informar-se sobre seu paradeiro, todos foram unânimes em dizer-lhe que deveria estar vivo, ainda que não tivessem tido notícias suas havia anos. Algumas

---

[61] Provérbio latino que literalmente se traduz por "O que é lícito para Júpiter, não é lícito para um boi", ou, por aproximação, "Nem tudo é para todos". (*N. da E.*)

242

semanas depois, faleceu também sua ex-sogra. Quando viu — pela segunda vez no mesmo crematório — descerem o féretro ao forno de cremação, logo ao lado do ponto em que estavam Sandra, Saskia e o marido, surpreendeu-se de não ver sobre o tampo sua bengala de negro reluzente com o castão de prata, o que se fazia de praxe em enterros de generais.

A guerra, cuja memória era volta e meia reavivada por livros e emissões televisivas que a apresentavam sob uma nova luz, começou gradualmente a parecer-lhe cada vez mais remota, tanto quanto seja aplicável aqui a expressão. Em algum ponto além do horizonte, cobria-se com a pátina do tempo o atentado à vida de Ploeg, convertendo-se num incidente obscuro de que praticamente ninguém além dele próprio sabia: um conto-de-fadas arrepiante do arco da velha.

Quando Sandra completou dezesseis anos, anunciou a quem interessasse saber que queria ver o local em que o avô, a avó e o tio tinham perdido a vida. Tanto Saskia quanto Liesbeth desaprovaram a idéia, mas Anton não viu razão para dissuadila: num sábado à tarde de maio, levou-a então até Haarlem. Pegando a estrada de quatro faixas, passou por infinitos bairros residenciais repletos de edifícios, onde outrora só houvera campos de extração de turfa, e por viadutos de três níveis, que tinham engolido o canal ao longo do carreiro de sirgagem. Já fazia mais de um quarto de século que não havia estado ali; não mostrara o local nem mesmo a Saskia e Liesbeth.

O local. Desatou a rir. O hiato na dentição avariada tinha sido preenchido por uma coroa de ouro. Agora, no lugar em que estivera sua casa outrora, havia, em meio a uma relva aparada, um bangalô baixo e pintado de branco no estilo da década de 1960: janelas amplas, telhado aplainado e o anexo da garagem. Presa ao cercado uma placa em que se lia: "À VENDA". Logo viu que a casa dos Beumer também tinha sido remodelada; o andar de baixo constituía-se de um só aposento enorme, com uma clarabóia nova e ampla anexada a ele. Também no jardim da casa da extremidade direita, a casa dos Aarts, via-se uma placa com um nome de corretor. Nenhuma das três casas conservara o nome original; teve de esforçar-se para lembrar quais das casas se chamavam "Bem-Situada" e "Burgo do Descanso". A única coisa de que se lembrou imediatamente foi de a casa dos outros vizinhos, os Korteweg, chamar-se "Nunca-Pensada". Também em ambas as extremidades da seqüência das quatro casas haviam sido construídos bangalôs, ao passo que, no descampado do lado de trás, tinha surgido um novo bairro, com ruas urbanizadas e tudo o mais. Além disso, do lado oposto do canal, em que a pradaria em outros tempos se estendia em direção a Amsterdã, avistou na claridade do dia mais um bairro, completamente novo, com edifícios residenciais, escritórios e ruas amplas e movimentadas. Só à orla do curso de água se viam ainda algumas das casas antigas e exíguas; mais além, o moinho.

Descreveu a Sandra como o local fora em sua época, mas percebeu que ela não o conseguia imaginar tal como lhe descrevia — da mesma maneira que jamais conseguira fazê-la entender o que o Inverno da Fome tinha significado para todos eles. Enquanto tentava descrever Sem Preocupação do outro lado da rua com os motivos de espinha de peixe, formados pelos paralelepípedos — ao que lhe parecia ver ressurgir de mais uma vez o passado: o fantasma da antiga casa com o telhado de colmo e as sacadas —, apareceu do bangalô um homem de jeans, com o torso descoberto. Poderia ser-lhes útil em algo? Anton replicou que queria mostrar à filha o lugar em que tinha morado no passado, ao que o homem se prontificou a convidá-los para entrar e ver a casa por dentro. Chamava-se Stommel. Sandra olhou para o pai com um olhar inquisitivo: não era possível que fosse aquela a casa em que tinha vivido. Anton, porém, franziu os lábios e cerrou os olhos por alguns segundos, de onde a filha concluiu que era melhor não tocar mais no assunto. Tinha entendido que Stommel provavelmente interpretara sua justificativa como a desculpa de um comprador em potencial. Ao atravessarem a rua, seu olhar foi pousar-se no ponto fatídico, na calçada, porém sem a certeza de tê-lo localizado com precisão.

A casa era, também do lado de dentro, ampla e clara. Em lugar do corredor, da sala de estar, da sala de jantar com a mesa e sobre ela a lamparina — antigamente estreitos e escuros —, estendia-se agora sobre o piso um tapete azul-claro desde a copa, com ladrilhos esmaltados numa extremidade até o piano branco na outra. Num canto havia dois meninos deitados de bruços na frente da televisão, da qual não tiraram os olhos quando eles entraram. Enquanto lhes mostrava os quartos bem iluminados no alargamento da parte dos fundos, Stommel disse que comprara a casa havia apenas cinco anos, mas que teria de sair dela por circunstâncias inesperadas, estando pronto a conformar-se com o prejuízo. Deram ainda alguns passos no jardim. A sebe, pela qual tinha-se esgueirado tão freqüentemente no passado, não existia mais; os vizinhos da antiga Nunca-Pensada, um senhor bronzeado de idade avançada e uma dama de origem indiana de cabelos brancos, estavam sentados no jardim à sombra de um guarda-sol. Demorou para que Anton se desse conta de que se tratava do mesmo casal jovem e simpático, com as duas crianças, que havia visto no passado. Foi então que apareceu uma senhora excessivamente maquiada, que se apresentou como "Senhora Stommel". Com uma simpatia um tanto exagerada, sugeriu preparar algum refresco, mas Anton agradeceu ao senhor por ter-lhe feito as honras da casa e despediu-se. Antes de estender-lhe a mão, Stommel esfregou-a na lateral das calças, o que só serviu para limpar-lhe o excesso de suor.

De braços dados com Sandra, caminhou até o monumento na extremidade do cais. O carreiro de sirgagem havia sido substituído por um gradeado de madeira. Os rododendros tinham vingado a ponto de formarem um muro maciço coberto por cachos pesados de flor, entre os quais a figura da mulher egípcia já começara a sofrer a corrosão do tempo. Sandra, incrédula, leu seu sobrenome sobre a placa de bronze; estava evidente que jamais compreenderia por completo a extensão do que se dera. Anton, por sua vez, leu o nome inscrito abaixo do nome da sua mãe: "J. Takes". Lembrou-se de Takes haver dito que seu irmão caçula tinha estado entre o número de reféns; jamais havia pensado, porém, que seu nome constasse ali. Balançou a cabeça, ao que Sandra perguntou se estava tudo em ordem. Respondeu que sim.

246

Mais tarde, no terraço apinhado de gente de um restaurante no Harlemmer Hout, onde ficava o estacionamento da *Ortskommandantur* (no lugar da *Ortskommandantur* agora se erguia um edifício que sediava um banco), falou a Sandra pela primeira vez sobre a conversa que tivera com Truus Coster, naquela noite nos cárceres da delegacia de polícia, enquanto refletia que jamais voltara e jamais voltaria a pôr os pés lá. Sandra não entendia por que razão o pai falava dela com tanta simpatia: afinal, não tinha sido ela a culpada por tudo o que acontecera? Anton sentiu-se tomado por uma exaustão desmesurada. Balançou a cabeça e disse: "Cada um fez o que fez, e nada mais".

No mesmo instante, soube com certeza absoluta que essas tinham sido as palavras que Truus Coster lhe havia dito, literalmente, ou quase — e logo depois, passados praticamente 35 anos, voltou a ouvir sua voz, sussurrante e longínqua: "Ele acha que eu não o amo...". Atentou para a voz, imóvel, mas ela logo emudeceu. Não se seguiu mais nenhuma palavra. Seus olhos ficaram rasos de lágrimas. Tudo se perpetuara, nada havia desaparecido no tempo. A luz e a paz em meio às faias altas e retas, a faixa de árvores de menor dimensão onde tinha sido escavado o fosso que abrigava os tanques. Era ali que tinha saltado com Schulz para dentro do caminhão, enquanto a chuva se condensava em finas agulhas de gelo. Sentiu o aperto da mão de Sandra no seu braço; assentou a sua mão sobre a dela, mas sem ousar dirigir-lhe o olhar, receoso de que, se o fizesse, desataria a chorar. Num tom de voz baixo, Sandra perguntou se ele tinha visitado a sepultura dela. Quando o pai balançou a cabeça em sinal de não, sugeriu então que o fizessem agora.

Ao passarem por uma floricultura, Sandra quis primeiro comprar, do próprio bolso, uma rosa vermelha, mas, quando saiu da loja, trazia uma rosa violeta, puxando para o azul; as vermelhas tinham acabado. Pegaram o carro e foram até as dunas, chegando ao Cemitério dos Heróis de Guerra, o Erebegraafplaats. Estacionaram ao lado dos outros carros e subiram por uma senda sinuosa conduzindo à bandeira que flutuava ao sabor do vento no topo de uma das dunas. Só se ouvia o zunir dos insetos nos arbustos e, logo em seguida, o adejar da bandeira no ar.

Sobre uma superfície retangular amuralhada, viam-se as centenas de sepulturas, dispostas ordenadamente em lotes igualmente retangulares e circunscritas por aléias de cascalhos, impecavelmente limpas com a ajuda de ancinhos. Um homem, com uma mangueira na mão, estava ocupado em regar o todo; aqui e acolá se viam pessoas idosas dispondo flores nas sepulturas ou sentadas nos bancos, falando a meia-voz. Havia ainda mais gente, à sombra de um muro alto sobre o qual estavam inscritos em bronze nomes e epígrafes. Não reconhecendo ninguém, Anton deu-se conta de que estivera possivelmente esperando encontrar Takes ali. Sandra perguntou ao jardineiro se ele saberia dizer onde se encontrava a sepultura de Truus Coster. Sem precisar refletir um segundo, o homem apontou para o lote ao lado do ponto em que estavam.

CATHARINA GEERTRUIDA COSTER
*16.9.1920
+17.4.1945

Sandra colocou sua rosa violeta sobre a pedra pardacenta, e, lado a lado, deixaram-se ambos estar ali algum tempo, contemplando a sepultura. Em meio ao silêncio, o som do esvoaçar da bandeira no vento e da corda no mastro era mais triste que qualquer marcha fúnebre. Mais abaixo, na areia, estava agora mais escuro que aquela noite na cela, pensou Anton. Deixou o olhar correr pela disposição ordenada e matemática dos lotes a que se tinham reduzido todos os resíduos da guerra, e refletiu: "Tenho de ir procurar Takes, se ele ainda estiver vivo, para lhe dizer que ela o amava."

Entretanto, chegando na manhã seguinte ao seu endereço na rua Nieuwe Zijds Voorburgwal, viu que A Lontra tinha sido demolida — aparentemente já havia um bom tempo, visto que os tabiques besuntados de tinta verde estavam cobertos de camadas e mais camadas de cartazes. Não encontrando tampouco seu número de telefone no guia, decidiu deixar o assunto morrer ali.

Foi só dois anos depois, em 1980, no dia 5 de maio, que voltou a vê-lo, acidentalmente, num programa televisivo de comemoração fúnebre do final da guerra, programa que já estava quase chegando ao fim no momento em que ligou a televisão: viu um senhor idoso de barba branca e um rosto consumido e imponente que ele só reconheceu ao ler o nome na parte de baixo da tela:

COR TAKES
— MEMBRO DA RESISTÊNCIA

— Vá parando com essa besteirada toda — dizia ele a alguém sentado ao seu lado no sofá —, tratava-se de um grandissíssimo pandemônio. Por sinal, prefiro encerrarmos aqui o assunto.

Por outro lado, Anton começou a ver com uma freqüência crescente furgões brancos e pequenos circulando pela cidade, sobre os quais se lia, em caracteres vermelhos:

FAKE PLOEG, ARTIGOS SANITÁRIOS LTDA.

2

A EXEMPLO DO MAR, que sempre acaba por lançar à praia os detritos deixados por barcos, e do colhedor clandestino à procura de resíduos de naufrágios, ativo antes de o dia raiar, chegou o dia em que aquela noite fatídica de 1945 voltou a surgir na sua vida pela última vez.

No segundo semestre de 1981, num sábado de manhã, despertou com uma dor de dente tão insuportável que se viu obrigado a tomar alguma providência. Quando deram nove horas, telefonou para o consultório do dentista que já o tratava havia vinte anos, mas não atendiam o telefone. Após alguma hesitação, discou o número de sua casa. O dentista disse-lhe que tomasse uma aspirina, porque ele não estava para tratar de dentes naquele dia em questão: estava saindo para participar de uma manifestação.

— Manifestação? Contra o quê?

— Contra as armas nucleares.

— E eu, como fico? Estou aqui morrendo de dor!

— Assim, de repente?

— Eu já estava sentindo um pouco de dor há alguns dias.

— E por que foi que você não veio antes então?

— Estava num congresso em Munique.

— Seus colegas da anestesiologia não podiam lhe indicar nada contra a dor? Por sinal, você não vai participar da manifestação?

— Como é que é? Queira me poupar, que eu não estou para isso.

— Ah, é? Mas para dor de dente você está? Escute aqui, meu amigo. Eu também estou indo hoje pela primeira vez na minha vida participar de uma manifestação. Eu me disponho a dar uma olhada nos seus dentes, mas sob uma condição: que você me acompanhe depois.

— Eu faço o que quiser, seu malandro, contanto que você trate do meu dente.

Tinham marcado uma consulta às 11h30; sua ajudante não estaria lá — iria participar ela também da manifestação —, mas ele veria o que podia fazer.

De maneira que teria de protelar o fim-de-semana em Gelderland, pelo qual ansiava tanto após a estada na Alemanha. Disse a Liesbeth que seguisse para lá com Peter, ao que ela anuiu sem maiores objeções. Ao exemplo de uma enfermeira, veio trazer-lhe um pires com um filtro arredondado de cafeteira em cujo centro havia posto um pedúnculo marrom e ressequido de um centímetro, na forma de um cálice minúsculo que terminava num bulbo.

— Isso aí o que é?

— Um cravo-da-índia. Enfie no dente. Sempre faziam isso na Indonésia.

252

Liesbeth espantou-se com a efusividade exagerada com que o marido a puxara contra si, prestes a irromper em lágrimas.

— Mas o que é isso, Tom? Não é para tanto.

— Não sinto nenhuma cárie onde enfiar o cravo e não sei de onde vem a dor, mas vou comê-lo por via das dúvidas.

Fracassou o intento, já que mastigar era impossível por conta da dor. Acompanhado pelo olhar atento de Peter, pôs-se a caminhar pela casa de boca aberta, como a figura de bico escancarado que se costumava ver como insígnia acima da entrada das drogarias de Amsterdã. Lembrou-se da manifestação pela paz de que iria participar logo em seguida. Tinha lido algo a respeito; dizia-se que seria a maior da Europa, mas jamais nem sequer parara para se perguntar se tomaria ou não parte nela: havia tomado conhecimento da notícia como quem ouvia a previsão do tempo. Não passava de mais um desses eventos tão comuns. Estava aproximando-se o ano 2000, e começava a atacar o medo decimal, tal como acontecera mil anos antes. A função das bombas nucleares era a de manter a paz, inspirando o medo. Não seriam efetivamente usadas. Se objetos tão paradoxais fossem abolidos, aumentariam as probabilidades de eclodir uma guerra convencional, em cuja etapa final acabariam, sim, lançando mão de armas atômicas, de que se serviriam com efeito desta vez. Por outro lado, sentia-se desconfortável com a declaração do tal ancião lá nos Estados Unidos de que era concebível eclodir uma guerra nuclear em menor escala: a saber, na Europa, onde seus efeitos devastadores seriam completos. A declaração posterior, de outro ancião, na Rússia, de que não seria o caso, pois que a guerra, fosse como fosse, aniquilaria também os Estados Unidos, tinha-lhe sido de grande alívio. Mas isso implicava que as armas atômicas não deveriam ser abolidas.

Bebeu o chá de camomila que Liesbeth lhe trouxera na seqüência, enquanto tentava matar o tempo, sentado no sofá, às voltas com um criptograma. Não saberia o Deus do Sol uma definição mais pormenorizada para esse pandemônio? Seis letras. Era como se tampouco pudesse pensar a partir do momento em que não podia fechar a boca, encostando uma na outra as duas carreiras dentárias. Ficou a fitar o criptograma diante de si, mas, apesar da ciência de que não poderia ser tão difícil assim, não lhe ocorria idéia alguma.

O consultório do dentista não ficava longe da casa em que morara antes, e, quando deram 11 horas, decidiu ir caminhando até lá. O dia estava fresco, o céu encoberto. Com a dor perfurando-lhe o maxilar, ia caminhando por ruas cada vez mais movimentadas; ao longe, um helicóptero descrevia circunferências no céu. Mais adiante não circulavam quaisquer bondes ou veículos. O acesso a todo o centro aparentemente tinha sido barrado; as ruas estavam apinhadas de pessoas andando todas na mesma direção, em sua maior parte carregando faixas abertas com mensagens. Entre elas havia também estrangeiros; viu um grupo beligerante de homens com turbante, calças largas e cinturões nos quais só faltavam as pistolas e o alfanje; curdos afugentados, talvez, que marchavam com passos de zíngaros do deserto, gritando e cantando atrás de faixas com inscrições em árabe: se o conteúdo do texto fosse uma exortação ao *jihad*, à guerra santa, ninguém jamais ficaria sabendo. Num curto espaço de tempo, as ruas apinharam-se de maneira tal, como Anton não havia visto desde o mês de maio de 1945; grandes aglomerados de gente dirigiam-se, vindos de todas as direções, à praça dos Museus. A perspectiva de encontrar-se dali a pouco em meio àquela multidão só fazia piorar sua dor de dente. Pensou em tudo o que poderia acontecer caso se verificasse uma situação de pânico geral no momento em que os agentes provocadores começassem a agir; atualmente podia acontecer de tudo em Amsterdã! Por sorte, com exceção do helicóptero no céu, não se via nem sombra de polícia.

Chegando no consultório, tocou a campainha. Não abriram a porta, ao que se pôs a esperar sobre a calçada, um tanto quanto tiritante de frio (ou do que quer que fosse). O Deus do Sol era Rá, claro: não havia erro. Palavras ligadas à concepção do mundo, ao pandemônio das origens: Raiar (do mundo)? Cinco letras. Ravina? Ranger? Rafael (Ou "O que sanou". Sanou o caos?)? Raspar? Raspagem do osso em que Rá definiria melhor o pandemônio numa inscrição cuneiforme...? Ao longe, a multidão atravessava num fluxo contínuo a viela em que ele próprio se encontrava. Desatou a rir quando, alguns minutos depois, viu chegar calmamente o dentista ao lado da mulher, arrastando seu pé-boto.

— Você está com uma cara radiante!

— Isso mesmo! Pode continuar com a chacota! — disse Anton. — Que ótimo médico você está me saindo, Gerrit-Jan, fazendo chantagem emocional com seus pacientes!

— Tudo em prol da humanidade. Inteiramente no espírito do Hipócrates.

Tinha envergado para a ocasião seu uniforme de caçador feudal: um casaco de terciopelo verde sobre bermudas na altura do joelho e meias longas de um verde-escuro. A bota especial no pé torto ficava, assim, mais à vista do que nunca. Assim que entraram no consultório, tocou o telefone.

— Era só o que me faltava! — exclamou Van Lennep. — Outro, não!

Era Liesbeth. Peter tinha dito que queria participar da manifestação. Anton disse que viesse até ali de bicicleta e que o esperasse do lado de fora.

Van Lennep havia arremessado o casaco para cima da cadeira da assistente.

— Vejamos, meu camarada. Onde é que dói?

Enquanto sua esposa aproveitava para ir ao toalete novamente — o que seria impossível dali a pouco —, Van Lennep ajustou a luminária, enfocando a boca de Anton, para apalpar-lhe os dentes com um só dedo. No mesmo instante, a dor disparou como um ricochete pela cabeça de Anton. Van Lennep apanhou então uma folha minúscula de um papel pardacento, colocou-a sobre o dente de Anton e pediu-lhe que o mordesse cuidadosamente, movendo o maxilar para a frente e para trás. Verificou mais uma vez o papel e tirou a broca do gancho.

— A título profissional — disse Anton — apreciaria que me aplicasse uma injeção anestésica.

— Que besteira! Não vai doer. Abra a boca.

Anton entrançou os dedos e, olhando para os cabelos grisalhos do dentista penteados de lado, sentiu durante dois ou três segundos uma fisgada de dor acompanhada de muito barulho, após o que Van Lennep disse:

— Pode fechar a boca.

O milagre tinha sido realizado. A dor tinha-se evaporado para além de um infinito horizonte, desaparecendo como se jamais tivesse existido.

— Mas será possível?

Van Lennep pendurou a broca no devido lugar e deu de ombros.

— Uma leve pressão. O dente tinha subido um pouquinho. Coisas da idade. Faça um bochecho para nós sairmos.

— Já terminaram? — perguntou, surpresa, a esposa do dentista ao entrar no consultório.

— Ele deve estar imaginando que nosso acordo caducou. Ledo engano, o dele — disse Van Lennep, rindo ironicamente.

Enquanto esperavam Peter do lado de fora, Anton disse:

— Gerrit-Jan, você se deu conta de que esta é a segunda vez que exige de mim um ato de participação política? A única diferença é que agora você também toma parte nele.

— E a primeira vez foi quando?

— Quando você deixou claro que eu deveria me alistar como voluntário para a Coréia, sob a égide da luta do Ocidente cristão contra os bárbaros comunistas.

Enquanto a esposa sufocava um risinho, Van Lennep contemplou-o, calado, por alguns segundos. A algumas ruas dali ribombou uma voz amplificada por um microfone.

— Sabe qual é o seu problema, Steenwijk? Você tem uma memória de elefante. Se alguém aqui é chantagista, esse alguém é você. Eu é que não me tornei comunista, se é o que você estava pensando. Como poderia? Quem nasce pataca, não vira vintém. O que acontece é que as armas nucleares são a maior ameaça para a humanidade. Encare a coisa como uma espécie de ataque sideral, em que os seres humanos não passam de marionetes. Cada onda armamentista se constitui numa reação ao adversário, que reagirá por sua vez em represálias. É assim que as partes envolvidas jogam a culpa uma na outra num pingue-pongue sem fim, e as armas acabam se acumulando, até o inevitável dia em que são detonadas. Estamos falando de uma inevitabilidade estatística. Tão certa quanto o fato de que Adão e Eva acabariam comendo o fruto da Árvore do Conhecimento. De maneira que as maçãs em questão têm de ser tiradas do mercado.

Anton assentiu. A argumentação do outro tinha-o deixado perplexo, mas sabia que os dentistas são todos ensandecidos mesmo; a opinião geral no meio médico. Entretanto, era possível que suas palavras contivessem um fundo de verdade. Chegou então Peter, que prendeu a bicicleta com o cadeado. Ao olhar para ele, enquanto ouvia o matraquear do helicóptero e o alarido da multidão mais além, foi tomado por uma doce sensação que, para grande surpresa sua, unia-o de repente com os acontecimentos em marcha na cidade.

Praticamente não avançavam mais, ao chegarem perto do local da manifestação. Sob um balão negro enorme com a forma de um foguete zunindo no seu trajeto rumo à Terra, viam-se desde o Concertgebouw até o Museu Nacional dezenas, centenas de milhares de cem mil pessoas empunhando cartazes e faixas que às vezes chegavam à largura de dez metros, enquanto afluíam ao local, vindas de todos os lados, levas e mais levas de gente. De alto-falantes presos em árvores e postes de luz atroavam as palavras de um discurso, ao que tudo indicava vindo de um pódio mais ao longe, mas as palavras o deixavam indiferente. O que o comoveu de repente foram todas aquelas pessoas marcando presença, grupo em que constavam também ele e o filho.

Já tinha perdido Van Lennep de vista, mas nem sequer lhe passou pela cabeça safar-se dali, o que, aliás, logo se revelou ser impossível. Como duas espigas, lá estavam eles em meio à seara com a foice brandindo acima de suas cabeças; a síndrome de pânico de Anton parecia não ter deixado mais rastro algum de sua existência. As pessoas na sua proximidade imediata, praticamente grudadas a ele, eram, descontando-se Peter, uma idosa provinciana com um capuz de plástico transparente sobre a permanente ondulada, um sujeito corpulento vestindo uma jaqueta de couro castanha com gola de pele, em cujo rosto ornamentavam um bigode monumental e costeletas, e uma jovem carregando um bebê adormecido numa tipóia que ela levava a tiracolo. Esses, e mais ninguém. No meio de todos os slogans que condenavam as armas nucleares, seu olhar pousou num cartaz pequeno:

JÓ: AQUI ESTÃO ELES

Chamou a atenção de Peter para o cartaz, explicando-lhe de quem se tratava.

Dos alto-falantes ecoou uma voz que anunciava terem chegado em Amsterdã na última meia hora dois mil ônibus: o que equivalia a outras cem mil pessoas. Gritos. Aplausos. A voz anunciou então um afluxo de outros milhares de pessoas nas estações, transportadas até Amsterdã em trens especiais; todas as ruas de acesso à praça dos Museus estavam intransponíveis. Entretanto, pensou Anton, o fato de a voz humana poder ser amplificada a tal ponto só poderia estar ligado com a existência de bombas nucleares. Quarenta anos antes, um e outro ainda eram inconcebíveis — o que se estava processando na Terra poderia ser ainda mais terrível e irremediável do que todos imaginavam...

Não soube dizer, na seqüência, quanto tempo esteve parado ali. Peter avistou um colega de classe, despediu-se e desapareceu na multidão. Anton pensou fugaz, muito fugazmente, nos *bunkers* que tinham outrora estado ali, juntamente com o *Wehrmachtheim* e todas as instituições alemãs que se haviam apropriado das vilas que via ao seu redor e que sediavam agora respectivamente o consulado americano, a delegação comercial soviética e a Société Générale. Enquanto alguns políticos eram ovacionados, outros eram vaiados — até que, por fim, as pessoas recomeçaram gradualmente a transitar, dando início à marcha. A rota estabelecida aparentemente não comportava aquele sem-número de pessoas, pois que grupos isolados partiam dali, afluindo para pontos diversos da cidade. Anton tinha sido arrebatado por uma estranha euforia sem excitação; tratava-se sobretudo de um fenômeno onírico que vinha somar-se a algo de um passado muito, muito remoto. De antes da guerra. Não estava mais a sós: integrava aquele grupo desmesurado de pessoas. Apesar de todo o alvoroço ruidoso, sentiu pairar uma atmosfera de silêncio sobre todos. Tudo parecia modificar-se com a presença em massa das pessoas; não somente ele, mas também as casas com as suas janelas, de algumas das quais pendiam lençóis alvos, como numa cidade que se rende ao inimigo; as nuvens plúmbeas singrando a abóbada celeste; o vento, que fazia flutuar o balão-foguete negro de um lado para o outro, rebolcando-o por vezes até que se endireitasse.

OBRIGADO PELO FUTURO

Num dos vértices da praça, os manifestantes deram contra uma maré de gente que queria primeiramente chegar ao ponto de encontro. Rindo educadamente e pedindo desculpas, as pessoas iam deixando passar umas às outras. Anton emocionou-se. As pessoas não eram nem de perto tão incivilizadas como ele imaginava que fossem ou se tivessem tornado, já que agora provavam o contrário — ou seriam justamente aquelas pessoas as que ainda não o eram? Tinha de agradecer a Van Lennep por tê-lo atraído até lá. Caminhando na ponta dos pés, pôs-se a olhar ao redor. De repente viu Sandra. Gritou seu nome. Acenaram ambos, abrindo alas entre a multidão para irem ao encontro um do outro.

— Não acredito no que eu estou vendo! — gritou Sandra, de longe. — Meus parabéns, papai! — Deu-lhe um beijo na bochecha e entrelaçou o braço no dele. — Que novidades são essas?

— Acho que ninguém além de mim foi forçado a vir até aqui para acabar tomando parte como voluntário. Mas agora estou totalmente vencido. Olá, Bastiaan. — Estendeu a mão para o namorado da filha: um belo jovem de jeans, tênis, um *kaffia* palestino enrolado no pescoço e um brinquinho dourado na orelha esquerda — rapaz com quem ele não simpatizava muito, mas que estava em vias de tornar-se o pai do seu neto. Sandra tinha vivido um tempo sozinha, em quartos alugados, mas tinha havia algumas semanas ido morar com o namorado, num prédio ocupado ilegalmente e agora barricado pela polícia.[62] Dadas as explicações, Bastiaan disse:

— Não imagine que é o único que está aqui a comando de alguém. O lugar está repleto de policiais. Dê uma olhada!

Acabava de surgir um batalhão de soldados, recebidos com aplausos. Anton percebeu que algumas pessoas não conseguiam reter as lágrimas à vista daqueles uniformes; como se se tratasse de uma relíquia, os militares estavam sendo protegidos por uma ciranda de rapazes e moças que dançavam ao seu redor. Anton não entendia o que estava acontecendo.

— Esses rapazes foram forçados a participar?

Seus olhos encontraram-se com os de uma senhora de idade que o fitava com uma expressão de reconhecimento — uma paciente, como não podia deixar de ser —, ao que ele inclinou a cabeça à guisa de cumprimento.

---

[62] A jurisdição dos Países Baixos aceita que prédios desocupados por um certo período de tempo sejam invadidos e ocupados por outros cidadãos. (*N. do T.*)

— Não, cretino! Aquele ali! — Bastiaan apontou para um homem vestindo um blusão impermeável que filmava os soldados. — Polícia.

— Você acha mesmo?

— Nós deveríamos era arrancar a filmadora das mãos dele com uma bordoada!

— Isso, faça isso mesmo! — disse Anton. — É tudo o que eles estão esperando: alguma coisa que ponha tudo a perder.

— Sem querer, claro — disse Bastiaan, com um riso falso que irritou Anton sobremaneira.

— Sem querer, sei. Não acha que deveria se comportar como o acompanhante de uma gestante que você é? Gostaria ainda de ter o gostinho de ser avô, se você me conceder essa dádiva.

— OK — disse Sandra, com uma entonação melodiosa —, lá vão vocês começar de novo. Mas nós já estamos indo. Até mais, papai. Eu telefono uma hora dessas.

— Até logo, meu bem. E trate de sair da tal casa antes de a polícia baixar por lá. Até mais, Bastiaan.

Não se tratava de uma briga propriamente dita, mas de uma encenação de irritação recíproca que se tinha tornado quase inevitável entre eles.

Não achava mais Van Lennep em parte alguma, nem Peter. Deixou-se levar pelo fluxo de gente. Senhores e senhoras de idade faziam das pequenas varandas das suas casas o sinal de V de vitória com os dedos de ambas as mãos, de que se lembravam da época da guerra; pequenas bandas acompanhavam a maré de gente; em todas as calçadas também se tocava música, mas desta vez não por dinheiro. A sociedade parecia em massa ter perdido as estribeiras. Punks de calças pretas colantes e coletes reluzentes, demasiado largos, comprados de algum mercado-de-pulgas, e de cabelos espetados tingidos de amarelo e violeta dançavam em euforia sobre as guaritas dos funcionários dos bondes, sob os olhares enternecidos de todos os que até então os temiam. A velha ordem das coisas só se podia observar nos céus da Holanda, em que aviões arrastando atrás de si faixas pregatórias e publicitárias anunciavam, respectivamente, que toda a paz provinha de Jesus e que, para revelações fotográficas em uma hora, o melhor endereço era a Kalverstraat número x. Sobre o teto de um caminhão de mudança estacionado, tinham-se sentado, resolutos, dois jovens adolescentes com a sua interpretação pessoal da marcha pela paz:

JOGUE A PRIMEIRA BOMBA EM WASHINGTON

Deparando-se com a mensagem, as pessoas fingiam pigarrear, um tanto constrangidas. Havia faixas também em russo, em que se lia a palavra MOCKBA (Moscou). Anton percebeu que a massa se entrecruzava mais ao longe com afluxos e mais afluxos de gente, vindos de todas as transversais, às vezes até em dois pontos distintos — gradualmente, a torrente de gente ia crescendo como uma bola de neve. Na própria correnteza humana em que estava, criavam-se movimentos isolados, pois não parava de ver rostos diferentes ao seu redor. A meio caminho do Stadhouderskade, foi de repente empurrado para o lado por uma fila de figuras negras mascaradas empunhando matracas, que abria alas na multidão para avançar mais ligeira, com esqueletos fluorescentes desenhados sobre os trajes, vítimas da peste bubônica medieval. Trombou contra alguém e desculpou-se: tratava-se da mulher que o tinha estado fitando logo antes. Ela sorriu, incerta.

— Tonny? — perguntou, hesitante. — Está lembrado de mim?

Espantado, olhou para ela: uma senhora baixote na casa dos sessenta, com os cabelos praticamente embranquecidos e os olhos claros, saltando das órbitas, atrás de uns óculos de lente espessa.

— Não me leve a mal... não estou exatamente lembrado...

— Karin. Karin Korteweg. Sua vizinha de Haarlem.

3

PRIMEIRO FOI a transformação-relâmpago da mulher alta e loira da Nunca-Pensada na senhora minguada ao seu lado. Segundo, o desespero.

— Eu entenderei, se você não quiser falar comigo — disse ela. — Vou embora rapidinho.

— Não!... É... — titubeou Anton. — É que eu preciso... Fui pego de surpresa.

— Já faz um tempinho que eu estava vendo você, mas, se não tivesse trombado comigo, eu jamais o teria abordado. Juro. — Ergueu a cabeça e lançou-lhe um olhar apologético.

Anton tentava manter o autocontrole. Sentiu uma golfada de calafrios percorrer-lhe o corpo. Ao exemplo da sombra escura e gélida que varre de repente a areia da praia em pleno verão, voltava agora à tona aquela maldita noite de durante a guerra.

— Fique tranqüila — disse ele. — Já que acabamos nos encontrando por aqui...

— Parece até que era para ser — disse ela, tirando um cigarro de um maço aberto na bolsa. Anton dispôs as mãos em forma de concha para que pudesse acender o cigarro, ao que ela se pôs a observá-lo timidamente. — E logo nessa marcha, a marcha pela paz...

Era para ser — com um olhar macambúzio, enfiou o isqueiro no bolso, enquanto pensava: mas o fato de Ploeg ter caído na frente da casa de vocês aparentemente não era para ser. Sentiu o fel subir-lhe pela garganta, um veneno impossível de se decompor; como se fosse para ser que Ploeg estivesse diante da casa deles. Passo a passo, ia andando ao seu lado. Sentia-se enojado. Podia sair correndo, mas estava ciente de que a mulher ao seu lado talvez estivesse mais nervosa que ele.

— Eu reconheci você de imediato, quando o vi agorinha — disse Karin. — Você atingiu a altura do seu pai e está de cabelos grisalhos, mas de certo modo não mudou nada.

— Já me disseram isso antes. Não sei se é um bom sinal.

— Eu sempre soube que acabaria me encontrando com você mais cedo ou mais tarde. Mora em Amsterdã?

— Moro.

— Eu, já faz alguns anos que moro em Eindhoven. — Diante do silêncio de Anton, perguntou: — Com que trabalha, Tonny?

— Sou médico anestesista.

— É mesmo? — exclamou, surpresa, como se sempre tivesse querido que ele se tornasse médico.

— É. E você? Continua na área de enfermagem?

Seu semblante angustiou-se ao pensar em si mesma.

— Já faz muito tempo que não. Vivi por muitos anos no estrangeiro, trabalhando com crianças problemáticas. Quando voltei, continuei na área alguns anos, mas agora estou aposentada. Estou com a saúde debilitada... — Num tom novamente entusiasmado, perguntou de repente: — A moça com quem você estava falando é sua filha?

— É — disse Anton, a contragosto. Sentia que ela não tinha nada a ver com esse departamento da sua vida, que antes existia apesar dela do que graças a ela.

— Ela se parece com sua mãe, você não acha? Com que idade está?

— Dezenove.

— Está grávida, não está? Vê-se mais pelos olhos do que pela barriga. Você teve outros filhos?

— Um filho do meu segundo casamento. — Olhou ao redor. — Deve estar em algum lugar por aí.

— Como é que ele se chama?

— Peter — disse Anton, encarando-a. — Está com doze anos. — Percebeu o choque de Karin; para deixá-la mais à vontade, perguntou: — E você, tem filhos?

Karin balançou a cabeça, crivando os olhos nas costas da mulher à sua frente, que empurrava um homem numa cadeira-de-rodas.

— Eu nunca me casei...

— Seu pai ainda está vivo? — Ao enunciar a questão, percebeu que o fizera involuntariamente num tom alusivo e sarcástico.

Balançou novamente a cabeça.

— Já faz um bom tempo que ele faleceu.

Calados, deixavam-se arrastar, lado a lado, pela multidão. Haviam cessado de bradar palavras de ordem; ouvia-se música por toda parte, mas, nas imediações de onde eles estavam, ninguém mais falava. Anton sentia que Karin queria tocar no assunto, mas ela não se atrevia a encetar conversa. Peter... com os seus eternos 17 anos; estaria agora com 55. Tomou ciência, mais pelos cálculos que acabava de fazer do que com base na própria idade, de que aquela época já se encontrava num passado remotíssimo. Baseara-se igualmente na idade da mulher que caminhava ao seu lado — que o havia outrora excitado, mas cujas belas pernas torneadas, com as formas que lhe lembravam as linhas aerodinâmicas das asas de um avião, tinham agora adotado arestas e manchas de idade. Possivelmente tinha sido ela quem vira Peter pela última vez. Com a atitude ansiosa, apesar do alívio que trazia consigo, do escritor prestes a dar início ao último capítulo do seu livro, disse então:

— Karin, ouça só. Deixemos de rodeios. Você quer me dizer algo para desabafar, e eu estou disposto a ouvir. O que foi que aconteceu naquela noite exatamente? Peter entrou, fugindo, na casa de vocês?

Assentiu.

— Eu achei que ele tivesse vindo nos matar — disse, baixinho, sem tirar os olhos das costas à sua frente —, pelo que nós tínhamos feito... — Levou os olhos na direção de Anton por um breve momento. — Trazia consigo uma pistola.

— Era do Ploeg.

— Fiquei sabendo mais tarde. De repente, lá estava ele na nossa sala, com um aspecto horrível. Só estávamos com uma lamparina acesa, mas percebi que ele estava inteiramente desnorteado. — Engoliu saliva, antes de continuar. — Disse que nós éramos uns canalhas, que ia nos liquidar. Estava à beira do desespero. Não sabia como agir, porque o estavam perseguindo e ele não podia sair de nossa casa. Eu disse que ele largasse a pistola na mesma hora, que tínhamos de escondê-la em algum lugar, já que os boches poderiam achar que fosse ele o assassino quando baixassem por lá.

— E o que foi que ele disse?

Karin encolheu os ombros.

— Acho que ele nem ouviu o que eu tinha dito. Ficou lá, parado, brandindo a tal da pistola de um lado para o outro, alerta para qualquer ruído do lado de fora. E o meu pai me disse então que eu calasse a boca.

Avançando lentamente, com as mãos cruzadas nas costas, Anton olhava para o chão. Franziu as sobrancelhas por uma fração de segundo.

— Por quê?

— Não sei. Não cheguei a perguntar. Ele nunca mais falaria sobre aquela noite. — Calou-se por alguns momentos. — Mas eles tinham visto Peter entrar na nossa casa. Iriam vasculhar a casa inteira e achar a pistola, claro, e nos fuzilariam como cúmplices. Não era de praxe fazerem isso naquela época? Eles não iriam se dar ao trabalho de procurar averiguar os pormenores.

— Você está querendo me dizer — disse Anton, lentamente —, que convinha ao seu pai que vocês estivessem como reféns nas mãos daquele que eles considerariam como o autor do atentado...? — E, quando Karin assentiu, continuou quase imperceptivelmente: — E foi justamente assim que ele fez Peter passar aos olhos deles pelo assassino.

Karin não respondeu. Ambos se deixavam levar ao sabor daquela correnteza vagarosa. De uma transversal apareceu um grupo de rapazes de cabelos raspados, por volta dos seus 16 anos, vestindo casacos de couro preto, calças pretas e botas igualmente pretas com saltos de metal. Sem olhar para ninguém, enviesaram pela massa humana, desaparecendo para além de uma ponte.

— E então? — perguntou Anton.

— Passado um tempinho, baixou lá no cais a tropa toda. Já nem me lembro de quanto tempo a coisa durou. Eu estava em pânico, e Peter mantinha aquele objeto apontado para nós Até que ouvimos de repente um alvoroço e uma gritaria tre-. mendos do lado de fora. Eu não tinha a menor idéia das intenções dele. Acho que nem ele próprio tinha. Deve ter percebido que estava encurralado. Desde então eu venho me perguntando por que razão ele não atirou em nós. Não tinha mais nada a perder. Talvez ele tenha se dado conta de que, afinal, não era culpa nossa... quer dizer... — disse, olhando na direção de Anton para sondar pela sua expressão se adivinhava o que ela queria dizer — que nós tínhamos tão pouco a ver com o corpo quanto vocês ou qualquer outra pessoa. Eu tinha percebido sua tentativa de arrastar o corpo de volta para frente da nossa casa, e...

— Disso eu não sei — interveio Anton. — É possível também que ele tenha querido levar o corpo até a casa dos

Beumer. Sabe como é, o senhor e a senhora Beumer já eram velhos. Podia ter achado que levaria uma surra do seu pai. Karin suspirou, passando a mão no cabelo. Fitava Anton com um olhar de desespero — e ele percebeu que ela tinha entendido que ele queria primeiro a versão dela sobre a seqüência dos acontecimentos, mas que não a pediria de iniciativa própria. Virando bruscamente a cabeça, Karin pôs-se a olhar para os lados, como se à procura de ajuda. Não a encontrando, disse:

— Ah, Tonny! Devia haver um buraco no forro das cortinas atrás das portas de vidro que davam para o jardim, através do qual viram seu irmão com a pistola. Foi quando um disparo estilhaçou o vidro. Eu me atirei para o chão, mas imagino que ele tenha sido atingido na hora. Logo em seguida eles puseram abaixo as portas e recomeçaram a disparar, com as carabinas voltadas para o chão. Como se estivessem caçando algum animal...

Não poderia o Deus do Sol dar uma definição mais pormenorizada para esse pandemônio? Quer dizer que era isso. Anton inclinou a cabeça para trás e respirou fundo, enquanto olhava, sem enxergar, para a faixa publicitária adejando ao vento como o rabicho de um avião. A marcha pela paz de que estava agora participando parecia ter recuado para mais longe do que o incidente de 38 anos antes, em que não estivera presente. No mesmo aposento em que jogara ludo com Karin, em que Peter fora liquidado por uma bala disparada através de um buraco na cortina.

— E então? — quis saber.

— Não me lembro mais muito bem... — Anton percebeu pelo seu tom de voz que Karin estava chorando, mas não voltou os olhos na sua direção. — Parei de olhar. Os alemães nos arrastaram na mesma hora para o jardim, como se estivéssemos sob a ameaça de perigos por todos os lados. Acho que ficamos um bom tempo parados do lado de fora, no frio. Só me lembro ainda de ter ouvido o estilhaço quando quebraram as janelas da casa de vocês. Vieram depois muito mais alemães, num vai-e-vem e entra-e-sai constante na casa de vocês. Em seguida nós fomos levados para o descampado, onde estavam os veículos. Estavam dizendo que iriam nos levar para a *Ortskommandantur* quando ouvi ao longe os estouros terríveis com que sua casa foi pelos ares...

Estacou. Anton lembrou-se de ter visto o senhor Korteweg na *Ortskommandantur* cruzando um corredor. O copo de leite quente, os sanduíches de Schmalz... Sentia-se revolto por dentro, como um quarto revirado por gatunos, mas, ao mesmo tempo, sentiu um quê de felicidade ao relembrar o fato — que se desvaneceu de imediato quando se lhe seguiu uma outra lembrança: a de Schulz sendo desvirado perto do estribo do caminhão... Fechou os olhos com força, para esbugalhá-los em seguida.

— Vocês chegaram a ser interrogados?

— Fui interrogada à parte.

— Contou como as coisas tinham acontecido?

— Contei.

— O que foi que eles disseram quando ficaram sabendo que Peter não tinha tido nada a ver com o atentado?

— Encolheram os ombros. Já suspeitavam, a pistola deveria ser a do Ploeg. Mas disseram que tinham no meio-tempo prendido uma outra pessoa. Uma menina, se é que eu me lembro bem.

— Pois é — disse Anton —, eu também fiquei sabendo. — Deu quatro passos antes de continuar: — Uma menina, não: uma moça da sua idade. — Parou para pensar. Queria agora saber de tudo, para em seguida enterrar de vez o passado, bem enterrado, e não voltar jamais a pensar no assunto. — Tem uma coisa que eu não entendi — disse. — Eles não tinham visto Peter ameaçar vocês com a pistola? Não pediram maiores explicações?

— Claro que pediram.

— E o que foi que você disse?

— A verdade.

Estava sem saber se poderia ou não acreditar nela. Por outro lado, naquele momento ela provavelmente ainda não sabia que os pais dele não estavam mais vivos para contar a história; aliás, ele próprio poderia ter contado, mas ninguém lhe perguntara nada.

— Ou seja, você admitiu que o Ploeg tinha caído primeiro na frente da casa de vocês?

— Isso mesmo.

— E que vocês tinham arrastado o corpo para frente da nossa casa?

Assentiu. É possível que estivesse imaginando que Anton quisesse mais uma vez jogar-lhe na cara o passado, mas isso não era verdade. Por um meio minuto, ambos se calaram. Lado a lado, caminhavam em meio à manifestação, mas alheios a ela.

— Não teve receio de que eles também pusessem fogo na casa de vocês? — perguntou Anton.

— Antes tivessem feito isso — disse Karin, como se já estivesse esperando a pergunta. — Como é que você acha que eu me senti depois de tudo o que aconteceu? Se eles tivessem feito isso, minha vida teria seguido um curso diferente. Naquela hora eu teria preferido que eles, ou Peter, tivessem atirado em mim para acabar com tudo.

Anton ouvia pelo seu tom de voz que estava sendo sincera. Sentiu o ímpeto de tocá-la, mas se deteve.

— O que eles disseram quando ficaram sabendo? Estava lá também o *Ortskommandant* em pessoa?

— Como é que eu vou saber? Fui interrogada por um boche à paisana. Primeiro...

— Era um com uma cicatriz na cara?

— Cicatriz? Não que eu me lembre. Por quê?

— Continue.

— Primeiro ele disse: *"Das ist mir Wurscht wer wie wo was"*,[63] sem erguer os olhos. Disso eu me lembro bem. Pousou então a caneta na mesa. Cruzou os braços, ficou me olhando nessa posição um tempinho e depois disse, todo respeituoso: *"Gratuliere"*.[64]

Anton sentia agora o impulso de cumprimentá-la por sua vez com as mesmas palavras, mas conseguiu refrear-se.

---

[63]"Não me interessa minimamente saber quem fez o quê, quando e onde." (*N. do T.*)
[64]"Meus parabéns." (*N. do T.*)

— Você chegou a contar isso ao seu pai?

Com um tom de devaneio na voz, Karin disse:

— Ele nunca ficou sabendo do que eu contei, nem eu do que ele contou. Nós voltamos a nos ver só na manhã seguinte, quando nos deixaram ir para casa. Antes que eu pudesse dizer o que quer que fosse, ele foi logo dizendo: "Karin, nós não voltaremos jamais a falar sobre o que aconteceu, entendeu?"

— E você entendeu.

— Ele com efeito nunca mais abriu a boca para falar do assunto, pelo resto da vida. Nem mesmo quando chegamos em casa e vimos as ruínas ainda soltando fumaça, e a senhora Beumer veio nos contar... sabe... que seu pai... e sua mãe...

A mulher que empurrava o homem na cadeira-de-rodas havia desaparecido, arrastada por uma correnteza que seguia rumo a uma outra direção. Sob os comandos de uma mulher falando por um megafone, a multidão voltou a repetir, aos brados, as palavras de ordem, batendo as palmas das mãos na cadência das palavras, que sem os atributos de amplificadores se reduziam ao nada. A maior parte das pessoas avançava em silêncio, como se à cabeça do cortejo estivesse sendo carregado o caixão com algum ente querido. Em todas as calçadas, haviam se juntado espectadores, que acompanhavam a marcha em curso. Havia uma diferença entre os que observavam e os que marchavam, um quê de gélido, que tinha a ver com a guerra.

— Alguns anos após a guerra — disse Anton —, eu cheguei a visitar os Beumer. Foi quando fiquei sabendo que vocês tinham se mudado de lá logo depois da Libertação.

— Emigramos. Para a Nova Zelândia.

— É mesmo?

— É — confirmou Karin, olhando para ele. — Porque papai ficou com medo de você.

— De mim? — disse Anton, com um risinho.

— Disse que queria começar uma vida nova, mas eu acho que ele estava era com medo de voltar a encontrar você. Já no primeiro dia após a Libertação ele começou a fazer todos os preparativos para sairmos de lá. Tenho certeza de que ele temia que, quando você crescesse, quisesse se vingar, não só dele, como de mim também.

— Era só o que me faltava! — disse Anton. — Isso jamais me passou pela cabeça!

— Mas pela dele sim. Alguns dias após a Libertação, seu tio foi nos procurar em casa, mas, assim que se identificou, meu pai lhe fechou a porta na cara. A partir desse dia, não sossegou mais. Algumas semanas depois, fomos nos instalar na casa de uma tia minha, em Roterdã. Ele tinha vários conhecidos no porto, de outras épocas, de maneira que conseguiu que embarcássemos num navio cargueiro antes do final do ano. É possível que nós tenhamos sido os primeiros imigrantes holandeses na Nova Zelândia. — Olhou-o de repente com uma expressão fria e estranha. — E foi lá — continuou — que ele se suicidou no ano de 1948.

O espanto com que Anton ouvira essas palavras converteu-se de imediato num sentimento de satisfação e apaziguamento íntimos — como se, com efeito, tivesse acabado por vingar-se. Havia 33 anos que o assassino de Peter tinha pago pelo seu crime. Como reagiria Takes se o soubesse? Três anos depois, seus disparos tinham feito outra vítima.

— Por quê? — perguntou.

— Como?

— Por que foi que ele se suicidou? Ele não fez o que fez para preservar a própria vida? Talvez em primeira instância por você. O que ele fez foi dar um empurrãozinho no acaso.

Em algum ponto deveria haver algum congestionamento, já que eles quase não avançavam mais. Karin balançou a cabeça.

— Não? — perguntou Anton.

— Ninguém teria imaginado que eles pudessem atirar nos próprios moradores. Isso nunca tinha acontecido antes... Nossa vida só foi ameaçada quando vimos Peter lá em casa, com a tal pistola na mão.

— Isso eu ainda não entendi. Que ele tenha preferido que ateassem fogo na nossa casa, e não na de vocês, *all right*. Uma atitude baixa, mas compreensível. Ele não podia imaginar que as coisas tomariam o rumo que tomaram. Na verdade, ele jamais quis que houvesse mortos. Consigo imaginar que tenha se consumido de remorsos, ou que sentisse medo de mim... mas, daí a cometer suicídio...

Percebeu que Karin engoliu em seco.

— Tonny... — disse ela —, há mais uma coisa de que você precisa saber... — Tinha estacado, mas se viu obrigada a dar mais um passo. — Quando ouvimos os tiros e vimos o Ploeg caído na frente da nossa casa, a única coisa que ele disse foi: "Meu Deus! Os lagartos!"

Com os olhos esbugalhados, Anton pôs-se a olhar por cima dos ombros dela. Os lagartos... Mas será possível? Será que tudo se dera por causa dos lagartos? Seriam os lagartos afinal os culpados?

— Quer dizer que — disse ele —, se não fosse pelos lagartos, a coisa nunca teria acontecido?

Absorta em pensamentos, Karin tirou um fio de cabelo do ombro de Anton, e deixou-o cair na rua, esfregando-o entre o polegar e o indicador.

— Eu jamais entendi o que eles significavam para ele. Representavam um pedaço de eternidade e imortalidade, algo misterioso que ele de alguma maneira via nos bichos. Não sei como explicar com palavras. Agia da mesma maneira que uma criança em posse de um segredo só dela. Ele às vezes ficava horas a fio contemplando os bichos, imóvel como os próprios. Tinha a ver com a morte da minha mãe, penso eu, mas não me pergunte por que razão, que eu não saberia dizer. Se você soubesse que esforço ele fez para manter os lagartos vivos durante o Inverno da Fome! Era praticamente a única coisa no mundo que o interessava. É até possível que os amasse mais do que a mim. Eram a sua única razão de viver.

A marcha tinha agora parado de vez. Os afluentes isolados de manifestantes tentavam agora desaguar na corrente principal, o que desacelerava o curso da marcha. Encontravam-se agora logo atrás de uma faixa larga que, por estar algo afrouxada, formava pregas e cortava-lhes o campo visual.

— Mas, consumados os fatos — continuou Karin —, ou seja, depois da morte dos seus pais e de Peter, os lagartos se transformaram para ele nos meros répteis que eram. Bichos de estimação e nada mais. Assim que voltamos da *Ortskommandantur*, meu pai deu um fim neles. Eu o ouvi do andar de baixo, que nem um louco raivoso, esmagando os bichinhos com pisadas. Trancou então a porta e não me deixou mais entrar. Só depois de semanas foi que ele decidiu arrumar a bagunça e enterrar o que tinha sobrado dos bichos no jardim. — Karin gesticulou, algo incerta. — Pode ser que ele tenha se dado conta de algo com que não conseguia estar em paz: o fato de terem morrido três pessoas como conseqüência do seu amor por uma meia dúzia de répteis. E de que você acabaria com a raça dele assim que a ocasião se apresentasse.

— Mas será possível? — exclamou Anton. — Eu nem estava sabendo de nada.

— Mas eu estava. E ele sabia. Foi por isso que ele quis me levar a todo custo para o outro lado do mundo, contra minha vontade. Mas, no final das contas, ele não precisou de sua presença física para ir desta para a melhor. Você estava dentro dele.

Anton sentiu o estômago embrulhar-se. As explicações chegavam a ser mais abomináveis que a própria realidade. Olhou para o rosto de Karin, os olhos ainda úmidos. Tinha de ir embora dali, para longe dela, para não voltar a vê-la jamais — só havia uma coisa ainda que precisava saber. Karin continuava a falar, porém, mal se dirigindo a ele:

— Era um homem infelicíssimo. Quando não estava ocupado com os lagartos, ficava absorto, contemplando mapas. A rota de Moermansk, os comboios da marinha americana... Mas a idade não lhe permitia mais fugir para a Inglaterra, de maneira que...

— Karin — disse Anton. Ela calou-se e olhou para ele. — Vocês estavam em casa. Ouviram os tiros. E quando viram Ploeg caído, foram para fora arrastá-lo para outro canto, certo?

— Certo. Meu pai me deixou tão aturdida que não tive escolha. Tomou a decisão numa fração de segundo.

— Preste atenção. Num dado momento, vocês estavam segurando o corpo um de cada lado: seu pai pelos ombros e você pelos pés.

— Você chegou a ver?

— Não vem ao caso. Eu só quero saber de um único detalhe: por que foi que vocês o arrastaram para frente da nossa casa e não para a casa dos Aarts, do outro lado?

— Tinha sido a minha intenção, juro! — exclamou Karin, de repente sobreexcitada, pousando uma das mãos no braço de Anton. — Para mim, era a única coisa a se fazer, ou seja, arrastar o corpo não para a casa de você e do Peter, mas para a casa dos Aarts, que eram só dois e que eu por sinal nem sequer conhecia. Eu já tinha dado um passo na direção da casa deles, quando meu pai disse: "Para lá não, estão escondendo judeus."

— Meu Deus! — gritou Anton, levando as mãos à cabeça.

— Pois é, eu também não sabia, mas meu pai aparentemente sim. Eles estavam dando refúgio a um jovem casal com uma criancinha, desde 1943. Só cheguei a vê-los no dia da Libertação. Se nós tivéssemos arrastado o corpo de Ploeg para lá, não teria havido a menor chance de a família ter escapado com vida. Eles também devem ter visto o que estávamos fazendo, mas nunca ficaram sabendo por quê.

Os Aarts, com quem todos antipatizavam por não interagirem com os vizinhos, tinham salvado a vida de três judeus, e os judeus — pelo simples fato de estarem na sua casa —, a deles próprios. Apesar de tudo, Korteweg havia mostrado ser um bom homem. E fora por isso que o corpo de Ploeg acabara indo parar no outro lado, na casa deles, de maneira que... Anton tinha chegado no limite de suas resistências.

— Até mais, Karin! — disse. — Não me leve a mal, eu... Fique bem.

Sem esperar por uma resposta, deixando-a desamparada, deu-lhe as costas e enviesou pela multidão, ziguezagueando de maneira que ela não pudesse mais segui-lo.

4

DEMOROU UM POUCO, mas não muito, para que recobrasse o autocontrole. Foi parar num local em que a multidão ainda avançava, ou antes voltava a avançar, e deixou-se levar. Era como se aquelas centenas de milhares de pessoas o ajudassem, uma maré humana sem fim que ele via atrás e diante de si nas pontes sobre os canais e que ainda se avolumava, absorvendo grupos numerosos de ainda mais gente que vinha das transversais. Sentiu de repente uma mão que tomava a sua. Era Peter, que esticava o pescoço para vê-lo, sorrindo. Retribuiu o sorriso, mas sentiu que seus olhos começavam a arder. Envergou-se sobre o filho e deu-lhe um beijo sobre a cabeça quente. Peter começou a falar, mas Anton não ouvia o que ele dizia.

Seriam todos culpados e inocentes ao mesmo tempo? Seria a culpa inocente e a inocência, culpada? Os três judeus... Seis milhões deles haviam sido exterminados, doze vezes mais pessoas do que as que marchavam ali; mas, por correrem um risco de morte, as três pessoas em questão salvaram não só a si mesmas como a duas outras, sem dar-se conta disso, e, em lugar

285

delas, haviam morrido seu pai, sua mãe e Peter, pela intervenção de lagartos...

— Peter? — disse, mas, quando o menino olhou para ele, só fez balançar a cabeça, com um sorriso que Peter lhe retribuiu. No mesmo momento, pensou: *ravage*, claro, *ravage*[65] — era essa a definição pormenorizada do Deus do Sol.

E, ao chegarem na altura da Westerkerk a caminho do Dam, ecoou de repente ao longe, às suas costas, um abafado mas terrível vozerio, que se aproximava. Todos, assustados, voltaram-se. O que estaria acontecendo? Era só o que faltava: acontecer algo nessa altura do campeonato! Não havia dúvida de que se tratava de gritos de agonia, que não cediam, cada vez mais perto. Quando os alcançou, ainda não acontecera nada, mas todos começaram a gritar em uníssono, desarticuladamente — Peter também, Anton também. Logo em seguida, o grito foi-se afastando, avançando para além, deixando-os todos a rir. Só esmoreceu na curva da Raadhuisstraat. Peter tentou desencadear mais uma onda de gritaria, em vão. Alguns minutos depois, porém, o grito em massa passou novamente por eles, vindo de trás, para abafar-se mais à frente. Anton entendeu que o grito se deslocava pela cidade inteira — os primeiros manifestantes voltavam ao ponto de partida na praça dos Museus, mas os últimos ainda estavam por iniciar a marcha — o grito dava voltas, todos gritavam

---

[65]Palavra emprestada ao francês, que significa "assolação", "ruína", "devastação". (*N. do T.*)

em meio a risos, ainda que se tratasse de um grito de agonia, o grito mais primário da raça humana que crescia dentro de todas as pessoas.

Mas, e isso lá vem ao caso? Tudo fica para trás, esquece-se. Os gritos esmorecem, o mar revolto abonança-se, as ruas esvaziam-se e o silêncio instala-se. Um homem alto e esbelto caminha de mãos dadas com o filho numa manifestação. Ele "viveu a guerra de perto"; um dos últimos que ainda têm lembrança disso. Fora arrastado para o seio da manifestação a contragosto, e um fulgor brilha-lhe, fugaz, nos olhos, como se visse graça na idéia. Com a cabeça um pouco inclinada, como quem ouve algo ao longe, deixa o fluxo levá-lo pelas ruas da cidade até voltar ao lugar a que pertence; com um movimento ligeiro, arremessa os cabelos lisos e grisalhos para trás; arrasta os pés, que parecem levantar nuvens de cinzas, ainda que não se veja cinzas em parte alguma.

Amsterdã, janeiro-julho de 1982.

Este livro foi impresso nas oficinas da
DISTRIBUIDORA RECORD DE SERVIÇOS DE IMPRENSA S.A.
Rua Argentina, 171 – Rio de Janeiro, RJ
para a
EDITORA JOSÉ OLYMPIO LTDA.
em agosto de 2007

*

75º aniversário desta Casa de livros, fundada em 29.11.1931